KB126287

안개
향기

도서출판 등

안개
향기

조동길

첫판 1쇄 펴낸 날 2021년 10월 10일

지은이 · 조동길
펴낸이 · 유정숙
펴낸곳 · 도서출판 등
기 획 · 유인숙
관 리 · 류권호
디자인 · 김현숙
편 집 · 문현섭
교 정 · 이성덕

ⓒ 조동길 2021

주   소 · 서울시 노원구 덕릉로 127길 10-18
전   화 · 02.3391.7733
홈페이지 · dngbooks.co.kr/밝은.com
이 메 일 · socs25@hanmail.net

정   가 · 14,500원

본 도서는 (재)공주문화재단(대표이사 : 문옥배) 사업비로 제작되었으며,
「2021 공주 이 시대의 문학인」 선정 작품집입니다.

목차

할머니의 돌멩이

병원 건물 출입문 앞 정원에 서 있는 나무들은 부스스 기지개를 켜며 긴 겨울잠에서 막 깨어날 준비를 하고 있다. 하지만 가지에 붙어 있는 대부분의 잎눈들은 아직 싸늘한 바람에 바싹 웅크린 채 숨을 죽이고 있다. 개중에 햇볕 바른 곳의 몇몇 성깔 빠른 놈들은 가느스름하게 눈을 떴다. 그들은 팽팽한 긴장 속에 출발 신호 울리기만을 기다리는 단거리 선수들처럼 뛰쳐나갈 시각을 탐탐 노리고 있었다.

굳게 닫혔던 문이 열렸다. 할머니는 문을 나서자마자 앞으로 숙였던 허리를 천천히 펴면서 숨을 크게 들이마셨다. 그리고 꾹꾹 눌러 참아 왔던 가슴속의 묵은 찌꺼기를 뱉어내듯 허공을 향해 푸우 내뿜었다.

"할머니, 이렇게 나오니까 좋아?"

"그람, 좋지, 어디 기냥 좋다뿐여? 펄펄 날라갈 거 같구먼."

"병원에 있는 게 그렇게 싫었어?"

"의사들두 있구, 친구들두 있구, 다 좋긴 헌디, 식구들 못 보는 거, 보고 싶은디 못 보는 거, 그게 젤루 전디기 심들었지."

"집에 돌아가도 식구들 보고 싶을 때 언제나 볼 수 있는 건 아냐. 다들 살기 바쁘고 자기들 할 일이 있어. 그리고 지금은 예전처럼 온 가족이 다 한 집에 모여 사는 시대도 아니고."

"나두 알어. 그려두 갇혀 있는 것처름 사는 것보다야 백 번 낫겠지."

"할머니가 좋다면 나도 좋아."

"그려, 나를 저 지옥 같은 디서 끄내 줘서 고맙다. 쬐금 미안키두 허구."

"조금만 미안해?"

"아녀, 아녀. 마안히 미안혀. 증말여."

지은은 휠체어를 밀고 주차장으로 내려오며 이렇게 할머니를 퇴원시키기를 잘했다는 생각을 다시 했다. 그 동안 간병인으로 할머니를 보살폈던 아주머니가 서운하다며 따라나와 주차장까지 동행했다.

코로나라는 괴질은 여전히 수그러들 줄을 몰랐다. 그 때문에 세상은 더욱 어지러워지고 사람들의 삶은 더 팍팍해졌다. 그 중에서도 집중 관리 대상인 요양병원은 더욱 엄격하게 통제되었다. 직계 가족조차 면회가 금지되고, 외부인의 출입은 철저히 봉쇄되었다. 병원이 마치 망망대해 속의 작은 섬이나 격리된 수용소처럼 고립되어 버린 것이다.

사정이 이렇다 보니 퇴원 절차도 매우 까다로웠다. 퇴원하는 당사자는 물론 환자를 인계 받을 가족들도 미리 코로나 검사를 받아야 했다. 음성 확인 결과가 있어야 그 다음 절차를 진행할 수 있다고 했다. 당연히 가족들의 동반은 최소한으로 제한했다. 지은이 혼자 할머니를 퇴원 시키러 온 것은 이런 사정 때문이기도 했다.

그런데 지은이 혼자서는 할머니를 휠체어에서 내려 차에 태우는 게 쉽지 않았다. 지금껏 해 보지 않은 일이어서 더욱 버성길 수밖에 없었다. 동행한 아주머니가 능숙한 솜씨로 할머니의 승차를 도왔다. 지은은 조심스럽게 운전을 해서 할머니의 집으로 향했다.

차가 동네 길로 접어들자 주름 가득한 할머니의 얼굴에서는 생기가 피어오르기 시작했다. 젊은 나이에 시집 와 평생을 떠나지 않고 산 곳, 아이 다섯을 낳아 기르며 이곳의 흙과 물과 돌멩이까지 한 몸이 된 동네, 새벽에 눈을 떠 밤에 잠자리에 들 때까지 늘 함께했던 마을 사람들. 할머니에게 이 마을은 단순한 삶의 터전만은 아니었다. 자신의 몸을 이루는 게 뼈와 살과 피라면 이 마을의 산과 시내와 나무들은 그 혼과 넋을 키우고 채우는 힘이었다. 그런 할머니에게, 아무리 혼자서는 지낼 수 없는 몸 상태 때문이라고는 해도, 집을 떠나야 한다는 가족들의 결정은 얼마나 서운하고 섭섭했을 일인가.

요양병원에 입원하던 날의 그 처연하고 참담했던 할머니의 표정을 잊을 수가 없었다. 그게 가시가 되고 돌멩이가 되어 결국은 할머니를 모시고 살아야겠다는 생각에까지 이르게 되었다. 물론 그렇게 하자면 자신의 삶은 어느 정도 희생해야 했다. 당연히 많은 망설임과 고민이 뒤따랐다. 더구나 이 일은 누가 강제로 시켜서 하는 것도 아니었다. 굳이 따져야 한다면 몸이 불편한 할머니를 모시는 우선 순서는 장남인 큰아버지, 그 다음에 아버지, 그리고 큰고모와 작은고모 등으로 되는 게 사회 통념에 맞는 순리일 것이다. 손녀인 자신은 그 순서에 끼어야 할 이유도, 의무도 없었다. 모른 척 눈 감는다 해도 그걸 탓하거나 비난할 사람은 아무도 없을 터였다.

그런데 현실 앞에선 그 순서라는 게 별 의미가 없었다. 자식들이 할머니를 모셔야 한다는 사실은 모두 수긍하면서도 각자 그렇게 하지 못할 까닭과 곡절들이 있었다. 그러다 보니 거추장스러운 물건을 서로 떠밀고 외면하는 것처럼, 할머니는 어느 새 부담스러운 짐이 되어 있었다. 자식들이 모두 모질고 막 돼먹은 탓만은 아니었다. 핑계 없는 무덤

없다고, 듣다 보면 다 부득이하고, 불가피하고, 어쩔 수 없는 사정들이 있었다.

집으로 돌아왔다. 며칠 전 서울 생활을 정리하고 내려온 지은은 청소도 하고, 불도 때고, 마당의 마른 풀도 정리하며 할머니와 살 준비를 해 놓았다. 나름 애를 쓰며 치우고 닦고 정리했지만 사람의 온기가 사라진 채 오래 비워 놓았던 썰렁하고 스산한 흔적은 쉽게 가시지 않았다. 집이란 사람이 그 안에 살며 체온을 나눌 때 함께 살아 있는 공간이 된다. 사람이 살던 집도 오래 비워 놓으면 그저 빈 곳을 막아 놓은 특정한 구조물에 지나지 않는다. 그래서 집이 숨을 쉰다는 말, 살아 있다는 말은 결코 허튼 소리라 할 수 없다.

할머니가 퇴원한다는 소식을 듣고 늘 한 가족처럼 지냈던 동네 사람들과 가까운 곳에 사는 몇몇 일가붙이들이 집에 와 있었다. 그들은 할머니의 손을 잡고 집에 돌아온 축사를 하거나, 얼마나 고생 많았느냐며 눈시울을 붉히기도 했다. 또 몇은 할머니와의 옛날 인연을 꺼내 관심을 환기시키기도 했다. 그런 그들과 할머니 사이에는 일말의 연민과 동정 같은 감정의 부스러기들이 먼지처럼 떠다녔다. 그리고 자신이 그 당사자가 아니어서 다행이라는, 약간의 안도감 같은 것이 점점 묻어나기도 했다.

사람들이 모였으니 당연히 누군가 차고 들어서 집안일을

해야 했으나 그럴 형편이 못 되었다. 명목상으로야 할머니가 이 집 주인이니 당연히 그 말을 따라야 할 것이나 오래 집을 떠나 있던 할머니는 이미 손님이나 다름없었다. 그렇다고 나이 어린 지은이 나서 주도할 상황도 아니었다. 흡사 주인 없는 집에 손님들만 모여 있는 것 같은 서먹한 분위기만 맴돌았다.

일할 사람도 마땅찮았지만 여러 사람이 먹을 만큼의 재료도 준비되어 있지 않았다. 그렇다고 일부러 찾아주신 분들에게 달랑 건강음료 하나 돌리고 마는 건 인사가 아니었다. 망설이며 걱정만 하고 있는 지은에게 오랜 친분이 있는 토박이 동네 아저씨가 다가왔다. 늙마에 장애인 아들과 사는 할머니를 안쓰럽게 여겨 여러 집안일을 살갑게 보살펴주던 분이었다.

지은과 상의한 그 아저씨가 중국음식점에 주문을 했다. 음식이 배달되어 오자 사람들은 복면처럼 얼굴을 가리고 있던 마스크를 벗고, 여기저기 나눠 앉아 늦은 저녁밥을 먹었다. 음식을 함께 먹는다는 건 주린 배를 채우는 걸 넘어서는 일이다. 그 음식과 함께 동질적인 감정을 충전하고, 또 서로의 관계를 갱신하는 계기가 되기도 한다. 그들은 밥을 먹으며 할머니를 화제의 중심으로 삼아 덕담을 더하고 희망을 나누었다.

동작 빠른 사람이 믹스 커피를 타 돌렸다. 그러나 커피까지 마셨다고 음식점처럼 금방 자리를 털고 일어설 수는 없었다. 밥 얻어먹은 값이랄까. 사람들은 선뜻 일어서지 않고, 할머니를 중심으로 방과 마루에 둘러앉아 이런저런 얘기를 나누거나 자기들끼리 시국에 대해 열변을 토하기도 했다. 멋쩍게 따로 앉아 핸드폰을 들여다보는 사람도 있고, 텔레비전 화면을 향해 거친 불평을 늘어놓는 사람도 있었다.

서로 눈치만 보던 사람들 중 하나가 하품을 하며 슬그머니 일어서자 다른 사람들도 우르르 그 뒤를 따랐다. 누군가는 지은에게 진심어린 치사를 하고, 누군가는 쭈뼛거리며 돈이 든 봉투를 내 놓고, 또 누군가는 곧 다시 오겠다는 지키지 못할 약속을 했다. 그리고 동네 노인들은 자기 집을 향해 느릿느릿 발걸음을 옮겼고, 먼 데 사람들은 삼삼오오 차를 타고 떠났다. 예전 같으면 이런 날엔 서로 좁은 방에 등을 비비고 끼어 잠을 청했을 것인데, 그런 풍경은 사라진 지이미 오래다. 자동차가 없으면 상상도 못할 일이다. 그러고 보면 자동차는 사람들을 갈라놓는 괴물인지도 모른다.

다음 날 아침 지은은 평소보다 일찍 눈을 떴다. 바뀐 환경 탓이기도 했지만 이제 혼자 사는 게 아니라 할머니를 모시는 보호자이자 집안 살림을 도맡아 해야 할 가장이란 책임감 때문이기도 했다.

잠에서 깨자마자 가장 먼저 할머니의 용태를 살폈다. 다행히도 할머니는 밤새 아무 일도 없으셨고, 아침까지 아주 평온한 얼굴로 잠들어 계셨다. 아마도 당신의 숨결이 곳곳에 배어 있는 집에 돌아왔다는 안도감이 심신을 다 편안하게 해서 그런 것 같았다. 간단한 아침 식사를 준비해서 드시게 하고, 자신도 이곳 새로운 출발의 첫 끼니를 단출하게 해결했다.

설거지를 대충 마치고 났을 때 미리 약속해 두었던 요양보호사 아주머니가 도착했다. 생각했던 것보다는 젊어 보였다. 그리고 성격이 활달해서 처음 만나는 사이임에도 오래 만난 사람처럼 스스럼이 없었다. 오히려 약간은 좀 수다스러운 사람이 아닌가 하는 느낌이 들기도 했다. 그러나 몸이 불편한 환자를 돌보는 일을 하면서 조용하고 차분하게 맡은 일만 한다면 분위기는 더욱 우중충해 질 게 뻔했다. 이렇게 의도적으로라도 밝고 환한 분위기를 만들려 노력하는 게 그 방면 전문가의 노하우인지도 모를 일이었다.

"이렇게 만나서 반가워요, 제 이름은 박옥주라고 해요."

"어려운 일 맡아 주시기로 해서 감사합니다. 잘 부탁드릴게요."

"불러 주셔서 오히려 제가 감사하죠. 걱정 마세요. 최선을 다해서 잘 모실게요."

"제가 아직 나이도 어리고, 집안 살림을 해 본 적도 없고, 어른들 모시는 것도 처음이라 여러 가지로 서툴 거예요."

"아이고, 별 말씀을 다… 어디 첨부터 잘 하는 사람이 있나요? 다 실수도 하고 잘못도 하면서 조금씩 배워 가는 거지."

"그렇게 이해해 주시면 고맙죠."

"그런데, 좀 실례될지 모르나 나이가 어떻게 돼요?"

"제 나이요? 서른하나 됐어요."

"어머, 어쩜 제 막내 동생하고 똑 같네. 괜찮다면 동생처럼 생각할게요."

"편하실 대로 하세요."

"할머니 연세는 어떻게 돼요?"

"올해 여든 아홉요."

"몸 상태는?"

"다른 데는 아무 문제없고 하반신을 잘 못 쓰세요."

"주제넘은 질문인지 모르지만, 어쩌다 이렇게 젊고 예쁜 아가씨가 할머니를 모시게 됐어요? 손녀가 할머니를 모시는 게 흔한 일은 아닌데…"

"얘기하자면 길고 복잡한 사연이 있어요. 차차 아시게 될 거예요."

"그렇지. 집집마다 사연 없는 집이 없지. 그런 거, 부끄러울 것도 창피할 것도 없어요, 지금은 세상이 다 그런 걸요."

나이는 그리 많지 않아도 하는 일이 그래서 그런지 그 말 속에는 산전수전 다 겪은 노련함이 엿보였다. 몇 마디 얘기를 나누지도 않았는데 이미 집안 사정을 대강은 짐작할 수 있다는 그런 얼굴이었다.

지은이는 막 걸음을 떼기 시작한 돌 무렵부터 할머니 손에서 자랐다. 당시 부모님은 모두 공직에 계셨다. 아버지는 행정직 공무원이고 어머니는 초등학교 교사였다. 지은이를 낳았을 때는 아직 육아 휴직 제도가 정착되지 못한 때라 엄마는 출산 휴가가 끝나자 곧 바로 출근해야 했다. 출근을 하자면 아이를 어디엔가 맡겨야 하는데, 그땐 어린이집 같은 것도 별로 없어서 당장 아이를 부탁할 곳이 없었다. 어쩔 수 없이 아이 보는 사람을 들였다. 그런데 그 비용이 만만치 않았다. 아이 하나 기르는 데 한 사람의 봉급이 거의다 들어갔다. 돈을 모아 집칸이라도 마련하려면 지출을 줄여야 하는데, 그건 너무 큰 부담이었다. 다른 사람들처럼 시어머니나 친정어머니가 집에 와서 아기를 돌봐주시면 좋으련만 안타깝게도 두 집 모두 그럴 형편이 되지 못했다.

한 해를 겨우 버티고 난 후 지은의 부모는 결국 아장아장 걷기 시작하는 아이를 시골 할머니에게 맡기기로 했다. 할머니가 집을 떠나 올라와 살림을 하며 아이를 돌보는 건 어렵지만, 막내아들과 단 둘이서만 살고 있으니 그렇게는 할 수 있겠다고 해서 결정한 일이었다.

할머니 집에 처음 오던 날, 지은이는 그 어린 나이에도 엄마와 헤어지기 싫어 발버둥을 치며 울어댔다. 그러나 어른들은 매정하게 둘을 갈라놓았다. 그때의 불안과 공포가 본능적으로 작용해서일까. 지은이는 한시도 할머니와 떨어지려 하지 않았다. 언제나 눈앞에 할머니가 보여야 했다. 할머니가 잠시라도 보이지 않으면 울고불고 난리가 났다. 할 수 없이 할머니는 부엌일을 할 때도, 텃밭에 나갈 때도, 심지어는 화장실에 갈 때도 지은이를 대동해야 했다. 무슨 일을 하든, 어디를 가든 할머니 등에는 늘 지은이가 업혀 있었다. 지은은 그렇게 할머니 등에서 낮 시간을 보냈고, 저녁이 되면 할머니 젖을 만지며 그 품에서 잠이 들곤 했다.

어쩌다 불가피하게 할머니가 지은이를 떼놓아야 할 때가 있었다. 이웃집 할머니가 그런 지은을 봐주려 하면 기겁을 하고 거부했다. 먹을 것이나 호기심을 끌만한 것으로 아무리 달래봐도 소용이 없었다. 지은이에게는 오직 할머니뿐이었다. 심하게는 엄마도 예외가 아니었다. 주말이 되면 엄마는 이것저것 할머니와 지은이가 먹을 것과 필요한 물건들을 사 들고 왔는데, 처음엔 엄마를 보면 그렇게 좋아하던 지은이가 시간이 지날수록 조금씩 데면데면해지기 시작했다. 그 대신 할머니에 대한 집착은 병적일 정도로 더욱 심해졌다.

다행스럽게도 같이 사는 삼촌에 대한 거부감은 거의 없었다. 삼촌은 5남매의 막내인데, 어렸을 때 심한 열병을 앓았다고 한다. 고열로 몇 번이나 까무러쳤다가 깨어나기를 반복했었다. 죽다시피 하다가 간신히 살아났지만 그 후유증으로 삼촌은 지적 장애 상태가 되었다. 세월이 가면서 몸은 점점 자라 어른이 되어 가는데 지적 수준은 대여섯 살 정도에 딱 멈추어 버렸다. 지금이야 장애인에 대한 인식도 많이 달라지고, 또 교육 제도나 국가적인 지원 시스템도 잘 정비되어 있지만, 그때만 해도 장애를 가진 사람은 쉬쉬하며 감추어야만 했던 시절이었다. 그래서 학교에도 보내지 못하고, 스스로 무얼 해 볼 수 있는 것도 가르치지 못했다. 따라서 삼촌은 외모만 어른일 뿐 여전히 어린아이였다.

삼촌은 천성이 순박하고 늘 표정이 해맑았다. 그 때문이었을까. 다른 사람은 한사코 거부하면서도 지은은 삼촌을 잘 따랐다. 삼촌도 먹을 게 생기면 지은에게 먼저 주고, 또 지은이 좋아하는 나비나 잠자리 같은 곤충을 잡아다 주기도 했다. 지은과 삼촌은 외면상 어른과 아이, 또 삼촌과 조카 사이였지만, 정신적으로는 이 세상에서 둘도 없이 친한 친구이자 벗이었다.

유치원 들어갈 즈음에 지은이는 다시 엄마 집으로 돌아왔다. 자나 깨나 붙어 있던 할머니와 헤어지기 싫었지만, 그게 고집만 피운다고 될 일이 아니라는 것을 조금씩 알아가게 되었다. 그 무렵 할머니가 평생 소원이라며 성화를 대던 일이 있었다. 막내를 몽달귀신 만들 수는 없으니 어떻게 해서든 짝을 맺어 주어야 한다는 것이었다. 그러나 그 일이 현실적으로 쉽지 않다는 건 할머니도 잘 알고 있었다. 그래서 나온 방책이 국제결혼이었다. 이미 같은 마을이나 이웃 동네엔 늙은 총각이나 장애인으로 낯선 외국 여자를 배필로 맞은 사람들이 여럿 있었다.

큰아버지와 고모들이 그런 일에 나설 수 없는 사정들이라 그 일은 둘째인 아버지에게 떨어졌다. 아버지가 모든 비용을 부담하여 업체에 의뢰하고, 또 여러 복잡한 절차를 거친 후 마침내 캄보디아 출신 여자가 삼촌의 배우자로 결정되었다. 그리고 혼인 절차를 마친 여자가 집으로 들어왔다. 업체를 통해 숨기지 않고 모든 정보를 제공하여 여자는 이미 집안 사정을 알고 왔지만, 막상 나이 많은 시어머니와 지적 장애 남편을 앞에 대하고는 생각이 바뀌어버렸다. 할머니가 온갖 정성을 다해 상전 모시듯 했음에도 고작 두 달을 버티고 난 여자는 어느 날 슬그머니 집을 나가 사라져버렸다.

몸은 집으로 돌아왔어도 할머니에 대한 지은이의 생각에는 변함이 없었다. 초등학생 때 방학이 되면 할머니 집에 데려다 달라고 졸라 대개는 개학이 될 때까지 할머니와 함께 지냈다. 중학생이 되고 난 이후에는 방학 때는 물론 평소에도 시간이 날 때마다 혼자 버스를 타고 할머니 집에 가서 시간을 보내다가 왔다. 골치 아프고 힘든 일이 있다가도 할머니 집에만 가면 신기하게도 정신이 맑아지고 힘이 났다. 할머니는 그런 지은이를 언제나 넉넉한 품에 포근히 감싸 주었다.

그런 생활은 대학에 들어가서도 계속되었다. 연애나 취미 활동 같은 것은 할머니보다 항상 후순위였다. 틈틈이 할머니 집에 가서 함께 일하고, 음식을 만들어 먹고, 아이 같은 어른인 삼촌과 놀아 주었다. 그렇게 하고 나면 마음이 편안하고 속이 개운했다. 대학을 졸업하고 중소 규모의 출판사에 취직을 했다. 직장에서 그 능력을 인정받아 회사의 핵심 부서인 기획 파트의 일을 맡게 되면서 야근이 잦아 할머니를 찾아뵙는 게 좀 뜸해졌지만 그래도 언제나 마음은 거기에 가 있었다.

그러던 중 5년 전에 할머니에게 큰일이 일어났다. 여름에 텃밭에서 일을 하다가 갑자기 쓰러져버린 것이다. 급히 손을 써야 했으나 옆에 그럴 만한 사람이 없었다. 뒤늦게 이웃 사람이 쓰러져 있는 할머니를 발견하여 급한 대로 비상용 청심환을 먹이고, 손끝을 따 피를 빼냈으나 그건 아무 효용이 없었다. 아버지가 허겁지겁 달려와 종합병원으로 모셔 진단한 결과 급성 뇌출혈로 밝혀졌다. 의사는 이미 골든타임을 놓쳐 수술도 할 수 없고, 또 약물 치료를 한다 해도 원상회복은 어렵다고 했다.

거의 두 달을 입원하여 집중 치료를 했지만 결국 할머니는 한쪽 팔다리를 제대로 쓸 수 없는 처지가 되고 말았다. 게다가 성한 다리 하나마저 오랜 관절염 탓으로 자유롭지 못했다. 결국 할머니는 휠체어 없이는 한 발자국도 움직일 수도 없는 장애인 신세가 되어버렸다. 그나마 할머니의 기억력이 지극히 정상적이라는 점, 또 언어 구사 능력 또한 별 지장이 없는 점은 천만다행이었다.

퇴원을 했지만 살아갈 길이 막막했다. 둘 다 장애인인 할머니와 삼촌에게는 반드시 누군가의 도움이 필요했다. 하지만 가족 중에 그 일을 맡을 사람이 없었다. 누군가 생업을 포기하고 여기 집으로 들어오거나, 아니면 자신의 집 방한 칸을 비워 할머니 모자를 모셔야 하는데, 그 일을 맡겠다고 나서는 사람이 아무도 없었다. 가족들이 모여 회의를 했지만 결론이 나지 않았다. 서로 핑계를 대고 떠밀어 대는 민망한 말을 듣다못해 할머니가 버럭 역정을 냈다. 내가 죽어 버리면 그만이니 다들 돌아가라고 소리를 질렀다. 더 의논한다고 뾰쪽한 수가 나올 것도 아니었으나 그렇다고 그냥 덮어둘 수만도 없는 일이었다.

도리와 명분, 금전과 현실, 그런 틈바구니에서 돌고 돌아 어렵사리 도달한 결론은 일단 할머니와 삼촌 둘이 이 집에서 사시게 하자는 것이었다. 얼마간 지켜보다 심각한 문제점이 발생하면 그때 가서 다시 논의하자고 했다. 그에 앞서 몇 가지 함께 해결 할 게 있었다. 두 사람이 생활할 수 있게 집안 구조를 변경하는 일, 윤번을 정해 정기적으로 방문하는 일, 가사도우미를 고용하는 일, 소용되는 모든 비용을 분담하는 일, 이런 걸 상의해서 결정했다. 부모 모시는 걸 무슨 장사꾼 식으로 계산한다는 게 씁쓸했지만 그게 이 시대의 문화이고 풍속이라면 비켜갈 수 없는 일이기도 했다.

우려와 달리 할머니와 삼촌은 무난하게 지냈다. 그런데 청천벽력처럼 작년 여름 느닷없이 삼촌이 세상을 떠나는 사고가 발생했다. 지은이가 선물로 사다 준 새끼 고양이를 찾으러 저녁에 집을 나갔다가, 이웃 마을 주민의 음주 운전 트럭에 치어 어이없이 세상을 떠나 버린 것이다.

그렇게 허망하게 막내아들을 잃은 할머니에겐 하늘도 땅도 모두 멈추어 버린 것 같았다. 살아 움직이는 모든 것이 다 정지해 버린, 그야말로 어둠과 적막만이 가득한 그런 세상에 홀로 남아 있는 것 같았다. 이제는 세상을 더 살아갈 힘도, 까닭도 찾을 수 없었다. 그저 조용히, 아무도 모르게, 잠든 것처럼 이 세상의 삶을 끝내고만 싶었다.

가족들이 모여 회의를 했다. 연세 많은 장애인 할머니는 이제 존경 받는 집안 어른이 아니었다. 서로 맡기를 미루는 주체스러운 짐이나 다름없었다. 결론은 쉽게 나왔다. 자식들은 물론 손주들 대부분 별 죄책감이나 미안한 기색 없이 요양병원으로 모셔야 한다는 데로 의견을 모았다. 지은이는 그 의견에 동조할 수 없었다. 거기가 아무리 의사도 있고, 좋은 환경이라 해도 그건 표면적인 명분이자 자기 위안일 뿐 실상은 자식들에게 버림받아 가는 현대판 고려장이나 다름없는 게 아닌가. 그렇다고 내가 할머니를 모시고 살겠다고 선뜻 나설 자신은 없었다.

거기 안 가면 안 되냐, 이 집을 떠나기 싫다, 할머니는 그렇게 사정하고 호소했지만, 가족들은 할머니를 억지로 차에 태워 요양병원으로 데리고 갔다. 집을 떠나며 할머니는 처연하고 참담한 표정으로 뒤를 돌아보았다. 그 표정에서 다시는 돌아오지 못할 길을 간다는 비창함이 뚝뚝 떨어지고 있었다.

"얘기를 듣고 보니 충분히 이해할 수 있는 상황이네요."

"괜히 부끄러운 제 집안 얘기를 늘어놔 좀 민망하군요."

"민망하긴요. 요샌 그게 남의 집 얘기가 아녜요. 다들 말을 안 해서 그렇지 그런 집이 한둘 아닐 걸요."

"하긴, 얼마 전만 해도 행세깨나 하는 집에선 그런 일은 다 숨기고 감추려고 했었지요."

"지금은 세상이 많이 바뀌었어요. 선진국에서는 노인이나 환자가 요양기관에 들어가는 게 자연스러운 일이래요. 우리나라도 점차 그렇게 되어가고 있고요. 몸이 아프거나 불편한 분들도 자식들 눈치 보며 집에서 지내는 것보다는 그게 훨씬 맘 편하실 수도 있어요."

"그렇긴 해도, 부모를 버린 것 같다는 자식들의 죄책감이 문제겠지요."

"할머니는 병원에 얼마쯤 계셨어요?"

"작년 여름에 들어가셨으니까 아직 일 년은 못 됐죠."

"거기 적응을 잘 못하셨나봐요?"

"처음부터 가시기 싫다고 하셨어요. 사정이 어쩔 수 없어서 가신 거지요."

"연세 드신 어른들은 대부분 다 그러세요. 평생 붙박여 살던 곳을 떠나 낯선 데로 간다는 게, 어디 쉬운 일이겠어요?"

"첨엔 애를 삭이지 못해 고생하시다가 차츰 적응을 잘 해나가셨는데, 코로나로 가족들 면회가 제한되면서부터 못

견뎌 하셨어요. 제가 주말에 면회를 가면, 유리창을 사이에 두고 얼굴만 볼 수 있었는데, 할머니는 나가고 싶다고, 집에 가고 싶다고, 애절한 눈빛으로 말씀하시곤 했지요."

"마음이 많이 아프셨겠네요."

"그 눈빛이 마음에 걸려 영 발길이 안 떨어졌어요. 그런 할머니에게 혹시라도 무슨 문제가 생길까봐 간병인 아주머니에게 따로 제 연락처를 드리고 부탁을 해 놓기도 했었죠."

"할머니에게 다른 자식들은 계시지 않나요?"

"있지요. 그런데 마음은 그렇지 않으나 다들 피치 못할 사정으로 할머니에게 신경 쓸 처지가 못 돼요."

"그건 생각하기 나름 아닐까요? 우선순위를 어디에 두느냐 하는 문제니까."

"물론 그렇지요. 하지만 전 달라요. 저는 어렸을 때 할머니 손에서 자랐고, 또 지금까지 부모님보다 할머니와 더 가깝게 살아왔어요, 말하자면 할머니는 영원한 제 친구 같은 분이죠."

"아무리 그렇다곤 해도 요즘 젊은 분이 직장까지 포기하면서 이런 결심을 한 건 참 대단하다고밖에 할 수 없네요."

"당연한 일을 그리 말씀하시니 좀 부끄럽네요."

그때 호출을 알리는 벨소리가 났다. 수시로 살피기는 하지만 혹여 혼자 계실 때 급한 일이 생기면 사용하시라고 할머니 침대 머리맡에 벨을 달아 놓았었다.

"예, 할머니, 뭐 필요하신 거 있으세요?"

"응, 답답혀서 잠시 바람 좀 쐬구 싶은디."

아주머니는 익숙한 솜씨로 할머니를 휠체어에 태워 거실로 나왔다. 현관문을 나서자 아직 완전한 봄은 아니지만 따뜻한 햇살이 마당에 가득했다. 숨을 크게 마시는 할머니의 얼굴에 온온한 표정이 번졌다.

"할머니, 찬바람 오래 쐬면 고뿔 걸릴지 몰라, 그만 들어가."

"괜찮은디 그라네, 알었어."

대체로 비슷한 일상이 반복되었다. 할머니의 상태는 특별히 나빠질 것도 그렇다고 좋아질 것도 없었다. 아주머니는 아침에 출근하여 할머니 드실 음식 만들기, 빨래하기, 목욕시키기, 운동시키기 등의 일을 시원시원하게 잘 해내고 저녁에 퇴근했다. 그 나머지는 지은이와 할머니의 시간이었다. 거실에서 둘이 티브이를 보거나 이야기를 나누는 시간이 많아졌다.

할머니가 잠자리에 드시면 지은이 혼자 지내야 했다. 처음엔 변화된 환경에 적응하느라 하루 시간이 빠듯했는데, 점차 익숙해지면서 조금씩 여유가 생기기 시작했다. 그 여유 시간을 어떻게 보낼까 생각하다가 언뜻 그만 둔 출판사에서 맡았던 업무를 떠올렸다. 기획 파트에서 지은이 담당

했던 업무는 그리 유명하지 않은 노인들의 생애를 정리해서 책으로 만드는 일이었다. 그런데 그런 책들이야 시중에 쌔고 쌨기에 차별화가 관건이었다. 그래서 자서전과 전기와 리얼 다큐의 성격을 조합하여 소설적 구성 형식을 적용한 그런 책을 구안했다. 그 결과물에 대한 독자들의 반응도 괜찮았다. 문제는 그 대상의 선정이었다. 너무 잘 알려진 사람의 경우나 지극히 평범한 노인들의 공통적인 고생담은 식상할 수밖에 없었다. 결국 그 일은 책의 내용보다 대상자 선정에 성패가 달려 있다고 할 수 있었다.

지은이는 문득 할머니를 그 대상으로 해 보면 어떨까 하는 생각을 했다. 그것은 할머니와 자신의 무료한 시간을 생산적으로 활용하는 방안이 될 수도 있고, 또 할머니의 일생을 정리해 드리는 뜻깊은 일일 수도 있었다. 설령 그 원고가 출판되지 못한다 해도 그것은 결코 괜한 헛수고가 되진 않을 것이다. 결과보다 과정 자체가 더 의미 있는 작업이기 때문이다.

일단 결심하고 나자 이런 일의 전문가에게 그 다음 단계는 하등 어려울 게 없었다. 전체 윤곽을 구성한 후 그것을 다시 몇 부분으로 나누었다. 그리고 그것을 차근차근 진행해 나갈 세부 계획을 짰다. 무엇보다 중요한 것은 할머니가 전혀 부담을 느끼지 않게 하는 일이었다. 그래서 평상시 대화를 나누는 것같이 할머니가 말씀하시기 편하고 자연스러운 환경을 만들기 위해 최대한 신경을 썼다.

계획한 대로, 어린 시절 이야기를 비롯해서 혼인과 시집살이, 시부모와 남편 등 가족 이야기, 아들딸 출산과 동네 사람 이야기 등을 주제로 한 할머니의 이야기들이 담담하게 이어졌다. 그런데 이야기라는 게 좀 묘한 데가 있었다. 그것은 미리 계획한 대로 흘러가지만은 않았다. 마치 자체 생명력이 있다 할까. 얘기를 하다 보면 기억이 또 다른 기억을 불러내어 뜻하지 않은 성과를 얻는 경우도 있었지만, 간혹 주제와 다른 이야기로 넘어가 오락가락하는 일이 생기기도 했다. 그래도 지은은 한 번도 끼어들지 않고 열심히 듣기만 했다. 할머니는 날이 갈수록 이야기 솜씨가 늘어나는 것 같았다.

아주머니도 특별한 일이 없으면 그런 할머니 옆에 앉아 맞장구를 치기도 하고, 감정을 담은 추임새를 넣기도 했다. 할머니의 이야기는 눈치 채지 못하게 핸드폰으로 녹음을 했다. 그리고 할머니가 잠든 밤이면 그걸 풀어 원고로 만드는 작업을 했다. 나중에 다시 수정 보완해서 정리해야겠지만 시간이 지남에 따라 원고는 차곡차곡 쌓여갔다.

오늘도 여느 날과 다름없이 아침을 먹고 잠시 쉰 후 할머니와 함께 거실에 앉았다. 햇살이 거실까지 들어와 벤자민

나무 잎 위에서 도란거리고 있었다. 설거지를 마친 아주머니도 옆에 앉아 조물조물 할머니 팔을 주물렀다.

"할머니, 맨날 얘기하는 거 힘들지 않아?"

"가만히 앉아서 얘기허는 게 머가 심들어? 놀고먹기지."

"힘들거나 하기 싫으면 안 해도 돼. 억지로 할 필요는 없어."

"아녀. 이르케 얘기럴 할 수 있게 혀 주니께 좋지, 멍청허게 앉아 있는 거보대 을매나 좋은 일이여?"

"그럼, 오늘은 할머니가 평생 살아오면서 가장 좋았던 일, 기뻤던 일, 그런 거 생각나는 대로 얘기 좀 해 줘."

"그란 기 머가 있을까, 으음, 벨루 읎는 거 같은디?"

"시집올 때, 그때 좋지 않았어?"

"말두 말어, 워낙 가난한 집이서 태어나 살다 보니께, 먹고살 만한 집이라구 혀서, 신랑 얼굴도 못 보구 으른덜이 시키넌 대루 시집을 왔는디, 와서 봉게 칭칭시하 으른덜, 시동상과 시누이덜, 그 많은 식구덜 밥 혀 멕이구, 빨래 혀 입히구, 그게 다 내 일여, 머가 좋은지두 몰르구 밤낮읎이 종이나 머심처름 일만 허며 살었어. 그게 메가 좋은 일이겄어?"

"또 생각해 봐. 꼭 특별한 거 아니래도 괜찮으니까."

"꼭 얘기럴 혀야 헌다면, 암만혀두 첫아덜을 낳았을 때겄지. 딸만 내리 둘을 낳으니께 식구덜이 엥간히 구박을 혀야지. 이눈저눈 눈칫밥 먹다가 아덜을 따악 낳구 나니께 그제서야 어깨를 짝 필 수 있더라구."

"그러셨겠지요. 그때는 양반집에서 아들을 못 낳으면 막 쫓겨나기도 했을 때니까."

옆에서 아주머니가 거드는 말을 보탰다.

"그렇구말구, 쫓겨나기두 허구, 새파란 나이에 첩년 꼴두 봐야 혔지."

"그것 말고 또 생각나는 거 없어?"

"어, 참, 그거 있지. 대핵교두 못 가리쳤는디, 니 아부지 가 혼차 공부혀서 공무원 섬에 핵격혀 가주구 군청이 댕기 게 된 거, 우리 집안 경사구 동네 경사였지, 그때 을매나 좋 았던지 동네 잔치두 허구 그렸어."

"그 얘긴 많이 들어서 잘 알고 있어. 다른 건 더 없어?"

"그거 말구는 생각나는 기 벨루 읎네."

"됐어. 억지로 할 거는 없고, 나중에 생각나면 그때 얘기 해줘. 그런데 지금 더 얘기할 수 있어? 힘들면 좀 쉬고."

"갠찮여. 하나두 심 안 들어."

"그럼 이번엔 반대로 할머니 평생 가장 슬펐던 일, 가슴 아팠던 일, 그런 얘기 좀 해 줘."

"그런 걸 꼭 얘기혀야 허남?"

"말하기 싫으면 안 해도 돼."

"할머니, 뭐든지 가슴 속에 꽁꽁 쌓아두기만 하면 병이 된대요. 이런 기회에 한 번 꺼내서 훌훌 털어 버리면 속이 시원해지실 수도 있어요."

아주머니의 말에 할머니는 어쩔까 다시 한 번 생각하는 듯했다. 그리고 무겁게 입을 열었다.

"그런 일이 너머 많아서 멀 먼첨 얘기혀야 헐지 몰르겠네."

"천천히 생각나시는 대로, 저희들 없다 생각하시고, 점쟁이에게 억울한 일 말하듯 말씀하시면 될 것 같은데요?"

"나는 말여, 한 펭생을 가심이다가 실팍한 돌팍 몇 개를 읂어 놓고 사는 거 같은 사램여. 그 중이서두 젤 무거운 게 두 개 있구먼. 그란디 아모리 용을 써두 가심이 칵 맥히는 그 돌팍을 이응 내려놀 수가 읎어, 이 돌팍을 은제나 내려놀 수 있으까. 암만혀두 내가 죽는 날이 그 날일 거 같은디, 이게 죽는다구 해결될 일두 아니께 답답허기만 허구먼."

"그 두 가지가 뭔데요?"

"으음, 하나넌 작년이 죽은 막딩이 늠이구, 또 하나넌 말여, 지끔은 얘기허기 곤란허구, 야중이 따루 얘기혀야 헐 거 같어."

"어머, 잘 몰랐네요. 막내아드님이 작년에 돌아가셨어요?"

아주머니는 이미 내게 들어서 알고 있는 내용인데도, 일종의 배려로 처음 듣는다는 듯 할머니 말에 적극적으로 반응했다.

"그렸지. 그란디 찬찬히 생각혀 보면 그늠이 내 앞에서 죽은 게 천만다행일지두 몰러. 내가 먼처 죽고 그늠 혼차 살아 있다구 생각혀 봐, 누가 밥 한 술 챙겨 주구, 옷가지 하나 거둬 줄겨? 천덕꾸레기가 되야갖구 구박뎅이루 살 수백이 읎었겠지."

말은 그렇게 태연히 하면서도 할머니는 아들 생각에 감정이 북받쳐 오르는지 다음 말을 잇지 못했다. 그리고 그 말결에는 애잔한 아픔이 섞여 있었다. 갑자기 분위기가 싸늘하게 가라앉았다. 아주머니도, 지은이도 이 분위기를 깰 말을 찾을 수 없었다. 한동안 무거운 침묵이 그들을 휘휘 감싸고돌았다.

"할머니, 오늘은 그만 하고 쉬자. 괜히 그 얘기 꺼내 할머니 슬프게 해서 미안해."

"아녀. 주책 읎이 굴어서 내가 미안혀."

지은이는 리모컨을 들어 티브이를 켰다. 그리고 할머니가 좋아하는 불교방송 채널을 찾아서 보시게 한 후 화장실로 들어갔다. 남들 볼세라 몰래 눈시울을 닦아 내고 나왔다.

그 날 밤늦게 아주머니로부터 연락이 왔다. 친정오라버니가 별세하여 이틀 동안 올 수 없다고 했다. 집안일과 할머니 수발을 도맡았던 아주머니가 없으면 지은이 혼자 그 일을 할 수밖에 없다. 힘들겠지만 어쩔 수 없는 일이다. 대신 다른 일은 아주머니 올 때까지 미뤄 놓고 일을 최소한으로 줄이기로 했다.

다음 날, 아침 식사를 간단히 해결한 후 할머니와 거실 소파에 앉아 커피를 마셨다. 어제 막내아들 얘기로 침울했던 할머니의 기분도 많이 풀어져 평온해 보였다.

"할머니, 어제 얘기하다가, 지금은 얘기 못하고 나중에 얘기하겠다고 한 게 뭐야?"

"글씨, 그 얘기럴 지끔 너한티 혀야 헐지 말어야 헐지, 잘 몰르겄다."

"할머니와 나 사이에 숨겨야 할 일이 뭐 있어?"

"그렇긴 한디, 니가 이걸 알어서 좋을 게 벨루 읎을 거 같어. 숨길라구 허는 기 아니구, 알면 골치 아푼 일이 하나 더 보태지는 거 아니긋냐. 암맨혀두 기냥 나 혼차만 알구 있다가 땅 속이루 가주고 가는 기 좋을 거 같어."

"그렇게 얘기하니까 더 궁금하잖아? 도대체 그게 뭔데?"

"그랴, 그렇기 궁금허믄, 얘길 허지 머."

할머니는 결심한 듯 어렵게 입을 뗐다. 마치 수백, 수천 년의 어둠과 침묵을 걷어내듯 할머니는 가슴 밑바닥에 고여 있던 아린 기억을 끌어냈다.

"너, 내 이름이 을순이인 건 알지? 왜 을순이것냐? 고렇지, 바로 내 위루 언니가 하나 있었구먼, 이름이 갑순이었구, 나보담 시 살이 많었지. 그 언니는 얼굴두 곱구, 맴도 순허구 무지허게 착혔어. 엄니를 대신혀서 우리 동상들을 업구 댕기며 키웠구, 여나믄 살 되면서보태 으른덜 몫의 농사일, 집안일을 혀 냈지. 그때 우리 집은 을매나 가난혔던지, 보리고개가 아니라 진달리 피기 시작헐 때면 양식이 떨어졌지. 아부지가 부잣집에 가 고지를 은어다, 나물을 늫구 죽을 쒀서 갱신히 목심을 이슬 때였어."

"일제시대, 그땐 그런 집이 많지 않었어?"

"많었지. 부잣집 몇 집 빼구 다 그렸을겨, 기 중에서두 우리 집은 식구넌 많은디다 땅뙈기두 읎으니께 더 그렸던 거지."

"그래서? 그게 갑순이 언니하고 무슨 상관이야?"

"그려, 가난이 웬수지. 암매 해방되기 일년 전이었을겨, 그 해두 일찍 양식이 바닥나 식구덜이 굶기를 밥 먹듯 허구 있었지. 그란디 일본늠들은 대동아즌쟁 판을 벌려 놓구 먹을 거는 말헐 것두 읎구 쇳쪼가리까장 공출로 다 뺏어가구 난리였어. 그라던 어느 날인가 민사무소 직원하구 주재소 순사가 집이루 찾아왔어. 언니를 정신대루 보내자넌 거여. 츰엔 아부지 엄니 다 펄쩍 뛌지. 그란디 메칠 굶은 식구들 누렇게 뜬 얼굴얼 가리치면서, 그르케 혀 주먼 양식두 주구, 또 언니럴 공부두 시켜주고 돈두 벌게 혀 주겠다는 거여. 언니는 공부럴 헐 수 있게 혀 주컷다넌 말에 쬐금 솔깃

헌 눈치였지. 끝까장 안 가겠다구 버텼어두 어치케 해서든 지 끌구 갔겠지만, 언니는 그게 아부지 엄니, 그라구 우리 동상덜 위허는 질이라구 생각허구 순순히 따러간겨. 그게 삼월 초사흘, 삼짇날이었어."

오래 전 일임에도 다시 생각하면 한스러운지 할머니의 목이 잠기고 숨결이 거칠어졌다.

"할머니 물 좀 마시고 좀 쉬어."

"걱정 말어, 난 갠찮어."

"그럼, 그 뒤 얘기 조금 더 해 줘."

"돈 벌어가주구 와서 효도하겄다구 헌 말은 댕연히 못 지켰지. 언니가 집을 떠나구 나서 멫 달이 지나 핀지 한 장이 왔어. 그게 마주막이었지."

"가만, 편지가 왔다고? 글도 모른다면서?"

"예전이는 글 몰르는 사람덜이 입이루 말을 허구 글 아는 사람덜이 그걸 받아 적어 보내넌 일이 많었어."

"할머니, 그 편지를 지금도 가지고 있어?"

"그람, 가주구 있지. 뵈 주까?"

할머니의 말에 따라 장롱 속을 들춰 보니 맨 아래에서 반진고리가 나왔다. 그 안에 주머니가 하나 있었다. 주머니 끈을 풀자 잡동사니 속에서 꼬깃꼬깃 접힌 종이가 하나 나왔다. 하도 여러 번 폈다 접었다 해서 접힌 모서리가 닳아 거의 떨어질 것 같았다. 조심스레 종이를 펼쳐 보았다. 낡은 종이 위에 잉크가 군데군데 번져 글씨는 흐릿했다. 아마도 번진 글씨 속에 수없이 몰래 펼쳐 보았을 할머니의 한숨과 눈물이 젖어 있을지도 몰랐다. 편지 내용은 이랬다.

　부모님 전상서 염하지절 일기 고르지 못한데 부모님 기체후일향만강하옵시고 가내제절 모두 무고하신지요. 불초 소녀가 부모님 슬하를 떠나온 지도 벌써 몇 달이 지나가 버렸네요. 이 불효녀는 부모님께서 자나 깨나 염려해 주시는 덕택에 몸 성히 잘 있구먼요. 여기가 어딘지는 저도 잘 모르겠어요. 여기 온 지 몇 달이 지났어도 늘 같은 날씨구먼요. 그런데 맨날 눈만 뜨면 군인들만 보여요. 이 불초 소녀는 아무 걱정하지 마시고 아버지 어머니 모두 다시 뵈올 때까지 그저 부디 옥체 평안히 계시기를 고두백배 천만축수하나이다. 불효녀는 재배하고 올립니다.

　몇 자 안 되는 편지를 읽는 동안 지은은 숨이 턱 막히는 것 같았다. 열네 살, 그 나이에 순박한 한 처녀는 왜 가족을 떠나 먼 곳으로 가야 했을까. 그 개인의 운명일까, 아니면 고약한 시대의 탓일까.

"그 뒤로 어떻게 되셨는지 소식은 들었어?"

"읎어. 나라는 해방이 됐넌디 사람두 안 돌아오구 소식두 읎구, 죽었넌지 살았넌지 그것두 몰르구, 사람 하나가 완전히 기냥 읎어져 뿐거지, 언니처름 정신대 끌려갔다가 살어 온 사람이 있다구 허면, 한사코 감출라구 허는디두, 멫십 리를 걸어가는 헷걸음을 여러 번 허기두 혔지."

"요샌 그런 사람 도와주는 단체도 생기고, 정부에서도 법을 만들어 지원해 주기도 하는데, 왜 그런 얘기를 한 번도 안 했어?"

"이게 먼 자랑거리라구 떠들구 댕겨? 친정 집이서두 언니를 아는 사람은 인차 다 시상 떠나구 읎어. 내가 죽으면 아무두 몰를거여. 그르케 죄용히 읎어지는 거, 그게 언니가 원허는 건지두 몰르지, 그려두 내가 죽기 전까장은 내 도리럴 헐겨."

"그게 뭔데?"

"내 손이루 밥을 혀 먹구 살게 되면서 시작헌 일이 하나 있어. 언니가 떠난 날, 아무도 몰르게 밥 한 그륵 떠 놓는 일여, 생전이 배 곯구 살던 언니가 그 날 하루만이래두 따땃한 밥 한 그륵 먹을 수 있게 허는 건디, 내가 헐 수 있는 일이 고거뱆이 읎다는 게, 언니에게 너머 미안허구 슬퍼."

"할머니, 달력을 보니까 내일이 삼짇날이야."

"그려, 니얄이 바루 그 날이지, 내가 병원에 있을 때는 못

혔는디, 인차 집이 왔으니께 밥 한 그륵 떠 놓게 즘 혀 줘."

"알았어. 걱정 마. 내가 알아서 준비할게."

다음 날 지은이는 시장에 들러 몇 가지 제수용품을 구입했다. 이런 일이 처음이라 무얼 얼마만큼 사야 하는지 잘 알지 못했으나 제수용품 전문점에 가니 고민할 것도 없이 모든 게 해결되었다. 가장 간단하게 올리는 제사라 해도 가게 주인의 말대로 주과포는 갖추어야 했다. 술과 과일 몇 가지와 포, 그리고 국거리 고기를 샀다. 집에 돌아와 서툰 솜씨로 음식을 만들었다. 잘 모르는 건 할머니에게 물어 시키는 대로 했다.

저녁을 먹고 잠시 쉬다가 거실 벽을 향해 상을 차렸다. 밥 한 사발과 국 한 그릇, 삼색 과일, 북어포, 술 한 잔을 상에 올렸다. 제주祭主도 없고 지방도 없으니 분향, 강신, 초헌, 그런 절차를 따질 것도 없었다. 할머니는 휠체어를 탄 채 상 앞에 앉아있고, 지은이는 바닥에 앉아 조용히 고개를 숙였다. 그리고 마음속으로 빌었다. 얼굴도 모르고, 이름도 오늘에야 처음 알게 된 한 소녀, 이 세상에 왔다가 아무런 흔적도 남기지 못하고 안개처럼 사라져 간 처녀, 아무런 개인의 잘못도 없이 희생이 된 가엾은 영혼. 부디 그 영가께서 이 소박한 음식으로나마 주린 허기를 채우고, 마음에 쌓였던 한과 울분을 한 자락이나마 푸시기를 간절하게 기원했다.

"인차 되았다. 상 치워. 그리고 아까 그 핀지 즘 가주구
와 봐."

"왜? 뭐하게?"

"내 손이루 밥을 혀서 올리지두 못 허구, 앞이루 이 일을
헐 사람두 읎구, 인차 고만 보내드려야 헐 때가 된 거 같어."

"할머니가 너무 서운하지 않을까?"

"헐 수 읎는 일이지. 그려두 니가 만지막이루 정갈허게
상을 채려 줘서 언니두 아마 들 서운혀 혀실겨. 증말루 고
맙다."

"별 소릴, 그런 말 들으려고 한 거 아냐."

"알지, 알어. 자, 이거즘 가주구 나가서 태워 읎애 뿌려."

지은이는 그 편지를 가지고 현관 밖으로 나가 불을 붙였
다. 손때가 진하게 묻어 그런지 불이 잘 붙지 않았다. 직접
쓴 편지는 아니지만 남이 대필한 그 편지를 부치기 위해 그
걸 손으로 접고, 봉투에 넣고, 밥풀로 붙였을 것이다. 그렇
다면 거기에는 정든 집을 떠난 어린 소녀의 그리움, 가족을
걱정하는 안타까움, 현실을 향한 원망과 분노 같은 게 배어
있을 터였다. 그래서 쉽게 불에 타 사라지지 못하고 끈끈하
게 버티는지도 몰랐다. 몇 번이나 다시 불을 붙여 겨우 태
운 그 재를 허공에 뿌리고 들어왔다. 상을 대충 치울 때까

지 할머니는 그 자리에 말없이 앉아 계셨다. 대강 정리를 마치고 거실로 나와 소파에 앉았다. 평상시 안 하던 일을 해서인지 좀 피곤했다.

"할머니 피곤하지 않아? 그만 들어가 주무실래?"

"안적 갠찮어. 헌 게 머 있다구."

"그럼 조금 더 놀다가 들어가셔."

지은이는 뉴스를 듣기 위해 텔레비전 채널을 이리저리 돌렸다. 마침 예쁜 여자 아나운서가 국제뉴스를 전하고 있었다. 할머니가 잘 들으실 수 있도록 볼륨을 조금 높였다. 화면엔 미국의 어떤 대학 교수가 종군위안부에 대해 쓴 논문이 일으킨 파장에 대한 설명이 이어지고 있었다.

"저 늠이 시방 메라고 혔다는겨?"

"저 사람은 미국의 램지어라는 교수인데, 태평양전쟁 때 한국의 처녀들이 강제로 끌려 간 게 아니고 돈을 벌려고 제 발로 전쟁터에 갔다고 주장하는 논문을 써서 발표했대."

"미친 늠 지랄허구 자빠졌네. 아니 지가 일본 늠두 아니구, 그 때 살었던 늠두 아니면서, 멀 안다구 고따위 말두 안 되는 헷소릴 지꺼린댜?"

"그때 살지 않았어도 학자로서 주장할 수는 있지. 문제는 일부 친일적인 학자를 빼곤 전문가들이 별로 인정을 안 해 준다는 거야."

"댕연히 그라야지. 고런 미친 늠 잠꼬대 같은 소리럴 누가 믿겄서?"

"그런데 우리나라에도 똑같은 주장을 하는 사람들이 있어."

"아니, 일본 늠들이야 고렇다 쳐두, 조선 사램덜이 워치게 그런 말을 헐 수 있는겨? 그게 정신이 제대루 백힌 늠덜이여?"

"우리나라 최고 대학 교수님들이 그런 말씀을 하고 있지."

"말세구먼 말세여. 그늠들이 다 지가 당혀 보지 안 혀서 그런 겨, 지 딸내미나 동상덜이 당혔다구 생각혀 봐. 고런 말이 워치게 주딩이에서 나와?"

"할머니, 화가 나도 좀 참아. 혈압 오르면 큰일 나."

"내가 배우지넌 못혔어두, 사램이 헐 일과 혀서는 안 되는 일이 있다는 건 알어. 펑펑 울면서 정신대에 끌려가던 언니럴 내가 안적두 시퍼렇게 눈 뜨구 안 잊어묵구 있넌디, 그게, 머, 돈 벌러 지 발루 간 거라구? 워디서 고런 싸가지 읎넌 소리가 나와? 에이, 썩을 늠덜, 대체 구신덜은 고런 늠덜 안 잡아 가구 머허구 있능겨?"

"그러니까 저런 소리 하는 사람 없어질 때까지 할머니가 오래 사셔야 해."

"아이구, 저것덜 때미 잊어뼐질라구 혔든 언니가 또 생각나네. 저런 늠덜이 죄다 읎어져야 이 시상이 즘 펜안혀질긴디…"

"그런 날이 꼭 올 거야. 할머니가 건강하게 잘 버텨야 그 날을 볼 수 있어."

잠시 뒤 할머니가 조용해져서 돌아보니 어느새 사르르 잠에 들어 계셨다. 예전 가슴 아팠던 얘기에, 응어리처럼 굳어 있던 언니 얘기, 그리고 마지막으로 올린 제사, 그런 일들이 할머니를 힘들고 피곤하게 했던 모양이다. 가만히 할머니 얼굴을 들여다보았다. 깊은 주름살 속에 온갖 풍상을 겪은 흔적과 상처가 겹겹이 쌓여 있는 것 같았다. 그럼에도 불구하고 그 표정은 밝고 인온했다. 아름다운 꿈이라도 꾸시고 있는 걸까. 할머니를 굳이 깨워 방으로 모시고 싶지 않았다. 헐렁한 옷 하나를 들고 나와 할머니 가슴을 덮어 주었다. 그리고 할머니 손을 잡고 그 옆에 앉아 방송을 보다가 깜빡 잠이 들었다. 오랜 만에 꿈을 꾸었다. 그것도 아주 생생하고 선명한 꿈이었다.

활짝 핀 봄꽃들이 가득하다. 만발한 꽃들은 잘 말린 빨래처럼 세상을 반짝이고 상큼하게 한다. 그 환한 꽃 속으로 끝이 안 보이는 길이 나 있다. 코끝을 시원하게 하는 은은

한 향기도 흘러넘친다. 그 길로 두 노인이 걸어간다. 한 사람이 앞장을 서고, 또 한 사람은 몇 걸음 뒤쳐져 따라간다. 뒤따라가는 사람은 뒷모습으로 보아 분명 할머니다. 앞서 가던 사람이 멈춰 서서 뒤를 돌아본다. 할머니 얼굴과 똑같다. 그 얼굴이 갑자기 앳된 소녀로 바뀐다. 그 소녀는 뒤를 돌아보며 오지 말라고 손사래를 친다. 할머니가 멈칫거리자 그 소녀는 학처럼 겅중겅중 뛰어간다. 그리고 날개를 활짝 편 것처럼 꽃잎들 사이로 훌쩍 날아올라 사라진다. 할머니는 그 모습을 지켜보다가 돌아선다. 그 얼굴에 안타까움과 서운함, 그리고 후련함과 개운함이 엇갈린다. 바람에 흩날리는 꽃잎들이 안개처럼 할머니를 뒤덮는다. 돌아오는 할머니의 발걸음이 가볍다. 할머니 가슴을 짓누르던 그 돌멩이도 좀 가벼워졌을까. 환한 봄꽃들은 여전히 요요하다.

모래 한 줌

"나무아미타불, 나무아미타불, 나무아미타불…"

합장을 하고 줄을 지어 돌계단을 오른다. 계단을 하나 오를 때마다 부처님 명호를 한 번씩 부른다. 시선이 앞사람 뒤꿈치에만 가 있다 보니 주변 풍경 같은 것은 눈에 잘 들어오지 않는다. 게다가 인솔하는 스님은 조금만 틈새를 보여도 '구경하러 온 거 아니에요'란 말을 연발하며 일행을 채근하니, 이건 여행이 아니라 마치 무슨 훈련을 받으러 온 것 같은 기분이 들기도 한다.

인적이 뜸한 시골 길을 달려 이들은 좀 전에 수렴동이란 곳에 도착했다. 그러나 버스가 멈춘 곳엔 관광지답지 않게 건물 몇 채만 덩그렇게 서 있을 뿐 사람들은 별로 보이지 않았다. 이른 시각이어선지, 아니면 사람들이 많이 찾지 않는 곳이어서인지는 알 수 없었다. 몇 걸음 옮기니 골짜기로 들어가는 입구에 조잡한 느낌의 문루가 서 있었다. 거기에 쓰여 있는 세계 최대 마애불이란 큰 글자와 함께 기복祈福 문화 여유旅遊란 문구가 오히려 좀 애잔해 보였다. 사람들이 얼마나 안 오기에 사회주의 국가에 어울리지 않는 저런 문구까지 사용해야 할까. 그 뒤로 깊은 골짜기가 음충하게 입을 벌리고 있었다.

골짜기 안쪽으로 들어가자면 딱딱한 의자로 된 허술한 전동차에 탑승해야 했다. 젊은 운전수는 그 좁은 길을 꽤 빠른 속도로 달렸다. 비포장도로를 달리는 것처럼 엉덩이에 둔탁한 충격이 가해졌고, 손잡이를 잡고 버텨야 할 만큼 요동이 심했다. 길 오른쪽으로는 꽤 많은 수량의 내가 흐르고, 반대편으로는 도로 개설을 위해 깎아낸 절벽이 이어지고 있었다. 그렇게 십여 분을 달린 차량이 멈추었다. 기이한 모습의 바위와 잎이 억세 보이는 나무 몇 그루, 청량한 소리를 내며 흐르는 시냇물, 그리고 도교 쪽인지 불교 쪽인지 그 정체를 알기 어려운 산 속의 건물 몇 채가 눈에 들어왔다.

인솔 스님은 사람들의 앞장을 서서 마애불 쪽으로 이동을 재촉했다. 정해진 일정 소화와 책임감 때문에 그렇게 독촉하는 사정은 충분히 이해할 만했지만 한편으로는 불편한 것 또한 숨길 수 없는 사실이었다. 아무리 성지순례라는 이름으로 온 것이라 해도 자신들을 어린아이들 몰고 가듯 취급하는 게 그리 기분 좋은 일이 될 수는 없었기 때문이다.

일행이 막 지나온 마애불 바로 아래에 향을 비롯한 공양을 바칠 수 있는 시설이 있었다. 그러나 마애불의 위치가 워낙 높고 가파르기 때문에 거기서는 아무리 고개를 쳐들어도 그 전모를 볼 수가 없었다. 줄을 서서 서둘러 향을 한 대씩 불붙여 부처님께 바치고, 그대로 앞쪽으로 향하는 계단을 오르기 시작했다. 계단을 다 오르니 꽤 널찍한 공간이 나왔다. 비로소 골짜기 건너편의 마애불 전체가 한눈에 들어왔다. 거대한 바위에 새겨진 세 분의 부처와 보살이 자애로운 미소와 표정으로 그들을 내려다보고 있었다. 그 옆으로 탑과 작은 크기의 보살, 또 소규모 석굴 등이 새겨져 암벽 전체를 채우고 있었다. 언제 보수한 것인지는 알 수 없으나, 선명하게 남아 있는 은은한 채색은 마애불의 모습을 더욱 신비스럽고 친근한 느낌이 들게 했다.

"자, 다들 준비하시고, 저쪽 부처님을 향해 서세요."

인솔 스님의 지시대로 일행은 휴대용 1인용 자리를 꺼내 바닥에 깔았다. 그리고 다른 관광객에게 피해가 가지 않게 절반 정도는 비워 두고, 나머지 공간에 대열을 갖추어 합장을 하고 늘어섰다. 인솔 스님이 목탁을 치며 예불을 시작했다. 일행은 그런 의식에 익숙한 듯 일사불란하게 같은 동작으로 절을 하고, 일어서고, 불보살의 명호를 암송했다. 반야심경 독송을 끝으로 의례가 종료되었다.

평지의 한낮은 40도에 육박하는 폭염이었지만 이곳은 그나마 골짜기 지형에 나무와 물까지 있어서인지 못 견딜 정도의 더위는 아니었다. 하지만 한여름의 날씨는 역시 조금만 움직여도 땀이 배어날 만큼 무더웠다. 불과 10여 분의 예불을 올렸을 뿐인데도 연세 드신 분들은 얼굴에 흐르는 땀을 훔치며 가쁜 숨을 몰아쉬기도 했다. 그들은 물을 꺼내 마시기도 하고, 부채를 흔들어 몰려오는 열기를 쫓기도 했다.

잠시 휴식을 취한 뒤 인솔 스님은 가이드를 불러 이 마애불에 대한 설명을 부탁했다. 가이드는 납초사라는 절 이름이 갖는 의미에서부터 이 마애불의 조성 연대와 그 이유, 바위의 높이와 면적, 거기 새겨진 동물과 문양 등에 관해 녹음기에서 흘러나오는 것처럼 좔좔 이야기했다. 그러나 전문적인 용어와 함께 한자를 중국어로 읽어 말하는 바람에 그 내용을 쉽게 이해하기는 어려웠다.

그의 해설이 끝나자 인솔 스님은 왜 이 외진 곳에 이런 거대한 마애불을 조성하고 또 오래 유지될 수 있었는지, 불교 신앙적 관점에서 보충 설명을 했다. 많은 비용이 들어가는 이런 불사를 한 가장 중요한 이유는 돈 많은 부자들의 내세를 위한 공덕 쌓기가 되겠지만, 그 이후에도 보수와 관리가 잘 이루어져 전해진 까닭은 위험을 무릅쓰고 이곳을

오가던 상인들과 구도자들의 간절한 기도처, 그리고 힘없
는 서민들의 미래에 대한 희망과 기대 등이 어우러진 결과
일 것이라고 정리를 했다. 따라서 우리 불자들은 이 마애불
의 거대한 크기와 규모에 감탄만 할 게 아니라 어떻게 하면
내 신심을 잘 이어가면서 부처님의 뜻에 따라 살아갈 것인
지 마음을 가다듬는 자세가 필요하다고 덧붙였다.

"지광 스님도 나오셔서 좋은 법문 한 말씀 해 주시죠."

인솔 스님은 같은 스승 밑에서 공부한 인연이 있는 사형
師兄이었다. 그가 갑자기 호출하는 바람에 지광은 화들짝
놀랄 수밖에 없었다. 그는 아까부터 예불이나 가이드의 설
명에는 별 관심이 없었다. 그 대신 그의 신경은 한쪽 구석
에 정물처럼 앉아 있는, 한 사내의 등에 묻어나는 짙은 어
둠에 온통 쏠려 있었다. 뭔지 모를 음울한 기운이 그의 무
연憮然한 뒷모습에 잔뜩 드리워 있었다. 무얼까. 왜 그럴까.
이런저런 상상에 잠겨 있던 그는 사형의 호명에 마치 딴짓
을 하다 들킨 학생처럼 황망할 수밖에 없었다.

"아, 저는 별로 드릴 말이 없습니다. 좋은 말씀 잘 들었습
니다."

"갑자기 부탁을 드려 당황하셨나 봅니다. 앞으로 기회가
많이 있으니까 좋은 말씀은 다음에 듣기로 하죠."

애초 그가 이 일행과 함께한 데는 피하기 어려운 사연이

있었다. 출가 이래 수십 년 동안 주로 선방 생활을 하며 참선에만 몰두하던 그는 도반들이 주지도 되고, 종단의 소임도 맡고 하는 동안에도 그런 것에는 전혀 관심이 없었다. 동안거나 하안거 입제 철이 되면 선방을 찾아들고, 해제가 되면 바람처럼 떠돌아다니거나 아니면 이름 없는 작은 암자나 인연 있는 도반의 토굴을 찾아 홀로 수행에 매진했다. 그러나 철야 용맹 정진을 하며 금세 확철대오를 할 수 있을 것 같던 젊은 시절의 자신감은 세월이 지나면서 점점 옅어져갔다. 특히 나이 들면서 몸이 마음을 따라 주지 않게 되자 수행에 대한 회의懷疑가 조금씩 느껴지기 시작했다.

몸을 돌보지 않는 긴 세월의 수행 정진은 그의 건강을 야금야금 갉아 먹었다. 몇 해 전, 그는 극단적으로 절제된 식생활로 인해 선객들이 흔히 앓는 위장병으로 고생하다가 결국 병원 신세를 지게 되었다. 그런데 뜻밖에도 시급히 위절제 수술을 하지 않으면 안 된다는 진단이 나왔고, 수술과 항암 치료로 여러 달을 보내야 했다. 퇴원한 후 몸을 추슬러야 하는데 노후 대책으로 여축해 둔 돈도 없고, 속가俗家의 도움도 받을 수 없는 형편이니 마땅히 갈 곳이 없었다. 오래 인연을 끊고 살다시피 했던 사형을 찾은 것은 바로 그런 이유 때문이었다.

몇 개월 동안 사형의 도움을 받아 가까스로 몸을 추스를 수 있었다. 큰 신세를 지기도 했지만 건강을 회복했다고 바로 절을 떠나는 건 사람의 도리에 어긋나는 일이었다. 내키지는 않았지만 얼마간 절에 남아 사형의 일을 돕기로 했다. 그런데 사형은 욕심이 많은 사람이었다. 그리고 수완도 좋았다. 작은 암자에서 시작하여 꽤 큰 규모의 사찰이 되기까지 그는 끊임없이 불사를 일으켜 시주금을 모으고, 이런저런 명목의 정부 지원금을 끌어들여 사업을 확장했다.

성지순례란 것도 사실 그 이름과는 다르게 돈벌이 여행업이나 마찬가지였다. 신도회를 구슬리거나 일반인을 대상으로 모집해 떠나는 성지순례는 차츰 노하우가 쌓이면서 사형의 주요한 수입원이 되어 주었다. 그가 이번 일행에 끼게 된 것은 여행 경비에 포함된 동행 해설자 사례비라는 항목을 처리하기 위함이었다. 사례비는 따로 주지 않을 게 확실하지만 혹 준다 해도 받을 생각이 없었다. 다만 예전 구법자求法者들이 목숨을 걸고 오갔던 서역 길을 밟아보는 것만도 출가 수행자로서 한번쯤은 경험해봄직한 일이라는 판단이 들어 사형의 동참 권유를 받아들였던 것이다.

하지만 중국 땅에 발을 딛고 일행을 따라다니면서 괜히 왔다 싶게 차츰 후회가 밀려오기 시작했다. 경비를 아끼기 위해 숙소와 음식을 저렴한 쪽으로 정하는 것은 그래도 이해가 되었지만, 명색이 성지순례라면서 쫓기듯 일정을 진행하는 게 영 마음에 들지 않았다. 또한 가이드와 한 통속이 되어 유려한 말솜씨로 마사지나 옵션 관람을 강요하다시피 하는 것도 언짢기 짝이 없었다. 그는 눈치를 보며 어떻게든 일행에서 떨어질 기회를 찾기 시작했다.

그러던 중 오전에 천수의 맥적산 석굴을 관람했는데, 수직 절벽에 조성된 크고 작은 석굴, 그 안에 모셔진 불보살에서 느껴지는 끝 모를 불심, 섬세한 미소로 보여주는 신비한 아름다움이 진한 감동으로 남아 쉽게 사그라들지 않았다. 그 여운을 간직한 채 오후에는 사람들이 별로 찾지 않는 무산의 납초사라는 한적한 곳에 오게 되었다.

그런데 이 마애불은 좀 실망스러웠다. 솔직히 이 거대한 마애불은 그 압도적인 규모가 조금 놀라울 뿐 거기서 종교적인 신성성이나 예술적인 감동 같은 것은 별로 느낄 수 없었다. 그런 생각은 일행과 함께 예불을 올리면서도 몸과 마음을 따로 놀게 했다. 물론 이런 행동은 오랜 세월 참선만 하면서 살아온 그의 내력과도 무관하지 않을 터였다. 부처를 만나면 부처를 죽이고 조사를 만나면 조사를 죽이라는 살불살조殺佛殺祖의 정신으로 수행하는 선승들은, 직지인심直指人心, 오로지 거기에만 매달릴 뿐, 관행적으로 불상이나 예불 같은 것에 그리 큰 의미를 두지 않는 전통이 있었기 때문이다.

그 대신, 한쪽 구석에 앉아 있는, 몸뚱이가 빠져나가고 허물만 남은 것 같은, 한 사내의 뒷모습에 그의 온 마음이 쏠려 있었다. 그대로 두면 금세 뭔가 안 좋은 일이 벌어질 것만 같은 불안감, 그렇다고 손이라도 내밀어 만지면 그 순간 그대로 산산이 부서져 사라져 버릴 것 같은 가벼움, 그런 게 그 사내를 아우라처럼 감싸고 있었다. 수행자의 입장에서 보면 상대가 어떤 처지에 있건 관심을 갖는 것 자체가 괜한 개입이고 쓸데없는 참견일 수도 있는 일이었다. 일체 만상이 모두 인연 따라 일어나고 사라지는 까닭을 생각해 보면, 세상 모든 게 업보 아닌 게 없고, 또 자신이 감당해야 할 인연은 아무리 애를 써 봐도 벗어날 수가 없는 게 정한 이치다. 따라서 누구를 도와준다고 섣불리 나설 일도 아니요, 가엾다고 함부로 동정할 일도 아니다.

하지만 아무리 이치로는 그렇다 해도 거의 쓰러지기 직전의 한 생명을 방치하고 그냥 떠난다는 것 또한 승복을 걸친 수행자로서 할 일이 아니었다. 비록 그게 죄를 짓는 일이라 해도, 또 헛된 인연을 더하는 일이라 해도 그대로 떠날 수는 없었다. 그만큼 그는 퇴원 이후 냉정하고 치열했던 수행자 신분에서 좋게 말하면 현실로 내려왔고, 반대로 말하면 얼마만큼 세속화되었다고 할 수 있었다.

그는 잠시 고민을 하다가 아래로 내려가는 일행과 떨어

져 살그머니 그 사내의 곁으로 다가가 조용히 쭈그려 앉았다. 가느다란 바람결에도 날아갈 것 같은 그 사내는 미동도 없었다. 숨을 쉬는지조차 알 수 없을 정도로 사내는 붙박여 있는 한 그루 나무 같았다.

"혹시 한국 분이신가요?"

"…"

"잠시 저와 얘기 좀 나누실 수 있나요?"

"…"

예상대로 사내는 아무 반응이 없었다. 그의 말을 알아듣기는 한 건지조차 알 수 없었다. 그는 고개를 돌려 그의 눈을 바라보았다. 한국에서 실크로드에 관한 자료를 찾아보던 중, 타클라마칸 사막의 묘지에서 4천여 년 전 여인의 미라가 발견되었는데 그 머리칼과 눈썹과 입고 있던 옷이 그대로 남아 있어서 누란의 미녀로 명명되었고, 그 미라와 함께 복원된 모형이 박물관에 전시되고 있다는 글을 읽은 적이 있다. 그 자료의 사진 속에서 보았던 미라의 눈이 바로 옆에 앉은 사내의 눈이었다. 살아 있되 산 것 같지 않은, 죽었지만 수천 년 넘게 살아있는 그 눈, 그는 그 사내의 눈을 바라보며 이 눈은 처음 보는 게 아니다, 현세가 아니라면 전생에서라도 깊은 인연을 맺은 오래 보았던 사람의 눈이다, 그런 생각을 떨칠 수가 없었다. 무슨 근거가 있는 건 아니었다. 뇌간척수를 흐르는 번개 같은 빛, 언어로 설명할 수는 없지만 내밀히 느껴지는 어떤 기운, 그런 것이 내려주는 일종의 신탁이나 계시 같은 생각이었다.

전동차를 타는 데까지 내려갔던 일행 중 한 명이 그를 찾으러 다시 올라왔다. 생각 같아서는 여기서 일행과 헤어져 그 사내와 함께 있고 싶었으나 갑자기 그럴 수는 없는 일이었다. 그는 사내의 귀에 대고 그가 듣든 말든 나지막하지만 힘 있게 말했다.

"힘내시고, 또 만납시다."

"…"

"우린 꼭 다시 만나게 되어 있습니다. 반드시 만날 겁니다."

그는 다짐하듯 그렇게 말하고 자리에서 일어섰다. 사내는 여전히 아무런 말도 몸짓도 없었다. 몇 번이나 뒤를 돌아보며 떨어지지 않는 발길을 떼어 그 자리에서 내려와 일행과 합류했다. 비록 몸은 떠났어도 마음은 그 사내와 함께 있었다.

난주에서 하룻밤을 묵고, 다음 날 아침 병령사를 보기 위해 유가협 댐으로 막힌 황하를 거슬러 올라갔다. 푸른 물이 누런 물로 바뀌는 신기한 물길을 지나 모터보트는 쾌속 질주했다. 물 위로 가고 있는데도 배는 마치 자갈길을 달리는 것처럼 요동이 심했다. 그 요동에 좀 적응이 되자 그림처럼 펼쳐지는 기이한 산봉우리들이 영화 화면처럼 빠른 속도로 지나가는 게 눈에 들어왔다. 일행들은 연신 사진을 찍으며 감탄사를 멈추지 않았다.

병령사는 얼핏 한자로 된 절 이름 같지만 실제로는 10만 불주라는 티베트 말을 그 음으로 표기한 것이라 한다. 천수백 년 전부터 이 지역 사람들이 간절한 염원을 담아 바위 절벽에 새긴 석굴과 불상들은 안타깝게도 댐 건설로 인한 침수로 많이 훼손되어 있었다. 일부 불상은 수몰을 피해 원래 있던 곳에서 이전되어 본래 모습을 상실했고, 남아 있는 석굴과 그 안의 천 살도 더 먹은 부처님들은 아무런 저항도 못한 채 인간들의 탐욕 앞에 고스란히 노출되어 있었다. 지금도 거대한 기계는 음흉한 소리를 내며 바로 코앞에서 땅의 속살까지 마구 파헤치는 중이었다. 그 폭력적인 소음에 잔뜩 주눅 든 것처럼 보이는 불보살들의 표정이 한없이 애처롭기만 했다.

다시 난주로 귀환했을 때, 지광은 드디어 일행과 헤어지기로 결심했다. 사형의 끝없는 욕심에 대한 반감도 있었지만, 더 중요한 건 단 하루만이라도 시간에 쫓기지 않고 조용히 그리고 온전하게 부처님의 자취를 찾아 그 깊은 가르침에 젖어 보고 싶었기 때문이었다. 명분을 만드는 것은 그리 어렵지 않았다. 물을 잘못 마셔 배탈이 나 화장실을 자주 가야 하기 때문이라는 이유를 댔다. 일행 중에는 아쉬워하는 눈치를 보이는 사람도 있었지만, 입 하나를 덜면 비용을 줄일 수 있다는 생각으로 사형은 그의 이탈을 굳이 말리지 않았다.

전용 버스로 편히 이동하다가 대중교통과 택시를 이용해야 하는 불편은 있었으나 홀가분하고 자유로운 마음에 비하면 그건 아무것도 아니었다. 그가 지닌 여행 일정표는 유명 관광지와 불교유적을 쉽게 찾을 수 있게 잘 짜여 있었고, 그곳을 연결하는 교통편도 비교적 편하게 되어 있어서 혼자 움직이는 것이 그리 어렵지는 않았다.

엄청난 크기의 불상이 있는 장액의 대불사, 칠채산의 그 기이하고 오묘한 빛깔의 풍광, 끝없이 이어진 기린 산맥의 꼭대기를 장식한 만년설, 그리고 만리장성의 서쪽 끝 관문이라는 가욕관 등을 거쳐 드디어 돈황에 도착했다. 돈황은 중국은 물론 세계의 유산으로 손꼽히는 막고굴 하나로 금세기에 재탄생한 도시라 할 수 있다. 막고굴은 그 정교하고 섬세한 예술적 감각의 조각과 그림, 그리고 옛 사람들의 정신과 의식을 품고 있는 수만 점의 희귀 고문서 등으로 인류의 보물 창고나 마찬가지라고 할 수 있다. 이 유적 때문에 돈황은 사막을 오가는 사람들이 쉬어가던 작은 오아시스

마을에서 인구 20만의 큰 도시로 발전했고, 돈황학이라는 학문의 연원지로 그 명성을 드날리게 되었다.

예전에는 여기에 하루 수만 명씩 입장하여 마치 시장 바닥처럼 북적였다고 하는데, 그것은 마치 서구 열강들이 앞다퉈 이곳의 벽화나 문서들을 마구 반출한 것과 다를 바 없는 무지스러운 일이라 할 수 있었다. 다행히 지금은 하루 입장객 숫자를 제한하고, 관람 전의 안내 영상물 관람과 셔틀 버스 운행으로 질서를 잡아가고 있었다. 다만 개인 관람자들이 느긋하게 불심을 체험할 수 있는 관람 시스템이 갖춰지지 못한 것은 큰 아쉬움이었다.

지광은 늘씬한 백양나무가 늘어서 있는 뒤로 절벽에 길게 2층으로 조성되어 있는 굴 앞에 섰다. 천 몇 백 년 전에 깊은 불심으로 조성되기 시작한 석굴, 그리고 그 안의 부처님과 그 가르침을 담은 벽의 그림들은 상상만으로도 감격스러웠다. 도대체 누가, 왜, 여기에 저 많은 부처님을 모셨는가. 무슨 이유로 수십 년 세월을 한 마음으로 정성을 다해 그림을 그렸는가. 저 머나 먼 인도의 부처님이 무슨 까닭으로 말도 풍속도 다른 이곳 사람들의 희망이 되고 염원의 대상이 되었는가. 생각할수록 신비하고 가슴이 먹먹해졌다. 그는 지그시 눈을 감고 잠시 선정에 들었다. 한 소식하기 위해, 깨달음을 얻기 위해 면벽으로 보냈던 간절한 시간들이 스르르 그의 눈앞을 흘러갔다. 가슴이 뭉클하고 까닭 없이 눈물이 살짝 배어 나왔다.

석굴엔 굴마다 번호가 붙어 있고, 굴 앞엔 철문이 달려 자물쇠로 잠겨 있었다. 이 굴들은 용도에 따라 예불용과 수행용으로 나뉘고, 그에 따라 각각 그 구조와 규모가 다르다고 한다. 관람은 이곳 연구소 소속 연구원의 안내를 통해서만 할 수 있는데, 안내자는 열쇠를 가지고 와서 문을 열고 설명을 한 후 다시 문을 잠그고 다음 장소로 이동한다. 설명과 관람에 일정한 시간이 소요되기 때문에 대개 한 팀이 정해진 시간에 볼 수 있는 것은 일고여덟 개에 그친다고 한다.

지광은 단체 관람하는 사람들의 뒤를 따라 들어가 몇 개의 불상과 벽화에 경건한 마음으로 참배했다. 그러나 좁은 공간에 사람들이 빼곡하게 들어서 발이 밟히기 일쑤고, 또 땀 냄새로 범벅된 틈에서 본의 아니게 젊은 여성들과 몸이 부딪치는 것도 민망해서 그만 밖으로 나와 버렸다. 더구나 사진 촬영 금지인데다 안내자의 플래시 불빛으로만 감질나게 볼 수밖에 없는 것도 더 이상의 관람을 포기하게 만들었다. 천 년 넘게 전해지고 있는 이 석굴 안의 불상이나 벽화들은 안타깝게도 이제 신앙의 대상이 아니라 구경거리로 전락하고 말았다. 간혹 불상이나 벽화의 불보살에 합장 배례하는 사람들도 있긴 했지만 이곳을 찾은 대부분의 사람들은 불자가 아니라 구경꾼에 지나지 않았다.

아쉬운 발길을 돌려 다음 행선지인 명사산鳴沙山으로 향했다. 이곳 모래알에는 작은 구멍이 나 있어서 바람이 불면 소리가 나는데, 그 소리가 마치 우는 소리 같아서 그런 이름이 붙여졌다 한다. 그런데 사람들은 그걸 왜 하필이면 우는 소리로 들었을까. 노래소리나 웃음소리로 들을 수도 있었지 않았을까. 그럼에도 사람들이 그렇게 인식하지 않은 것은 아마도 여기가 사막이었기 때문일 것이다. 사막은 침묵이고, 적막이고, 죽음이다. 간밤의 바람에 따라 모래 산이 새로 생기기도 하고 없어지기도 하는 무상함, 생명이 깃들지 못하는 척박함, 그런 사막에는 당연히 울음소리가 제격이다. 참으로 절묘한 명명이라 하지 않을 수 없다.

그는 줄 지어 올라가는 사람들 뒤를 따라 모래 산을 오르기 시작했다. 발이 푹푹 빠지는 고운 모래가 걸음을 떼기 어렵게 했지만, 다시 오기 어려운 길에 그 유명하다는 월아천을 한번 내려다보기 위한 걸음을 멈출 수는 없었다. 약간 숨이 찼으나 묵묵히 걸음을 옮겨 꼭대기에 도달하자 힘든 발걸음을 상쇄하고도 남을 아름다운 풍경이 눈앞에 펼쳐졌다. 반달 모양의 아리따운 오아시스가 누런 모래 언덕 가운데 파랗게 앉아 있었다. 그 얌전한 자태는 마치 깊은 후원을 거닐다가 꽃 앞에 주저앉아 있는 수줍은 규수와도 같았다.

한참이나 그 신묘한 풍광에 빠져 세상사를 잊고 있다가 이제 그만 내려갈까 하며 고개를 반대편으로 돌리는 순간, 문득 어떤 보이지 않는 강한 기운이 그의 몸을 오싹하게 하는 걸 느꼈다. 마치 뱀이나 무서운 동물과 갑자기 마주쳤을 때 반사적으로 몸이 먼저 반응하는 것과 같다고나 할까. 천천히 시선을 고정해 바라보니 거기에 납초사에서 보았던 그 사내가 배낭을 가슴에 끌어안고 모래 덩어리처럼 앉아 있었다. 그는 벼락을 맞은 것처럼 온 몸이 불에 타는 것 같은 놀라움과 반가움에 빠졌다.

그는 천천히 그 사내의 곁으로 다가가 오랜 친구를 만난 것처럼 무람없이 그 옆에 주저앉았다. 여전히 생기라곤 찾아볼 수 없는 무력한 모습이긴 했으나 다행스럽게도 죽음 근처에서 헤매는 것 같던 눈빛은 조금 살아나 있었다.

"반갑소. 또 만났구려."

"..."

"어때? 내가 우린 다시 만날 거라고 하지 않았소?"

"..."

"대답하기 싫으면 안 해도 괜찮소. 대신 이제 우린 함께 가야 해. 억지스런 소리로 들리겠지만 그게 댁과 나의 인연이고 운명이야."

"..."

사내는 여전히 아무 말도 반응도 없었다. 다만 그 침묵은 접근 자체를 완강히 거부했던 납초사 때의 그것에 비해 상당히 부드러워진 느낌을 주었다. 혼자 생각인지는 알 수 없지만, 그러고 보면 그 무반응은 누군가 강제로라도 자신을 끌고 갔으면 하는 기다림의 또 다른 표현이었는지도 모를 일이었다.

그들은 시내로 나와 식당에서 같이 밥을 먹었다. 밥을 먹으면서도 사내는 여전히 한 마디 인사 같은 말조차 없었다. 지광은 숙소로 들어가기 전에 가게에 들러 술 몇 병과 마른 안주를 좀 샀다. 이 사내를 둘러싼 그 깊고 두터운 침묵을 열기 위한 열쇠는 그것밖에 없을 것 같다는 생각 때문이었다.

숙소의 방에 들어와 작은 탁자를 사이에 두고 마주앉았다. 대체로 술자리라는 건 아는 사람끼리 즐거움과 흥을 나누기 위해 만들어지는 게 보통이다. 물론 어떤 목적 달성을 위한 접대나 안 좋은 일을 잊기 위한 술자리도 있긴 하겠지만, 적어도 같이 앉아 술잔을 나눈다는 건 둘 사이의 교감이나 동감이 전제되어야 하는 것 또한 부인할 수 없는 일이다. 하지만 둘은 아직 서로의 나이나 이름, 직업, 거처 등을 전혀 모르는 남남이다. 길 가다가 우연히 부딪치게 되는 수많은 사람 중의 하나일 뿐이다. 굳이 인연의 끈을 따진다면 마애불 앞에서 일방적으로 만난 잠깐 동안의 해후, 단지 그것뿐이다. 당연하게도 둘 사이에 어색한 침묵이 짙게 흐를 수밖에 없었다. 그렇다고 해서 굳이 새삼스레 통성명을 하거나 궁금한 것을 묻고 대답할 상황도 아니고, 또 그럴 필요도 없었다. 그냥 모든 걸 건너뛰고 오래 만났던 사람처럼 묵묵히 술잔을 주고받기 시작했다.

사실 지광은 술을 잘 마시지도 못할뿐더러 지금껏 그런 자리에 끼지도 않고 살아왔다. 하지만 오늘 이런 자리를 자청해서 만든 것은 오로지 죽음과 침묵의 어둠 속에 잠겨 있는 사내를 어떻게든 거기서 끌어내야만 할 것 같은, 그렇게 하지 않으면 한 생명이 자신으로 인해 산화될 것 같은, 그런 두려움과 의무감, 공포와 책임감 같은 것이 복합적으로 작용한 결과였다. 언젠가 도반의 거처를 방문했다가 우연히 방안에 굴러다니는, 고시생이 두고 갔다는 황석영의 『장길산』이라는 소설을 읽은 적이 있다. 거기 나오는 이갑송은 자신의 홀어머니를 죽인 아내를 살해하고 실성 상태로 절을 찾아가는데, 그를 맞은 옥여라는 스님이 그를 마을로 데리고 가서 닭을 잡아 함께 술을 마시는 장면이 나온다. 이 갑송이 대취하여 쓰러지자 그는 밖으로 나와 손가락을 입에 넣어 먹은 술을 다 토해낸 후 취한 사람을 업고 절로 올라가고, 결국 이갑송은 대성법주라는 스님이 된다. 이 술자리를 만들면서 문득 지광은 옥여 스님을 떠올렸다. 부처님도 듣는 사람의 근기에 따라 방편이라는 걸 사용하시지 않았던가. 그렇게 스스로 자위하며 술이 떨어질 때까지 함께 마셨다.

시간이 지나자 갑자기 마신 독한 술을 견디지 못한 사내가 흔들리기 시작했다. 그렇다고 술 취한 사람이 횡설수설하는 것처럼 아무 말이나 지껄이지는 않았다. 그저 주먹을 꽉 쥐었다가, 어딘가를 뚫어질 듯 응시하다가, 자신의 머리칼을 쥐어뜯다가, 막힐 듯 참았던 숨을 거칠게 토해낼 뿐이었다. 그러던 그가 끝내 비죽비죽 울음을 터뜨리기 시작했다. 지광은 조용히 일어나 그의 곁으로 갔다. 그리고 포근히 그를 안아 주었다. 지광의 품에 안긴 그는 꽁꽁 싸매 묶어 두었던 설움을 풀어내듯 더 큰 소리로 울었다. 그의 몸이 마구 떨렸다. 마침내 그의 울음은 대성통곡으로 바뀌었다. 왜 우는지, 무엇 때문에 여기까지 오게 되었는지, 그런 것은 물을 것도 없었고, 알 필요도 없었다. 그는 오래 막혀 있던 둑이 터진 것처럼 울음을 토해냈고, 지광은 그를 안고 가만히 등을 토닥여 줄 뿐이었다.

한참을 울고 난 뒤 그의 떨리던 몸은 서서히 진정되고 숨소리도 점차 가지런해졌다. 지광은 말없이 그를 부축하여 침대로 옮겨 뉘었다. 잠시 조용히 누워 있던 그는 곧 깊은 잠의 나락으로 빠져 들었다. 지광은 화장실로 들어가 위장에 머물러 있던 술을 억지로 토해내고, 찬물로 양치를 한 후 돌아와 방바닥에 가부좌를 틀고 앉아 흐트러진 정신을 가다듬었다.

다음 날 두 사람은 늦게야 자리에서 일어났다. 몸이 감당하기 어렵게 술을 마신 후유증은 갈증과 속 쓰림으로 나타났다. 그들은 느릿느릿 대충 정리를 하고 밖으로 나와 근처 식당에서 늦은 아침 겸 점심을 먹었다. 슬렁슬렁 거리를 기웃거리다가 시내에서 좀 떨어진 역으로 이동해 예약한 기차를 탔다. 기차 안은 무질서하고 또 매우 혼잡했다. 서 있는 사람과 곳곳에 놓아 둔 짐들이 뒤섞여 이동하는 게 쉽지 않았다. 몸을 부딪치며 사람들 틈을 비집고 힘겹게 찾아간 그들의 자리에는 다른 사람이 앉아 있었다. 표를 보여주며 비켜 줄 것을 요구했지만 그들은 선뜻 일어서지 않았다. 그냥 서서 가는 데까지 가 볼까 하다가 아직 덜 가신 주취 피로 때문에 마침 지나가는 승무원에게 사정을 설명했다. 승무원이 다그치자 그들은 미적미적 일어섰다. 자리에 앉자 나른한 피로가 몰려와 저절로 눈이 감겼다.

차 창 밖으로는 멀리 만년설이 쌓인 산맥이 보이고, 가까운 곳에는 척박한 모래와 자갈로 된 풍경이 끝없이 이어져 무료하게 반복되고 있었다. 간혹 석유 시추와 채굴을 하는 시설이 보이기도 했고, 풍력을 이용한 발전기가 늘어서 있는 게 보이기도 했다. 하미, 토하, 선선 등의 익숙하지 않은 이름의 역들에 열차가 멈추면 적지 않은 사람들이 내리고 탔는데, 한족과는 다른 체형과 얼굴의 현지 사람들이 많았다.

여러 시간 동안 옆자리에 앉아 가면서도, 또 열차 안에서 주문한 도시락으로 저녁밥을 먹으면서도 그들 사이에 대화는 없었다. 그들의 관계는 아직 뭐라고 규정할 수 없는 애매하고 모호한 사이였다. 때로는 함께 거친 길을 여행하는 동료이기도 했고, 때로는 깊은 마음을 나누는 도반이기도 했고, 때로는 가족과 같이 끊을 수 없는 인연을 같이하는 형제이기도 했다. 그런가 하면 시정에서 뜻하지 않게 스치는 타인이기도 했고, 헤어지고 나면 다시 찾지 않을 잠시 동안의 우연한 만남이기도 했다.

저녁 늦은 시각에 투루판에 도착했다. 이곳은 예전 서역을 오가던 상인들과 구도자들이 반드시 거쳐야 하는 요충지였다. 지형으로 보면, 해수면보다 낮은 해발 마이너스인 이곳은 사방이 높은 산에 둘러싸인 분지로 폭염과 혹한이 교차하는 지역이다. 그렇게 좋지 않은 환경임에도 이곳이 번성할 수 있었던 것은 여기가 중국과 서역을 연결하는 중심지였기 때문이다. 흔히 서역 36개국이라 불리는 기록이 남아 있는데, 그 중에 가장 번성하고 힘이 강했던 나라가 이곳에 있었다.

북쪽으로 많이 올라와서인지 10시 가까운 시각임에도 어둡지 않았다. 시내로 들어간 그들은 허기가 지진 않았으나 식당을 찾아 국수 한 그릇을 시켜 저녁 겸 밤참을 먹으며 장시간의 기차 여행 피로를 달랬다. 그리고 숙소를 찾아 들어갔다. 어제처럼 술자리도 벌이지 않은 그들은 마땅히 할 게 없었다. 한참을 망설이다가 지광이 어렵게 입을 열었다.

　"말하기 싫으면 안 해도 괜찮소만, 혹 억지로 참고 있는 것은 아니요?"

　"…"

　"슬픔이든 분노든 가슴에 끄리고만 있으면 병이 될 뿐이오. 내키지 않으면 그만 두시고, 만약 망설이고 있는 중이라면 한번 툭 털어 놓아 보시오."

　"죄송하지만, 술 한 잔 할 수 없을까요?"

　둘이 만난 이후 외마디 의사소통 외에 처음으로 그가 입을 열어 한 말이었다.

　"그럽시다. 그게 뭬 어렵겠소?"

　종업원을 불러 맥주 몇 개를 시켰다. 캔을 따 몇 모금 마신 그가 깊은 우물에서 물을 퍼 올리듯 힘겹게 말을 꺼내기 시작했다.

　"스님, 정말 운명이란 게 있는 건가요?"

　"승복 입은 중에게 그렇게 물으면 그렇다고 대답할 수밖에 없지요."

"아니, 스님의 입장을 떠나, 제게 일어났던 일을 다 듣고서도 그렇게 말씀하실 수 있을는지요?"

"어디 한번 들어나 봅시다."

그는 정확한 자신의 나이도, 이름도, 부모도 모르는 사람이다. 그의 가장 오래된 기억에 따르면, 노스님이 홀로 사는 작은 암자가 그의 집이었고, 세상의 모두였고, 삶의 시작이었다. 나중에 노스님이 얘기해 준 바에 따르면, 어느 날 포대기에 쌓인 그가 절 마당에 놓여 있었고, 그런 아이들을 돌보는 데로 보내라는 주변의 권고에도 불구하고 그 또한 인연이라 생각해 그를 받아들였다고 한다. 노장스님으로 해결하기 어려운 일이 있으면 종종 마을 아낙네들의 도움을 받기도 했다. 다행히 그는 큰 병치레도 하지 않고 잘 자랐다. 말을 배우고, 작은 손으로 일손을 돕기 시작하면서 그는 자연스럽게 스님들의 일상을 몸에 익히면서 점차 '작은 스님'으로 성장했다.

학교에 갈 나이가 되자 뒤늦게 출생 신고를 해야 했다. 출생에 대한 정보가 아무것도 없으므로 노스님의 성을 따라 성을 정했고, 이름과 더불어 정확한 것은 아니지만 생일도 새로 생겨났다. 비로소 한 시민으로서의 정식 자격과 신분이 생성된 것이다.

그의 학교생활은 인내와 고통의 연속이었다. 친구들은 툭하면 중 새끼라고 놀렸고, 부모의 돌봄과 사랑을 받는 아이들은 그를 무리에 잘 끼워 주지 않았다. 그는 친구이면서 또 친구 아닌 그들과 어울리지 못했고, 늘 혼자서 지내야 했다. 참기 힘든 놀림에 화가 나 어쩌다 싸움을 벌이면 선생님들이나 어른들은 잘잘못을 떠나 항상 그를 혼내기 일쑤였다. 그는 어쩔 수 없이 친구들과 떨어져 공부에만 매달렸다. 그나마 다행인 것은 그가 남달리 명석한 두뇌의 소유자라는 사실이었다. 무엇이든 선생님의 가르침을 쉽게 받아들일 수 있었고, 또 친구들보다는 늘 앞서는 성적을 유지했다.

중학교에 올라가자 성적 경쟁은 더 심해졌다. 그럼에도 그는 선두권의 성적을 놓치지 않았다. 할 수 있는 건 오직 공부밖에 없었고, 그것은 그를 무시하고 따돌리는 친구들을 이길 수 있는 유일한 무기였다. 그는 죽자 살자 공부에만 몰두했다. 그 결과 그는 머리 좋은 아이들만 모인다는 특수 고등학교에 들어갈 수 있었다.

그가 기숙사에 들어가 공부하고 있을 때, 그의 아버지이자 선생님이고 할아버지였던 유일한 가족인 노스님이 입적했다. 이제 그는 그야말로 의지가지 없는 혈혈단신이 되었다. 세상에 홀로 남겨진 완벽한 외로움, 손 내밀어 잡을 수 있는 사람이 하나도 없다는 고적함에 그는 모든 의욕이 사라져 깊은 회의에 빠지기도 했다. 그러나 그는 자신이 할 수 있는 건 오직 공부밖에 없다는 걸 절실히 깨닫고 다시 무섭게 마음을 다잡았다. 그런 필사적인 노력 끝에 그는 마침내 명문대학에 합격할 수 있었다.

명문대학 학생이라는 신분을 얻게 되자 그게 그에게 큰 힘이 되어 주었다. 알바 자리도 쉽게 구할 수 있었고, 그의 처지를 대충 아는 교수나 선배들은 힘들 때마다 도움을 주기도 했다. 학비는 장학금으로 메울 수 있었으나 생활비는 스스로 해결해야 했다. 그는 그 최소한의 시간을 제외하고는 나머지 모든 시간을 공부에 투입했다. 자연히 그에게 연애나 취미 생활은 상상키 어려운 사치였다. 그런 노력으로 대학 또한 뛰어난 성적으로 졸업할 수 있었다. 몇 개의 기업체 입사 시험을 치렀는데, 남들이 부러워하는 큰 기업체에 합격하여 졸업과 동시에 취업도 되었다.

명문대학 졸업생이라는 조건과 대기업의 정규 직원이라는 자리가 정해지자 그에게 관심을 갖는 사람들이 하나둘씩 생겨나기 시작했다. 대기업의 일이라는 게 밤낮없이 바쁘게 움직여야 하는 것이긴 했지만, 그래도 숨막히게 살아온 학창 시절의 그것에 비하면 얼마간의 여유가 생겼다. 그의 성실함을 좋게 본 상사의 소개로 그는 난생 처음 여자를 만났고, 그 여자는 지금껏 몰랐던 새로운 세계를 열어주었다.

수수한 외모의 여자는 가정환경도 좋았고, 무엇보다 섬세하고 다정한 마음 씀씀이가 그의 마음에 쏙 들었다. 여태 살아오면서 한 번도 느껴보지 못한 따스하고 포근한 여자의 태도에 그는 만날 때마다 황홀경에 빠졌고, 몸과 정신이 다 녹아 여자에게 스며드는 것 같은 신기한 경험을 했다. 여자 또한 만날수록 확신으로 굳어지는 그의 진솔하고 순수한 마음과 성실한 태도에 끌려 기꺼이 그와 함께 해야겠다는 결심을 하게 되었다. 여자의 부모는 아무리 좋은 학력과 직장을 가진 사람이라 해도 세상에 단 하나뿐인 홀몸의 그에게 딸을 주고 싶지 않아 반대했지만, 이미 영혼의 교감을 나눌 정도로 가까워진 두 사람을 갈라놓을 수는 없었다. 그들은 만난 지 일 년여 만에 결혼식을 올렸고 새로운 가정을 이루었다.

그들의 신혼은 그야말로 기쁨과 즐거움과 행복의 연속이었다. 세상에 혼자였던 자신에게도 가족이 생겼다는 희열, 사랑하는 사람과 같은 공간에서 숨을 쉬며 살고 있다는 경이로움, 그건 그에게 무엇에도 견줄 수 없는 축복이었고 상상도 못했던 기적의 현실화였다. 일 년 뒤 그들에게 또 하나의 기적이 다가왔다. 딸이 태어난 것이다. 그는 그 새로운 생명을 가슴에 안고 감격에 겨워 눈물을 멈출 수 없었다. 이렇게 행복해도 되는 건가, 하는 생각이 들 정도로 그는 새로 펼쳐지는 삶을 믿을 수가 없었다.

그는 아내와 딸을 위해서라면 어떤 일이라도 할 수 있다는 각오로 전보다 더 열심히 일했다. 그 성과를 인정받아 동료들보다 앞서 승진도 했다. 아이가 커 가면서 보여주는 재롱과 아내의 변함없는 사랑은 일에 지친 그에게 더할 수 없는 큰 힘이 되어 주었다. 이 모든 게 힘들고 고통스럽게 살아온 자신의 과거에 대한 보상이 아닐까 하는 생각도 들었다.

그런데 호사다마랄까, 그의 행복을 시기라도 하듯 아이가 다섯 살이 되던 해에 마른하늘에 날벼락 같은 사고가 일어났다. 외출에서 돌아오던 어느 봄날 아내가 급한 전화를 받느라 잠시 아이의 손을 놓았는데, 호기심 많은 아이가 길가에 피어난 꽃을 보고 나풀나풀 뛰어갔다. 꽃 앞에 쪼그리고 앉은 아이는 종알종알 말을 걸었다. 통화를 끝낸 아내가 그제야 두리번거리며 아이를 찾았다. 아이를 발견한 아내가 아이 이름을 불렀다. 아이는 엄마가 부르는 소리에 발딱 일어서 앞뒤 안 가리고 뛰어오기 시작했다. 그때였다. 음식 배달하는 오토바이가 과속으로 달리다가 아이를 치었다. 아이는 공중으로 붕 떠올랐다가 땅으로 떨어졌다. 눈 깜짝

할 새에 일어난 일이었다. 어떻게 손을 써 볼 겨를도 없었다. 뛰어가 아이를 안아 올렸다. 머리에서 피가 흘러내리고 있었다. 누가 연락했는지 사이렌을 울리며 119 구급대가 달려왔다. 재빠른 조치 후 병원 응급실로 실려 간 아이는 의료진의 노력에도 불구하고 몇 시간 뒤 숨을 거두고 말았다.

아내는 그 이후 먹는 것도, 자는 것도 거부한 채 자책감과 죄의식으로 울기만 하다가 결국 그 충격을 견디지 못하고 쓰러졌다. 며칠 만에 깨어나긴 했으나 불행하게도 정신이 온전치 못했다. 대부분의 기억을 상실해 버린 아내는 네댓 살 아이로 변해 있었다. 불과 한 달도 안 되는 사이에 연달아 일어난 불행에 그는 망연자실, 어찌 해야 할 바를 몰랐다. 회사에는 일단 휴직원을 내고 아내 곁에서 간병을 시작했다. 아내는 어쩌다 간혹 정신이 돌아오기도 했는데, 그럴 때면 그에게 미안해, 미안해, 미안해, 그 말만 하고 또 했다. 옆에 앉아 아기 달래듯 조용조용 토닥여 주어야 평온한 얼굴로 겨우 잠이 들곤 했다.

그러던 아내가 언제부턴가 학창 시절에 좋아했었다는 시구절을 중얼거리기 시작했다. 미당의 〈귀촉도〉라는 시였다. 그 시 전체를 기억하지는 못하고, 그 중에서 '진달래 꽃비 오는 서역 삼 만 리', 그리고 '그대 하늘 끝 호올로 가신

임아', 그 두 구절만 시도 때도 없이 중얼중얼 입에 달고 살 았다. 아내는 정신이 돌아오면 곁에 있는 그에게 진심인지, 헛소리인지, 여보, 나 서역에 가고 싶어, 진달래꽃이 비처 럼 내리는 그 서역에 가고 싶어, 제발 나 좀 서역에 데려다 줘, 이렇게 졸랐다. 그는, 그래 빨리 일어나기만 해, 그럼 무엇이든 다 해 줄게, 우리 같이 손잡고 서역에 가자, 그런 말로 달랬다. 그 말에 아내는 희미한 웃음을 보이며 고마 워, 고마워, 그 말만 거듭했다.

서너 달을 근근이 버티던 아내는 결국 세상을 떠나고 말 았다. 비록 온전치는 못해도 아내가 세상에 있다는 건 그가 살아 있어야 할 충분한 이유가 되었다. 그러나 아내마저 떠 나고 보니 이제 다시 완벽히 혼자가 되어 버린 그는 더 이 상 세상을 살 의욕도, 살아 있어야 할 이유도 찾을 수 없었 다. 오랜 고민 끝에 내린 결론은 아내와 딸의 유골을 가슴 에 안고 서역으로 가서, 할 수 있는 데까지 함께 여행을 하 다가, 끝없는 사막을 걷고 또 걷다가, 이름 모를 모래땅 어 디엔가 쓰러져, 온 몸이 조각조각 흩어져, 모래처럼 바람처 럼, 그냥 사라지고 말겠다는 결심이었다.

그는 다니던 회사에 사표를 내고, 살던 집도 정리하고, 갖고 있던 모든 걸 처분하여 흔적과 자취를 최대한 지운 후 비행기에 올랐다. 이 세상에 올 때 아무것도 없이 왔듯 떠날 때 아무것도 남기지 않고 떠난다는 홀가분한 마음으로 그는 아내와 딸과 함께 세상을 그만 둘 여행길에 나섰다.

"스님, 어떻습니까? 이게 진정 제가 감당해야 할 운명입니까?"

"글쎄, 뭐라 할 말이 없소. 인연이니, 업보니, 지금 그런 말이 귀에 들어오시기나 하시겠소?"

"제가 어려움을 당했을 때 주변 사람들이 저를 위로한답시고 하는 말 중에 가장 듣기 거북했던 말이 뭔지 아세요?"

"그 사람들도 적당한 말을 찾기가 쉽지 않았겠지."

"잊으라는 말, 잊어야 한다는 말, 죽은 사람은 죽은 사람이고 산 사람은 살아야 한다는 말, 그런 말이 제일 듣기 싫었습니다."

"그런 말 말고 딱히 위로할 말이 뭐 있겠소?"

"특히 가장 참기 어려웠던 말은, 모든 걸 자기 종교식으로 해석해서, 하나님이 큰 일꾼으로 쓰려고 일찍 데려가셨다는 말이었습니다. 화가 치밀어 그 말 하는 사람에게 만약 그런 하나님이 내 앞에 있다면 당장 때려죽이고 싶다고 대꾸했었죠."

"허허, 거 참, 대단한 결기군. 그건 그렇고, 지금도 한국 떠날 때의 그 마음에 변함이 없소?"

"아마 스님을 만나지 않았다면 당연히 그렇게 되었겠죠."

"그런데 지금은?"

"잘은 모르겠으나, 일부러 성지순례 일행에서 벗어나, 아무것도 아닌 저를 위해 어제는 어렵게 같이 술을 마셔 주시고, 또 제 울음을 고스란히 받아주시고, 오늘은 속에 있던 말까지 다 털어 놓게 해 주시니, 어찌할 바를 모르겠습니다."

"부모가 있고, 형제가 있고, 친구가 있다 해도 어차피 사람은 혼자일 뿐이오. 수많은 인연을 맺고 사는 사람들도 모두 결국은 혼자일 수밖에 없지요. 다만 그렇지 않다고 착각하고 살 뿐, 끝내 혼자 왔다가 혼자 가는 게 세상 이치지요. 그 이치를 깨닫고 나면 희로애락도, 탐진치도, 생사도 모두 허망한 허깨비라는 걸 알게 될 거요. 생사가 일여인데 혼자이면 어떻고, 가족이 있고 없고가 무슨 문제이겠소?"

"어렵습니다. 잘 모르겠습니다."

"그럴 게요. 실은 나도 아직 헤매고 있는 주제에 무슨 헛소릴 하고 있는지… 다만 딱 보니 댁은 전생에 수행을 많이 한 업業이 있는 것 같소. 수행을 한다면 아마도 나보다 먼저 견성하실 것 같소."

"설마, 그럴 리가요?"

"어설피 위로한다고 고깝게 듣지 마소. 내가 보기에 댁이 겪은 불행은 필경 수행을 단축하기 위한 시련 같소."

"정말 그럴까요?"

"수행을 시작해 보면 알게 될 거요. 나처럼 우둔한 사람은 먼 길을 돌고 돌아서 오지만, 지혜가 충만한 사람들은 진리에 직입하여 찰나에 득도하는 경우가 많지요. 귀국하게 되면 나와 함께합시다, 그게 댁의 운명인 것 같소."

그 말을 덜컥 받아들일 수도, 아니라고 거부할 수도 없었다. 그러나 세상을 그만 둘 각오로 예까지 왔는데, 이제 와서 무슨 일이든 못할 게 있으며, 두려울 건 뭐고 무서울 건 또한 무엇이랴, 그런 생각도 들었다. 또한 스님의 말엔 그 까닭을 알 수는 없지만, 왠지 어겨서는 안 될 것 같은 어떤 힘이 있는 것처럼 느껴지기도 했다. 그렇게 생각하고 나니 마음이 한결 더 가벼워졌다. 그는 근래 드물게 편안하고 깊은 잠에 들었다.

다음 날 아침 그들은 차를 대절하여 투루판의 몇 곳을 둘러보기로 했다. 먼저 손오공이 파초선으로 불을 끄고 지나갔다는 화염산으로 가서 베제크리크 석굴 사원을 관람했다. 막고굴과 같은 시기에 조성된 이 석굴은 후일 다른 종교를 믿는 사람들이 이 지역을 지배하게 되면서 처절하게 파괴되었다. 특히 불상의 눈이 모조리 꼬챙이에 찔려 파손된 것이 보기에 끔찍했다. 짚을 섞은 흙을 벽에 바르고 그 위에 불화를 그렸는데, 그걸 떼어다 밭에 뿌려 거름으로 사용했다는 것 또한 경악스러웠다. 다음으로 부자 나라였다는 고창국의 수도 고창 고성을 찾았다. 3만 명이 거주했다는 고성은 거의 다 무너져 내렸고, 그 흔적만 일부 희미하게 남아 있었다. 두 강이 만나는 곳에 형성된 섬에 세운 근처의 교하 고성은 지혜가 탄생한 땅이라고 선전되고 있었는데, 삼십여 미터 절벽 위에 축성된 그 천연 요새 또한 예전 흥성했던 자취만 조금 남기고 거의 다 퇴락해 버린 상태였다.

투루판은 세상에서 가장 덥고, 가장 낮은 곳이고, 가장 건조하고, 또 가장 단 맛의 포도, 이 네 가지가 유명하다고 한다. 그 말답게 고창 고성과 교하 고성의 온도는 40도 가까운 폭염이었다. 땅에서 반사하는 따가운 햇볕이 피부를 데치는 듯했다. 마지막으로 만리장성, 대운하와 더불어 중국의 3대 불가사의로 꼽히는 카레즈, 곧 그 길이가 5천 킬로미터나 된다는 지하수로를 구경하는 것으로 투루판 구경을 마쳤다.

늦은 점심을 먹고 신강 위구르 자치구 수도인 우루무치로 향했다. 그들이 탄 택시가 달리는 길 저쪽으로 또 다른 도로가 있었고, 짐을 가득 실은 대형 트럭들이 거기를 질주하고 있었다. 열차가 달리는 철로에는 심한 바람을 막기 위해 양 옆으로 낮은 담장을 세워 놓은 게 보였다. 예전에 낙

타가 타박타박 걸어가던 길은 지금 트럭들이 쌩쌩 달리는 고속도로가 되어 있고, 상인과 구도자들이 한 발 한 발 생사를 넘나들며 걸었던 죽음의 길은 현재 개발과 돈벌이의 현장으로 바뀌어 있었다.

얼마쯤 갔을까. 도로 오른쪽으로 광활한 숲속의 나무처럼 끝없이 늘어서 있던 풍력발전기들이 드문드문해진 대신 오랜만에 보게 되는 녹색의 풀과 곡물 줄기들이 홀현홀몰하는 게 무척 신기했다. 반면 왼쪽으로는 겨울의 논밭처럼 황량한 땅이 지루하게 연속되고 있었다. 그 건너편으로는 나무 하나 풀 한 포기 없는 푸석한 돌로 된 산 아래로 모래밭이 드넓게 펼쳐져 있었는데, 거기에 점점이 조성된 무덤들이 보였다. 일 년 내내 내리는 비가 몇 십 밀리에 불과하고 증발량은 그 몇 백 배에 이르는 사막에 묘를 쓰면 시신에서 수분이 증발하여 자연 미라가 된다고 한다. 그래서일까. 이 근처에 사는 사람들이 이곳에 묘를 많이 쓴다고 한다. 최근 만들어진 묘에는 담장을 두른 곳도 있고, 그 앞에 비석을 세운 곳도 있었다. 어떤 묘 앞에는 요즘 이 지역의 변화를 상징하듯 십자가를 세워 놓은 게 보이기도 했다.

"저쯤에서 차를 세우고 좀 기다려 주시오."

"여기는 차를 세우면 안 되는 곳인데요?"

"혹 단속에 걸리면 차가 고장났다고 핑계대면 되잖소? 돈은 좀 더 드리리다."

"알았습니다. 대신 속히 볼일 보고 오시오."

운전수는 도로를 보호하기 위해 세워 놓은 철망 울타리가 끊긴 다리 아래쯤에 그들을 내려 주었다. 그들은 바람이 거세게 부는 모래벌판을 가로질러 산 아래쪽을 향해 걷기 시작했다. 길도 없는 낯선 곳을 걷는 것은 쉬운 일이 아니었다. 더구나 회오리바람이 간간히 불어 모래와 자갈을 하늘로 말아 올렸는데, 그게 움직이면서 떨어지면 눈을 제대로 뜰 수 없게 시야를 가리기도 했다. 수시로 방향을 바꿔 부는 바람은 모래와 작은 돌멩이들까지 몰고 와 온 몸에 사정없이 흩뿌리기도 했다.

그들은 앞을 가로막는 바람과 모래를 뚫고 무덤들이 있는 곳까지 다가갔다. 잠시 숨을 고르고 난 뒤, 지광은 바랑에서 염불문 책과 목탁을 꺼내 들었다. 사내는 지금껏 특별한 경우를 빼고는 잠시도 몸에서 떼지 않았던 배낭을 열고 그 안에서 두 개의 작은 상자를 꺼냈다. 하나는 그의 아내일 게고, 또 하나는 딸일 게 분명했다.

"나는 선객이라 염불은 제대로 배우지 않았소. 혹시 격식에 안 맞거나 잘 하지 못하더라도 이해하소. 대신 정성껏 잘 보내 드리겠소."

그는 목탁을 두드리며 천수경에 이어 무상계를 독송하기

시작했다. '부 무상계자는 입열반지요문이요 월고해지자항
이라 시고로 일체제불이 인차계고로 이입열반하시고 일체
중생도 인차계고로 이도고해니라 … 발모조치와 피육근골
과 수뇌구색은 개귀어지하고, 타체농혈과 진액연말과 담
루정기와 대소변리는 개귀어수하고, 난기귀화하고 동전귀
풍하여 사대각리이니 금일 망신이 당재하처오 … 사대허가
라 비가애석이니라 … 무명연행하고 행연식하고 식연명색
하고 … 애멸즉 취멸이요 취멸즉 유멸이요 유멸즉 생멸이
요 생멸즉 노사우비고뇌멸이니라 … 제행무상이니 시생멸
법이라 생멸멸이하면 적멸위락이니라 … 나무 과거 보승여
래 응공 정변지 명행족 선서 세간해 무상사 조어장부 천인
사 불세존 … 천당불찰을 수념왕생이니 쾌활쾌활이로다 …
서래조의최당당이니 … 산하대지현진광이로다…'

　바람이 간간 그의 목소리를 붙잡아 멀리 날려 버렸다. 그
에 아랑곳없이 그는 거친 바람에 옷깃을 펄럭이며 꿋꿋이
독송을 이어갔다. 그러자 그의 정성과 진심이 담긴 독경에
바람도 땅도 감응한 듯 바람결이 좀 잔잔해졌다.

　"이제 그만 놓아 드리세요."

　넋 놓고 앉아 있던 사내는 스님의 말에 서서히 유골함의
뚜껑을 열었다. 그리곤 천천히 한 줌 가루를 쥐어내 모래
위에 뿌렸다. 그렇게 몇 번을 반복하자 함이 비었다. 잠시

허공을 응시하다 다음 유골함을 열고 가루가 된 아이를 허공을 향해 뿌렸다. 잘 가라, 또 만나자, 그는 입속으로 마지막 작별 인사를 했다. 마지막 떠나보내는 자리임에도 그동안 그렇게 그치지 않고 흐르던 눈물 한 방울 나오지 않았다. 그는 처연히 그 자리에 주저앉아 바람에 흩날리며 모래바람 속으로 사라지는 아내와 딸을 멍하니 바라보았다.

두 사람은 두 여자를 떠나보낸 그 자리에 앉아 모래밭의 바위 덩어리가 된 듯 오래 일어설 줄을 몰랐다. 그때였다. 무슨 조홧속인지, 거친 바람결이 잦아들고 잔뜩 찌푸렸던 하늘이 살짝 열리면서 일 년에 한 번 내릴까 말까하다는 비가 내리기 시작했다. 솔솔 내리는 가랑비는 서나서나 스며들어 두 남자의 몸과 마음을 포근히 적시고 있었다.

광장의 풀꽃

"아버님, 오늘은 날씨도 쌀쌀한데 나가지 마세요."

"괜찮다. 날씨 좀 춥다고 그만둘 일도 아니고."

"아버님 건강이 안 좋으시니까 걱정돼서 드리는 말씀이죠."

"걱정해 주는 건 고맙다만 내 일은 내가 알아서 할테니 신경 쓰지 말거라."

"참, 아버님 고집은 아무도 못 말린다니까. 대신 목도리하고 장갑 잘 챙기셨죠? 그리고 조금이라도 몸이 이상하게 느껴지시면 바로 택시 타고 들어오세요. 여기 용돈요."

"그래, 고맙다."

지명준 노인은 며느리가 겉옷 주머니에 넣어주는 용돈을 손으로 툭툭 쳐서 잘 받았다는 인사로 대신하고 집을 나섰다. 골목 아래서 올라온 차가운 바람 한 줄기가 코끝을 매섭게 할퀴곤 등 뒤로 사라졌다. 그는 목도리를 다시 한 번

고쳐 매어 뒤따라오는 바람을 막았다. 그리고 바지 뒷주머니에 넣어 두었던 장갑을 꺼내 손에 꼈다. 절기상으로는 봄이지만 아직은 겨울이 다 물러간 게 아니었다. 다만 이렇게 중무장을 할 정도까지의 추위는 아니었으나 두어 달 전쯤 의식을 잃고 쓰러진 일이 있었던 터라 미리 대비하지 않을 수 없었다.

마을버스를 탔다. 10분쯤 달린 버스가 멈췄다. 차에서 내리자마자 바로 지하철역 입구였다. 계단을 이용해 천천히 아래로 내려갔다. 경사가 급해 한걸음에 한 계단씩 내려가지 못하고, 한 발을 딛고 난 다음 다른 발을 내려 두 발로 딛고, 다시 한 발을 내딛기를 반복하는 걸음이었다. 자연스레 한 손으로는 가장자리 난간을 붙잡아야 했다. 그렇게 느릿느릿 내려가는 데도 숨이 약간 차 올라왔다. 젊은이들은 그와 엇갈려 한걸음에 두 계단씩 올라오기도 했다. 반대로 그의 옆을 스치며 재빠른 동작으로 계단을 하나씩 타닥타닥 뛰듯 내려가는 사람도 있었다. 그들이 일으키는 잔 바람결이 코끝을 간지럽혔다. 하아, 나도 저런 때가 있었는데…. 그는 잠시 발을 멈추고 숨을 고르며 그들을 부러운 눈길로 바라보았다.

객차 안은 사람들로 가득했다. 퇴근 시각과 맞물려 더 그런 것 같았다. 그는 사람들에게 떠밀리다시피 객차 안으로 들어갔다. 발을 딛기 힘들 정도로 혼잡했다. 간신히 안으로 파고들어 힘겹게 허리를 세웠다. 바로 그의 앞에 앉았던 사람이 벌떡 일어나 손을 잡아끌었다. 버스에서 내려 열차를 타기까지 걸음을 서두른 탓인지 진땀이 좀 났다. 순간적으로 아찔하며 머릿속이 텅 비는 느낌도 들었다. 그래서 사양도 못하고 자리에 털썩 주저앉았다.

일단 자리에 앉아 숨을 좀 고르고 나자 안정이 되었다. 그제야 고개를 들어 앞뒤를 둘러보았다. 그의 눈길에 물설지 않은 것들이 들어왔다. 앉아 있거나 서 있는 대부분의 승객들 손엔 집회에 참여하기 위한 물건들이 들려 있었다. 양초와 종이컵, 형광색이 칠해진 전자 촛불, 알록달록한 색깔로 글자를 오려 붙인 작은 팻말, 바닥에 앉을 때 사용할 깔개 같은 것들이었다. 그러나 사람들의 표정은 어둡지 않았다. 무거워 보이지도 않았다. 손에 든 구호는 비장했으나 얼굴들은 오히려 밝았다. 즐거운 행사에 참석하러 가는 사람들처럼 뭔가 약간 들떠 있는 것 같기도 했고, 소풍이나 축제의 흥분과 기대에 흠뻑 젖은 아이들 같기도 했다.

광장 근처의 역에 열차가 멈추었다. 객차에 탔던 거의 모든 사람들이 풍선에서 바람 빠지듯 내렸다. 그도 사람들의 물결에 떠밀려 내렸다. 수많은 사람들이 한꺼번에 내려 이동을 하다 보니 넓은 공간이 금세 사람들로 가득 채워졌다. 같은 방향으로 움직이는 앞사람과 뒷사람 사이에 끼어 마치 벨트 위의 물건처럼 움직여야 했다. 혹시라도 실수를 할까봐 신경을 곤두세웠지만, 그런 염려와 조심성은 이 거센 흐름 속에서 별 소용이 없었다. 한 가지 다행스러운 것은 모든 사람들이 서로 조심하고 배려하는 마음을 공유하고 있다는 사실이었다. 발이 밟혀도, 어깨를 부딪쳐도 평소처럼 짜증을 내거나 눈살을 찌푸리지 않았다. 젊은 여자들은 앞사람의 등이 가슴을 밀착하여 눌러 와도, 유쾌하지 않은 냄새를 풍기는 아저씨의 입김이 목에 닿아도, 비명을 지르거나 역정을 내지 않았다. 전혀 인연이 없는 처음 만나는 사이임에도 사람들은 동지적 유대감으로 하나가 되어 장마 때 홍수와 같은 거대한 물결을 이루며 흘러가고 있었다. 그것은 도저히 거스를 수 없는 도도한 흐름이자 또 하나의 꿈틀거리는 생명체와도 같았다.

광장으로 들어섰다. 입구에서 자원봉사자들이 빈손으로 온 사람들에게 종이컵에 든 촛불이나 손 팻말 등을 나눠주었다. 여러 번 참석하여 이제는 낯이 익은 큰 무대가 눈에 들어왔다. 무대를 중심으로 그 앞에 사람들이 줄지어 앉아 있었다. 그들의 손에는 따뜻한 촛불이 꽃이 핀 것처럼 하나씩 들려 있었다. 경찰과 주최측이 추산하는 참가자 수는 달랐지만 자발적으로 수만, 수십만의 사람들이 주말마다 모인다는 건 정말 경이로운 일이었다. 그 많은 사람들이 모였는데도, 또 경찰이나 행사 요원들이 강제로 통제를 하지 않는데도, 사람들은 순서대로 자리를 찾아 모자이크를 맞추듯이 하나의 거대한 그림을 완성해 가고 있었다.

그도 사람들의 물결을 따라 걸음을 옮겨 자리에 앉았다. 바닥에서 찬 기운이 올라왔지만, 이미 몇 겹의 옷을 입어 대비하고 왔기에 거실인 양 편하게 앉아도 상관이 없었다. 자신의 의지와 관계없이 숨 가쁘게 흘러오느라 긴장했던 몸이 그제야 약간 풀어지는 느낌이 들었다. 다소 여유가 생겨 옆을 돌아보았다. 당연히 처음 보는 얼굴이었지만 옆에 앉은 사람이 오랜만에 만나는 조카나 고향 사람처럼 느껴지기도 했다. 아이와 함께 참석한 옆의 젊은 엄마도 동네 할아버지를 만난 것처럼 스스럼없이 눈인사를 건넸다. 반대편 옆의 중년 남자 또한 연세 드신 어르신까지 참석해 주셔서 감사하다며 이번 기회에 이 부끄러운 역사를 청산하고 꼭 바른 나라를 세우자고 손을 맞잡아 흔들었다.

무대 위로 조명이 밝혀지고, 사회자의 감격에 겨운 인사말에 이어 누군가 올라와 피를 토하는 것 같은 강한 목소리로 부정한 권력의 국정농단 사건을 질타하고, 선고를 앞둔 헌재의 탄핵 인용을 촉구했다. 사람들의 힘찬 박수와 환호가 뒤따랐다. 그의 구호 선창에 따라 사람들의 울분 섞인 목소리가 하늘과 땅을 울렸다. 분노와 한을 털어내듯 힘을 다해 외치는 함성이 귀를 먹먹하게 했다. 이어 어떤 가수가 올라와 노래를 불렀다. 애절하면서도 그 뒤에 묵직한 힘이 배어 있는 노래는 사람들의 가슴으로 파고들었다. 가수의 손짓에 따라 수많은 사람들이 손을 좌우로 흔들며 같은 동작을 연출해 냈다. 장엄하고 눈물겨운 장면이었다. 시간이 지나면서 분위기는 점점 고조되었고, 사방에서 모여드는 인파는 끝이 잘 보이지 않을 정도로 늘어났다.

어느 정도 시간이 지나자 그는 좀 답답해졌다. 마음대로 움직일 수 없는 좁은 공간에 같은 자세로 오래 앉아 있어서 그런 것 같았다. 더구나 귀를 따갑게 하는 큰 음향과, 환하고 어지러운 조명은 여러 번 경험한 것임에도 적응하기가 어려웠다. 귀가 먹먹해졌다. 머리도 띵했다. 이러다가 내가 또 어떻게 되는 거 아닌가 불안이 엄습해 왔다. 그는 그 불안을 떨치기 위해 천천히 심호흡을 했다. 그리고 어지러움을 진정하기 위해 잠시 눈을 감았다.

작년 가을 그가 처음 집회에 참석하게 된 계기는 아무 직책도 없는 한 여자가 최고 권력자 옆에서 나라를 좌지우지하고 있다는 해괴망측한 보도 때문이었다. 말도 안 되는 그 행패와 난륜의 실상이 하나씩 밝혀지며 사람들은 한없는 자괴감에 빠졌다. 명색이 법치 국가요 민주 국가에서 어찌 그런 일이 버젓이 자행될 수 있단 말인가. 사람들의 분노와 한탄이 폭발하듯 이어졌다. 그러나 그 울분을 풀 마땅한 기회도, 방도도 없었다. 그러던 중 누군가 촛불집회를 제안했다. 인터넷을 통해 그 소문은 삽시간에 퍼졌다. 사람들이 하나둘 뜻을 모으기 시작했다. 비록 미미하고 가망성 없는 일일지라도 모여서 하고 싶은 말이라도 실컷 하고 싶은 사람들이 구르는 눈덩이처럼 불어났다.

처음 집회에 참석했을 때는 이 얼마 안 되는 사람들의 작은 목소리가 도대체 무엇을 바꿀 수 있을 것인가, 하는 회의적인 생각만 들었었다. 그렇다고 절망만 곱씹고 앉아 있을 수는 없었다. 그래서는 아무것도 달라지지 않을 게 뻔했다. 뭐라도 해야 했다. 어떤 정치인 말씀대로 하다못해 벽을 보고 욕이라도 해야 했다.

그래서 그는 자신의 작은 힘이나마 보태고자 거의 매일 집회가 있는 곳을 찾아 참여했다. 호주머니에 있는 용돈을 탈탈 털어 기꺼이 집회에 필요한 성금 모금에 보태기도 했다. 무슨 대가를 바라는 것도 아니고, 누가 시키는 일도 아니었다. 평소 사회와 시대에 대해 가지고 있던 그의 생각을 실천하는 일상일 따름이었다. 그의 삶이 원래 그랬다.

그는 교원을 양성하는 지방 국립대학을 졸업한 후 고향

의 교육청으로 발령을 받아 교사가 되고, 힘든 경쟁 끝에 교감 승진을 했고, 교직 말년에는 교장으로 근무하다가 정년퇴임을 했다. 자식들 교육은 모두 아내에게 맡기다시피 하고, 직장 일에만 모든 것을 쏟아 부었는데도 아이들 둘다 명문대학을 졸업하고 젊은이들이 선호하는 직장에 취업했다. 또 그들은 서로 마음에 맞는 배우자를 만나 적당한 시기에 결혼도 했고, 귀엽고 예쁜 손주들도 셋이나 안겨 주었다. 다만 안타까운 것은 그렇게 남편과 아이들만을 위해 헌신하던 아내가 좋은 시간을 오래 누리지 못하고 먼저 세상을 떠난 일이었다. 고생만 하다가 살 만하면 헤어지게 한다는 속설처럼 그 야속한 운명에 목이 메고 가슴이 아팠지만, 사람의 힘으로는 어찌할 수 없는 일이었다.

주변에서 재혼 얘기도 더러 있었지만, 그는 단호히 거부하고 혼자 살아가는 법을 익혀갔다. 그러나 세상은 조용히 홀로 여생을 보내려 하는 그의 마음대로 흘러가게 놔두지 않았다. 아들이 갑자기 잘 다니던 직장을 그만두고 사업을 시작한다고 했을 때 그는 극구 반대했지만, 그건 이미 아버지인 자신과 상의하는 게 아니라 기정사실의 통보나 마찬가지였다. 퇴직금은 물론 집을 담보로 잡히고 대출받은 자금으로 시작한 아들의 사업은 워낙 꼼꼼하게 사전 조사를 하고 치밀하게 계획을 했기에 예상보다 빠르게 자리를 잡아 궤도에 올랐다. 하지만 발목을 잡은 건 내부적 요인이 아니었다. 아들과 회사 직원들이 모든 것을 쏟아 부으며, 밤잠을 설치면서 매달리고 버텼으나 결국은 2차 외환 위기라는 외부적 요인에 의해 회사는 파산하고 말았다. 그리고 그 피해의 파장은 감당하기 힘들 정도로 컸다. 아들의 집과 재산은 물론 그가 살던 아파트, 여동생의 재산까지 피해를 비켜갈 수 없었다.

자식들에게 폐를 끼치기 싫어 혼자 살기를 고집했던 그는 어쩔 수 없이 거리에 나앉게 된 아들네와 살림을 합칠 수밖에 없었다. 자신의 노후를 염두에 두고 위기 대비용으로 비축해 놓았던 비상금으로 겨우 전셋집을 구했다. 그리고 그의 연금으로 다섯 식구가 살아야 하는 고된 생활이 시작되었다. 다행히 그동안 아들은 법적인 책임을 다 채우고, 모질게 마음먹고 밑바닥부터 다시 시작해서 어느 정도까지는 회복을 시켜 놓았다. 그런데도 그는 선뜻 다시 아들과 갈라서 나올 수가 없었다. 십여 년 동안 같이 살면서 그 생활에 몸과 마음이 젖어 버렸고, 또 나이가 들어 혼자 살아갈 자신감도 많이 줄었기 때문이었다.

그는 40년 가까이 교직 생활을 하면서 그 나이 또래의 동료들과는 생각이 많이 달라 소위 왕따를 당하기도 하고, 눈에 띄는 차별도 적잖게 받았다. 그런데 그건 돌출적인 게 아니었다. 다분히 꼿꼿했던 선친의 영향을 받은 집안 내력이랄 수 있었다. 자연히 그는 승진에 매달리며 상사에 충성하는 동료들과는 거리를 두었고, 교감이나 교장으로 근무할 때도 내심으로는 전교조 교사들의 입장을 두둔하는 쪽이었다. 그러다 보니 그에게는 전문직의 좀 좋은 자리 같은 데로 갈 기회가 주어지지 않았다. 하지만 그는 그런 자리에 있는 사람들을 한 번도 부러워해 본 적이 없었고, 한적한 시골 작은 학교만 맴돌다가 정년을 맞은 자신을 결코 부끄러워하거나 후회해 본 적도 없었다.

그런데, 시민들의 그런 열화와 같은 분노와 함성이 메아리쳐도 정작 그 당사자들은 눈 하나 꿈적도 하지 않았다. 기자들 질문도 안 받는 면피용 회견을 하거나 자신들 입맛에 맞는 방송 진행자와의 대담방송을 통해 자기 입장 변호에만 급급했다.

정치권에서는 법에 따라 탄핵을 추진했다. 하지만 야당 국회의원만으로는 의결정족수에 턱없이 미달했다. 여당 국회의원의 협조가 없으면 가결은 불가능에 가까웠다. 여당 정치인들의 입장을 바뀌게 할 수 있는 유일한 수단은 많은 시민들의 합치된 압박뿐이었다. 그런 이심전심의 마음으로 촛불을 들고 집회에 참석하는 사람들의 숫자가 폭발적으로 불어나기 시작했다. 천행이랄까, 핍박을 받고 있다고 주장하는 일부 여당 국회의원들의 탄핵안 동조가 조심스럽게 거론되기 시작했다. 이에 가장 빠른 반응을 보인 것은 일부 보수 언론이었다. 보수 동맹을 맺고 맹목적으로 권력을 옹호하며 이권을 나눠 먹던 일부 언론들이 표변하여 탄핵안을 달구기 시작했다. 도저히 거스를 수 없는 시대적 변화의 추이를 재빨리 감지한 약삭빠른 변신이랄까.

드디어 탄핵안이 발의되었고, 그 표결을 앞둔 마지막 주말, 상상하기 어려운 숫자의 시민들이 광장으로 모여들었다. 통상적으로 일컫는 광장은 물론 그 주변 도로, 그리고 행진이 예고된 연결 지역까지 홍수에 물이 불어난 저수지처럼 발 디딜 틈도 없이 사람들이 가득 차고 넘쳤다. 노인과 젊은이, 어린이와 여성, 회사원과 노동자, 성직자와 노숙인, 버스를 전세 내어 올라온 지방사람, 심지어는 소수이긴 하지만 이주 외국인들까지 다양한 시민들이 어깨를 나란히 했다. 그리고 한 목소리로 대통령 퇴진을 외쳤다. 경찰에서는 참석자 수를 축소하기 바빴지만 주최 측에서는 이 날 집회에 참석한 인원이 2백만 명을 넘었다고 발표했다.

그날 당연히 그도 그 현장에 있었다. 그 도도한 인파의 일치된 함성과 움직임, 그렇게 많은 사람들이 모였는데도 물 흐르듯 질서가 유지되고 있는 감격스러움, 차가운 추위는 아랑곳 않고 서로를 배려하는 따뜻한 마음, 작은 것도 서로 양보하는 겸손한 아름다움, 그는 그런 광경들을 목도하며 감격에 겨워 눈시울을 붉혔다. 뜨거운 눈물이 저절로 흘러내렸다. 이렇게도 고운 심성의 우리 국민이 왜 저런 비참한 치욕을 당해야 하는가. 도대체 다른 나라 사람들에게 차마 얼굴을 들 수 없는 이런 수치를 왜 겪어야 한단 말인가. 그는 거대한 한 송이 꽃과 같은 촛불들의 아우성 속에서 수없이 이런 질문들을 곱씹고 되새겼다.

어떻게 시간이 흘러갔는지도 모르게 집회 마무리 시간이 다가왔다. 주최 측에서는 시민들의 결집된 의사를 전달하기 위해 참가자들의 행진을 계획했으나 워낙 많은 사람들이 모여 정상적으로 진행할 수 있을지 염려스러울 지경이었다. 이미 나이 많은 분들이나 몸이 약한 사람들은 행진에 참여하기 어렵다는 것을 알고 행사장을 빠져나가기도 했다.

그는 망설였다. 마음 같아서는 끝까지 남아 행진에 참여하고 싶었다. 그렇게 해서 도움이 된다면 좀 무리가 가더라도 자신의 작은 힘이나마 보태고 싶었다. 그래서 고개를 돌려 집회 내내 옆자리에 앉아 정겹게 말을 건네던 여인을 어쩌면 좋으냐는 투로 돌아보았다. 여인은 오랜 시간 동안 한데 앉아서 버틴 그의 몸 상태를 걱정하며 인제 그만 집으로 가시는 게 좋겠다고 말했다. 그렇게 다정하게 염려해 주는 여인의 표정이 어린 시절 어머니와 같이 앉아 있던 안방의 창호지에 비치는 등불 빛처럼 온화했다. 처음 보는 여인이고 그 이름이나 나이, 사는 곳조차 알 수 없는 남남이었지만 왠지 오래 만난 사람처럼 서먹함이 전혀 없는 건 무슨 까닭일까. 그 온화함과 따사로움 때문일까. 아쉬웠지만 그는 행진 출발까지만 같이하고 집으로 돌아가기로 마음먹었다.

진행자의 구호와 자원봉사자들의 안내에 따라 거대한 인파가 서서히 움직이기 시작했다. 마치 화산이 분출하기 직전 끓어오르는 용암처럼, 움직이고 있는 사람 하나하나가 모두 뜨거운 분화구였다. 천천히 움직여나가는 그들의 발걸음 하나하나는 지진으로 일어난 산더미 같은 바닷물의 물결이었다. 그 어떤 것도 막아설 수 없는 장대한 힘이자 모든 것을 쓸어 삼키는 거대한 괴수의 아가리 같기도 했다. 그는 낯모르는 사람들과 어깨를 나란히 하고, 옆 사람과 손을 껴잡고, 한 걸음씩 서서히 발걸음을 떼기 시작했다. 그의 곁에는 당연히 그 여인이 바짝 붙어 있었다.

그런데 여남은 걸음 걷고 나서 그가 비틀거리기 시작했다. 옆 사람이 힘을 주어 그의 몸을 추켜 주었으나 아무 소용이 없었다. 머릿속이 아득해지며 그는 끝 모를 바닥으로 추락하고 있다는 걸 아련히 느낀 후 곧 미미하게 연결되던 생각조차 끊어지고 말았다. 그 여인과 옆 사람이 깜짝 놀라, 환자 발생! 환자 발생! 소리를 연신 지르며 그를 행진 인파에서 떼어냈다. 그리고 서둘러 그를 자원봉사 의료진이 있는 텐트로 옮겼다. 의사가 급히 플래시 불빛으로 그의 눈동자를 살피고, 청진기로 심장 박동을 확인하는 등 응급 조치를 취했으나 그의 상태는 정상으로 돌아오지 않았다. 잠시 후 의사는 인근 병원 응급실로 옮기는 게 좋겠다고 결정했고, 곧 대기하고 있던 앰뷸런스가 출동하여 그를 옮겨 실었다.

차가 출발하기 직전 구급대원이 보호자를 찾았으나 그건 응당 형식적이고 의례적인 절차일 수밖에 없었다. 어떻게 거기 보호자가 있을 리 있겠는가. 그런데 옆에 있던 여인이 갑자기 자기가 보호자라고 자처하고 나섰다. 그 상황에서 정말 보호자가 맞는가를 확인하는 건 별 의미가 없는 일이었다. 구급차 대원은 아무 이의 없이 여인을 차에 타게 했고, 그 여인은 노인의 옆에 앉아 보호자 신분으로 병원까지 동행했다.

응급실에 도착하여 진료를 받기 위해서는 최소한의 신분확인이 필요했다. 의사들이 진료 준비를 서두르는 동안 여인은 그의 몸에서 벗겨낸 옷의 주머니를 뒤져 지갑과 휴대폰을 찾아냈다. 그리고 긴급 연락처 우선순위 첫 번째일 단

축번호 1번을 한 번 눌러 보았다. 다행히 발신이 되었는데 그건 그의 집 전화번호였다. 전화를 받은 건 그의 며느리였다. 그러지 않아도 걱정하고 있었다며 누군지도 모르는 여인에게 연신 고맙다는 인사를 눈에 보이는 듯 거듭했다. 여인은 혹시라도 나중에 필요할지 모른다는 생각에 노인의 지갑에서 꺼낸 명함 한 장을 핸드백에 넣고 기다리다가 노인의 아들과 며느리가 도착하자 조용히 응급실을 나왔다. 그의 갑작스러운 졸도에 깜짝 놀란 아들 부부는 그의 침대 옆에서 허둥지둥하느라 여인에게 변변히 감사 인사도 하지 못했다. 당연히 그 연락처나 이름도 물어보지 못했다.

　그는 전문의들의 응급 처치 후 안정을 취한 끝에 다음날 아침이 되어서야 의식을 회복했다. 의식 회복 이후 첨단 장치를 이용한 여러 가지 촬영과 검사를 했지만 다행스럽게도 큰 이상은 없는 것으로 판명되었다. 아마도 차가운 날씨 속에 오래 불편한 자세로 노출되어 발생한 일시적인 쇼크인 것 같은데, 앞으로 더 세심하게 조심하고 유의해서 관찰할 필요가 있다는 의사의 소견이었다. 그래서 담당 의사의 권유대로 당분간 입원을 해서 증세의 변화를 살펴보기로 했다.

　그가 입원 치료를 받는 동안 탄핵안은 여당 국회의원 일부의 찬성으로 의결 정족수를 넉넉히 넘겨 국회를 통과했다. 곧 대통령 직무가 정지되고, 탄핵안은 헌법재판소로 넘어가 심리를 받게 되었다. 그 후 광장에 모이는 사람들의 숫자는 좀 줄었지만 싸늘한 날씨 속에서도 주말이면 사람들이 모여 탄핵의 정당성을 외치며 헌재의 재판관들에게 응원을 보냈다. 그는 입원실에 누워 그런 뉴스를 보며 감회가 남달랐다. 자신의 보잘것없고 작은 힘이 역사를 바꾸고 잘못된 현실을 바로잡는 데 쓰였다는 게 자긍심으로 다가오기도 했다.

그러다가 문득 여기 병원으로 실려 오던 날의 정황이 떠올랐다. 그날 과연 무슨 일이 있었던 걸까. 아무리 기억을 되살려봐도 행진을 시작하기 위해 옆 사람과 어깨를 걷고 걸음을 막 떼놓기 시작하던 그때 이후는 아무것도 떠오르지가 않았다. 그의 의식 속에 전혀 저장되지 않았던 그 시간, 그것은 어쩌면 죽음과 맞닿아 있는 암흑의 세계인지도 몰랐다. 눈앞에 눈부신 빛의 터널이 길게 이어지고 있었던 것 같기도 하고, 몸이 한없이 가볍게 공중을 떠다니는 듯하기도 했던 희미한 기억만이 아물아물 아지랑이처럼 아른거렸다. 캄캄한 빈 공간, 막 잠에 들어가려는 자몽自懜한 의식의 언저리, 그런 것 외엔 아무것도 존재하지 않았던 그 위험한 시간, 그리고 그 암흑의 세계를 용케 뛰어넘어 지금 자신이 존재하고 있었다.

그런데 그 아득하고 아련한 암흑의 세계 어귀에 우련한 얼굴 하나가 덩그렇게 떠 있었다. 그래, 그 여자. 내 의식이 떠나기 직전까지 내 곁에 있던 그 여인. 왜일까. 어째서 그 여인은 일면식도 없는 생면부지의 내 곁을 지켰을까. 그러나 기억의 갈피 하나하나 샅샅이 뒤적이며 작은 실마리 한 오라기라도 찾으려 아무리 애를 써 봐도 그건 헛일이었다. 몸은 점차 원래대로 회복되어 가는데, 마음속에 걸린 그 궁금증은 점점 여름날 호박순처럼 자라나서 시나브로 병이 되어 가고 있었다.

그러던 어느 날, 무심히 텔레비전 화면을 바라보다가 문득 한 장면에 눈길이 멈췄다. 재방송, 재재방송을 반복하는 케이블 텔레비전의 화면에 60년대를 배경으로 한 옛날 영화가 방영되고 있었는데, 그 영화가 까마득하게 잊고 살았던 예전 기억을 퍼뜩 불러일으켰다. 딸기, 자두, 복숭아 등을 재배하는 도시 근교의 작은 농원과 거기 찾아오는 손님을 위해 지어 놓은 원두막, 그 위에 둘러앉아 서툴게 청춘의 정열을 쏟아내는 젊은이들. 그걸 보며 불현듯 한 생각이 그의 머리를 세차게 두드렸다. 그래, 바로 그 사람이야. 그 얼굴이야. 어쩜 내가 그리 아둔할 수가 있지. 그 사람 생각을 하지 못하다니. 그 일을 잊고 살다니. 사람이란 게 이리도 민출한 존재이던가.

그가 대학에 입학한 것은 4월 혁명의 결과로 들어선 정부를 쿠데타로 무너뜨린 사람들이 혁명, 반공, 민생고 해결을 외치며 공포정치를 하고 있을 때였다. 대학을 비롯한 사회 곳곳에 군대식 체제와 문화가 일상화되었고, 두려움과 불안이 암운처럼 떠돌았다.

당시 그는 대학 4학년이었다. 이런 혼란스러운 시기에 대학생 신분으로 살아간다는 것 자체가 또 다른 고뇌였다. 그때는 전국의 대학생 수가 기십만 명에 불과했고, 따라서 대학에 다니는 학생이라는 이유만으로 사회에서는 꽤 특별한 대우를 해 주었다. 그만한 대우를 받는다면 마땅히 그만한 책임도 따를 터였다. 잘못된 시대와 사회에 대해 모른 척하는 것은 그 책임을 다하지 못하는 일이었다. 그러나 책임을 다하기 위해서는 그에 따른 희생을 각오해야 했다.

그는 고등학교 때부터 소설 습작을 해 왔고, 대학에 들어와서는 문학회 활동을 하면서 신춘문예 응모, 문학잡지 추천 투고 등을 하며 예비 작가로서 학내에 이름을 떨치고 있었다. 졸업 후의 진로는 이미 공립학교 교사 4년 의무 근무로 결정되어 있었기에 학과 수업은 내남없이 그다지 신경을 쓰지 않았다. 다만 소설을 열심히 쓸 것인가, 잘못된 현실에 뛰어들어 행동으로 실천할 것인가, 그게 눈앞에 닥친 고민이었다. 그는 번민 끝에 현실에 참여하는 저항적 문학을 그 타협책으로 받아들였다. 그래서 더 열심히 그 방면 책을 읽고 소설 습작하는 시간을 늘려 나갔다.

신입생이 입학하는 봄이면 각 서클에서는 신입 회원 모집에 열을 올렸다. 문학회도 마찬가지였다. 게시판에 신입 회원 모집이라는 광고를 붙이는 것만으로는 모자랐다. 회원이 될 만한 후배들을 찾아 밥이나 막걸리를 사 주며 의사 타진을 해 보고, 작품을 받아 검증해 본 후 입회를 권유하는 게 보통이었다. 그도 문학회 고참 회원으로서 책임 수행 격으로 신입생 한 명을 만났다. 같은 학과에 단 두 명 입학한 여학생 중의 하나였다. 아담한 용모에 참한 성품이 아직은 연애를 사치라고 생각하는 그의 마음을 살짝 흔들었다.

"그래, 문학의 어떤 장르에 관심이 있나?"

"저는 시를 좋아해요."

"시를 많이 써 봤나?"

"많이 쓰지는 못했고요, 백일장에서 상은 몇 번 받았어요."

"백일장에서 억지로 쓰는 시는 진정한 시라고 보기 어렵지. 상을 받고 못 받고도 좋은 시를 가르는 기준이 될 수는 없는 일이고. 그럼, 책은 얼마나 읽었나?"

"입시 공부 때문에 많이 읽지는 못했어요."

"작품 쓴 거 가지고 오라 했지? 가져왔으면 한 번 보여주지."

여학생은 수줍게 가방에서 시 원고를 꺼내 건넸다. 그런

데 그 시를 훑어보던 그의 눈이 커졌다. 고등학교를 갓 졸업한 학생이 쓴 거라곤 믿기 어려울 정도로 언어가 절제되고, 구성이 탄탄했다. 대학생들도 이런 작품을 쓰기는 쉽지 않을 것 같았다.

"이거 직접 쓴 거 맞지? 혹시 어디서 베낀 건 아니지?"

"선배님, 그렇게 말씀하시면 정말 섭섭합니다."

"아, 미안, 미안, 시가 너무 좋아서 내가 잠깐 실수를 했어."

정색을 한 여학생에게 그는 정중하게 사과를 했다. 그리고 더 이상 물어 볼 것 없이 회원으로 받아들여야겠다고 마음을 먹었다. 이만한 실력과 그의 추천이라면 누구도 반대를 하지 않을 터였다.

그렇게 해서 인옥은 문학회 회원이 되었다. 호남 지역 명문 여고 출신 인옥은 성격도 사근사근하고 붙임성이 좋아 선배들과도 스스럼없이 잘 어울렸다. 특히 문학회 가입을 주선한 그에게는 유독 살가운 편이었다. 그래서 매주 작품 합평회가 있을 때는 물론 시간 여유가 있을 때면 가끔씩 따로 만나기도 했다.

때론 학교 앞 강변의 모래밭에 앉아 수면 위로 번지는 저녁노을을 바라보기도 하고, 둑길에 늘어선 키 큰 미루나무 아래를 바람결을 즐기며 걷기도 했다. 특히 자주 갔던 곳은 학교 앞 언덕에 있는 농원의 원두막이었다. 농원에서는 봄엔 딸기, 여름엔 자두, 복숭아, 가을엔 사과와 배 등 과일을 팔았다. 또 막걸리와 음료수, 차도 팔았다. 주인은 학생들을 위해 그 농원 한쪽에 건물을 지어 놓았는데, 밭에서 사다리를 타고 올라가야 하는 구조는 같았으나 시골 참외밭가에 있는 원두막과는 달리 꽤 큰 규모의 가건물이었다. 학내에 변변한 휴게실이 없어서 강의 없는 시간을 거기서 보내는 학생들도 많았다.

그렇게 자주 만났음에도 그들은 남자와 여자로서가 아니라 여전히 선배와 후배로서의 관계였다. 어쩌다 봉긋이 솟은 그녀의 가슴을 경이로운 눈으로 바라본 적이 있었는데, 이내 솜털이 보송보송한 앳된 얼굴에 죄책감 같은 걸 느끼며 고개를 내젓기도 했다. 따라서 둘 사이의 대화는 학교생활에 대한 조언도 더러 있기는 했지만 주로 문학에 관한 것이 대부분이었다.

"선배님은 언제부터 소설을 쓰기 시작했어요?"

"고등학교 때도 습작을 하기는 했지만, 대학에 들어와서 본격적으로 시작했지."

"주로 어떤 내용의 작품을 쓰세요?"

"이것저것 관심이야 많지만, 요즘엔 주로 우리 현실에 관한 고민을 많이 하고 있어."

"현실이 곧바로 문학이 될 수 있나요?"

"혹시 앙가주망이라는 말 알아? 원래 사르트르의 철학 용어인데, 문학에서는 현실 참여적인 문학을 가리키지. 문학은 순수하고 아름다운 걸 추구해야 한다는 우리 문단의 주류 세력에 맞서 우리 문학이 현실을 개선하고 변혁하는 힘을 가진 방향으로 나아가야 한다는 게 내 생각이야."

"좀 어렵고 혼란스러워요."

"그럴 거야. 근데, 이 문제는 원래 골치 아픈 논쟁거리야. 나중에 차츰 공부하기로 하고, 다른 얘기나 하지."

"좋아요. 전 선배님에 대해 궁금한 게 많거든요?"

"그래? 이거 무슨 심문 받는 기분인데?"

"제가 선배님을 좋아하고 존경하다 보니까 아주 사소한 것까지 궁금해져요. 전 지금까지 선배님처럼 제가 묻는 것에 대해 시원하게 답변해 주는 사람을 한 번도 만나보지 못했거든요."

"아이구, 이거 비행기 태워 줘서 고마운데?"

"농담 아니에요. 정말 존경스러워요."

"쑥스럽고 민망하게 자꾸 그러지 말라고."

그를 존경하고 좋아한다는 인옥의 말이 얼마나 진심인지 그 속내를 알 수는 없었으나 일단 기분은 좋았다. 그게 선배에 대한 의례적인 예의 표시라 해도 내심 호감을 갖고 있는 여자가 먼저 그런 말을 해 주는데 어찌 무심할 수 있겠는가. 그러나 지금껏 지내온 관계 때문에 그런 마음을 곧장 드러낼 수는 없었다. 아니 드러내서도 안 되었다. 일순 어색한 침묵이 둘 사이를 채웠다. 자칫 이상해질 수도 있는 분위기를 인옥이 재치 있는 질문으로 돌렸다.

"선배님, 가장 좋아하는 작가와 작품에 대해 말해 주세요."

"신임 국어 교사로 발령 받아 가면 학생들이 첫사랑 얘기와 함께 제일 많이 물어오는 질문이 그거라던데, 그게 왜 궁금할까?"

"비밀 공유와, 으음, 관심의 표현 아닐까요? 관심은 곧 좋아한다는 감정의 출발이니까요."

그리 말해 놓고 인옥은 혼자만 간직했던 비밀을 들킨 사람처럼 얼굴이 발개졌다. 슬쩍 고개를 들어 그를 바라보는 인옥의 눈이 말갛게 빛났다. 그 눈동자에 살랑거리는 잔물결이 실바람처럼 지나갔다. 그는 이 순간이 무척 당혹스러웠다. 일부러 목소리를 한 톤 높여 대답했다.

"비밀과 관심의 공유라, 생각해 보니 그럴 수도 있겠네."

"저는 선배님이 좋아하는 건 무조건 다 좋아할 것 같아요."

얼굴을 발그레 물들인 여자가 배시시 웃으며 수줍게 말했다. 그건 그를 좋아한다는 고백일 수도 있었다. 그렇다고 덥석 반응을 보일 수는 없었다. 그는 무심한 척 대범하게 말을 이어갔다.

"비밀을 털리는 것 같아 쑥스럽지만 물었으니 대답을 해야겠네. 내가 가장 좋아하는 작가는 최인훈이야. 그리고 제일 좋아하는 작품은 그의 장편소설 『광장』이지."

"저는 잘 모르는 분인데요?"

"그렇겠지, 아주 젊은 작가이고 이 소설도 나온 지 얼마 안 되니까."

"작품 내용이 어떻게 돼요?"

"한 대학생이 서울에서 살다가 그 부친이 북한 방송에 나왔다는 이유로 경찰에 잡혀가 온갖 곤욕을 치르고, 몰래 출국을 주선하는 사람을 만나 스스로 북한으로 넘어가지. 그러나 북한 또한 그가 상상하고 기대했던 그런 나라가 아니었어. 기자 생활을 하며 실망하고 있던 차에 6·25전쟁이 일어나고 그는 군인 신분으로 남한으로 내려와. 낙동강 전투에서 연합군에게 잡혀 포로가 되고, 휴전 협정 조인 후 포로 교환 협상 때 남과 북의 끈질긴 회유에도 불구하고 남쪽도 북쪽도 아닌 제3국을 선택하지. 하얀색의 배 타골호를 타고 제3국으로 향하던 중 그는 배 안에서 실종돼. 배를 따라오던 갈매기들에게 미안해했기에 스스로 바다에 투신한 것으로 상징적 처리가 되었지."

"언제 이 작품을 처음 읽으셨어요?"

"고3 때 헌 책방에서 이 책을 사 가지고 그 날 바로 다 읽었지. 그 문체와 구성이 너무 마음에 들어서 그 뒤로 수도 없이 반복해 읽었어. 어떤 장면은 하도 여러 번 읽어서 문장을 줄줄 외울 수도 있지. 내가 지금껏 쓴 소설도 상당 부분 이 작품에서 영향을 받았다고 볼 수 있어."

"이 작품엔 어떤 가치가 있다고 봐야 해요?"

"평론가들의 의견은 찬반으로 갈리지만 우리 민족의 분단 문제를 최초로 객관적 관점에서 다루었다는 점은 똑같이 인정하고 있어."

"그게 무슨 의미예요?"

"쉽게 말하면 사람 사는 이 세상엔 수많은 형태의 광장과 밀실이 있어. 작가에 의하면 그 광장과 밀실은 대중과 개인에 대응이 돼. 즉 밀실은 개인의 광장이고 광장은 대중의 밀실인 것이지. 그런데 분단된 우리 민족을 보면 남쪽은 밀실이, 북쪽은 광장이 대세를 잡고 있는 게 현실이야. 밀실은 자유를, 광장은 평등을 상징한다고도 볼 수 있지. 이 둘을 억지로 어느 한쪽에 가둬버리면 폭동이 일어나고 광란이 일어날 수밖에 없어. 밀실에서 탈출하여 광장으로 나가든, 광장에서 패퇴하여 밀실로 물러나든 그게 중요한 게 아니라 얼마나 열심히 살았는가가 중요하다고 작가는 말하고 있어. 그게 이 소설의 핵심이야."

"어려워서 잘 이해하지 못하겠지만, 열심히 읽고 공부해 볼게요. 그런데요, 주인공이 갈매기들 때문에 바다에 투신했다고 했잖아요? 그 갈매기의 상징이 무어라고 봐야 해요?"

"아주 중요한 질문이야. 이 작품엔 두 명의 여자가 나와. 남쪽에서 살 때의 윤애와 북쪽에서 만난 은혜지. 자신은 남도 북도 아닌 제3국으로 떠나는데, 그 실망스럽던 남과 북이 그를 여전히 꽉 붙들고 있는 거야. 놔 주지를 않는 거지. 갈매기는 두 여자일 수도 있고, 조국일 수도 있어."

"선배님은 두 여자 중에 누가 더 좋아요?"

"엄마와 아빠 중에 누가 더 좋으냐는 질문과 같네. 그러나 군이 하나를 고른다면 나는 은혜 쪽이야."

"아직 읽어 보지는 못했지만 선배님이 좋다고 하시니 저도 은혜가 좋아요. 일단 이름이 윤애보다 더 예쁘잖아요?"

"그런가? 나는 낙동강 전선에까지 그를 찾아가는 그 용기가 더 좋은데?"

"나중에 시집 가서 딸을 낳으면 이름을 꼭 은혜라고 지을래요."

"허허, 그 마음 변치 마시길…."

둘이 만나는 횟수가 늘어나면서 주변에 연애를 한다는 소문이 나기도 했다. 그러나 어디까지가 연애이고 어디까지 연애가 아닌지 분명하게 선을 그을 수는 없는 것이니, 긍정할 수도 부정할 수도 없는 일이었다. 다시 말해 그들은 연애를 하는 것도 아니고, 그렇다고 안 하는 것도 아닌 그런 관계였다.

1학기가 끝나고 긴긴 여름방학이 시작되었다. 각자 고향으로 돌아간 그들은 직접 만나지 못하는 아쉬움을 긴 편지로 달래곤 했다. 달콤한 연애편지가 아니라, 읽은 책 얘기를 비롯해서 궁금한 것을 질문하고, 그에 답변하는 그런 편지가 여러 번 오갔다. 그 편지의 곳곳에 보석처럼 숨겨져 있는 서로에 대한 애틋한 감정을 확인하는 건 가슴 설레는 일이었다. 그 중에서도 직설적이 아닌 은근한 비유로 전하는 마음은 그들의 사이를 더욱 가깝게 만드는 힘이 되었다.

4학년 마지막 학기는 수강 학점도 적을 뿐 아니라 휴강을 많이 해서 시간 여유가 많았다. 그는 학교 공부는 제쳐두고 신춘문예에 응모할 작품을 쓰는 데 몰두하고 있었다. 그러나 하늘을 찌를 것 같은 의욕에 비해 마음에 드는 작품은 쉽게 나오지 않았다. 시간이 지날수록 초조함은 더해갔다.

10월 하순이 되었다. 이뤄진 것은 아무것도 없었다. 이래선 안 되겠다고 결심한 그는 가방에 국어사전과 원고지 몇 권을 꾸려 넣고 무작정 버스를 타고 떠났다. 대구에 도착하여 여인숙 방을 하나 잡은 후 문을 걸어 잠그고 소설 쓰기에 집중했다. 떠날 때 같이 가면 안 되겠냐고 붙잡는 여자를 떼어놓고 온 게 마음에 좀 걸렸지만, 소설에 대한 그의 의욕과 투지로 충분히 견딜만했다.

꼬박 일주일을 애면글면 애쓴 끝에 소설 한 편을 완성했다. 몇 번의 퇴고를 거듭하고, 정성 들여 정서한 원고를 등기 우편으로 발송했다. 그렇게 온 힘을 쏟아 매달리던 일이 일단락되고 나니 시원함보다는 허전함이 앞섰다. 정력을 다 소진한 뒤의 허탈감, 팽팽했던 긴장감이 사라진 공허함이 그를 무기력증에 빠뜨렸다. 밥맛도 없고, 무얼 하고 싶은 의욕도 저하되었다. 겉으론 태연한 척 했지만 솔직히 운이 더 작용한다는 경쟁에서 이길 자신감도 별로 없었다. 그냥 결과를 기다릴 수밖에. 기다림은 초조와의 싸움이었다.

불안과 초조, 허탈한 마음을 달래기 위해서는 따스한 위로가 필요했다. 누군가 가만히 안아주기만 해도 훨씬 마음이 편해질 것 같았다. 그래서 그는 여자에게 바람을 쐬고 오자고 제안했다. 대구에 갈 때 같이 가고 싶다는 걸 매몰차게 거절했던 미안한 마음, 또 좋아하는 사람에게 위로받고 싶다는 희망이 더해진 제의였다. 여자는 흔쾌히 승낙했고 수업 부담이 적은 주말에 둘은 버스에 올랐다.

목적지는 거리가 좀 떨어진 속리산이었다. 거기에 가자면 버스를 몇 번 갈아타야 했다. 버스 시간을 기다리며 보내는 시간이 많았고, 또 낡은 차에 도로 사정까지 안 좋아 운행 시간도 꽤 소요되었다. 게다가 좀 느긋하게 출발한 탓에 도착했을 때는 이미 늦은 오후 시간이었다.

우선 오리숲길을 걸어 절로 올라갔다. 경내를 천천히 돌아보며 팔상전, 쌍사자석등, 마애여래상, 미륵대불 등을 구경하고, 또 법당에 들어가 경건하게 삼배를 올리기도 했다. 절에서 내려오는 도중 슬금슬금 내려온 어둠이 그들의 어깨에 눈처럼 쌓이고 있었다.

다시 상가 쪽으로 내려와 식당에서 저녁을 먹고 났을 때는 이미 막차가 떠난 후였다. 일부러 의도한 건 아니었지만 일이 마치 꾸며낸 음흉한 계략처럼 되어 버렸다. 아무도 아는 사람 없는 곳에 청춘남녀만 남았으니 무인도에 갇힌 것과 마찬가지였다. 그들은 겉으로 애써 침착함을 가장하고 있었지만, 마음속에선 오늘 밤 둘 사이에 벌어질 일에 대한 기대와 불안이 어지럽게 뒤섞이고 엉키어 혼란스럽기만 했다.

찻집에서 커피를 한 잔 마시고, 인적 드문 길을 좀 같이 걷고, 그러는 사이 짙은 어둠이 산속 동네를 바로 덮어버렸다. 하늘엔 총총한 별들이 탱글탱글 빛났다. 깊은 산속 어디로부터인가 음충맞은 짐승의 소리가 들려오기도 했다.

한데서 밤을 보낼 수는 없으니 숙소를 잡아야 했다. 정갈해 보이는 여관으로 들어갔다. 여관에 젊은 남녀 둘이 들어가는 것은 쌔고 쌘 풍경이었지만 그들에게는 두렵고 설레는 첫 경험이었다. 그런 티를 내지 않으려고 익숙한 척하는 게 종업원에겐 오히려 더 재미있는 구경거리였다.

종업원이 안내하는 방에 들어가니 방바닥에 요가 깔려 있고 그 위로 이불이 펼쳐 있었다. 요 위에 놓인 베개 두 개가 묘한 상상을 불러일으켰다. 이제 무엇을 해야 하나. 또 어떻게 해야 하나. 아직 동정童貞인 그는 이런 공간에서 여자와 시간을 보낸다는 게 두렵기만 했다. 선배인 자기가 모든 걸 다 알아서 해야 한다는 것도 크게 부담스러운 일이었다. 과연 처음 하는 일을 무사히 해낼 수 있을까란 불안에 가슴이 막막하고 머리가 어질어질했다. 여자 또한 불안하기는 마찬가지였다. 어떤 질문에도 막힘없이 답변해 주는 박학과 자상하고 듬쑥한 성격에 반해 존경심과 함께 이미 그를 남자로서 받아들인 지 오래였다. 자신이 가진 모든 것, 가장 소중한 것을 주어도 하나도 아깝지 않을 것 같았다. 그러나 아직 어설프게 손을 잡은 게 둘의 가장 가까운 접촉이었다. 여기로 올 때 진작 마음의 각오는 하고 있었지만, 자신의 몸을 처음 허락한다는 건 두렵고 겁나는 일이 아닐 수 없었다.

겉으로 표현은 안 했지만 둘은 똑같은 불안과 두려움에 잠긴 채 꽤 시간이 흘러갔다. 남녀관계란 누가 가르쳐 주지 않아도 저절로 알게 되는 거라 하지만, 그 상대가 소중하게 아끼고 사랑하는 사람이라면 사정이 달라진다. 아마 돈을 주고 부른 여자였다면 어떻게든 해 보았을 것이다. 또 자기보다 나이가 많거나 비슷한 여자였다면 솔직히 고백하고 사정을 해서라도 욕망을 처리했을 것이다. 그러나 어린 여자, 자신의 분신처럼 좋아하는 여자에겐 차마 그럴 수가 없었다. 또 여자에게 민망하고 서툰 모습을 보여주기도 싫었다.

깊은 고민 끝에 결국 그는 여자에게 방을 하나 더 얻는 게 어떻겠냐는 자신의 생각을 말했다. 내심 실망스러웠지만 싫다고 하면 자기를 이상한 사람으로 생각할 것 같아 여자는 어쩔 수 없이 동의했다. 종업원은 별 이상한 사람 다 보았다는 눈초리로 옆방 열쇠를 건네주었다. 그나 여자나 서로를 원하고 있으면서 따로 있어야 하는 게 너무 아쉽고 또 안타까웠다. 그는 그날따라 유독 여자가 필요한 욕망에 시달리느라 거의 잠을 자지 못했다.

그 여행 이후 둘 사이에 미묘한 변화가 일어났다. 그는 여자를 옆방에 두고 따로 잠을 잔 것을 여자에 대한 지극한 사랑 때문이라고 여겼다. 반면 여자는 그가 자신을 좋아하기는 하지만 책임은 지기 어렵다는 뜻으로 받아들였다. 그것은 일방적인 착각일 수도 있고, 근거 없는 오해일 수도 있었으나 결과적으로 둘 사이의 견고한 믿음에 미세한 틈을 만드는 계기가 되었다. 그러나 둘은 여전히 아무 일도 없었단 듯이 종전처럼 만나 밥도 먹고, 차도 마시고, 대화도 나누었다. 다만 둘 사이에 뭔가 모를 버성김이 장마철의 버섯처럼 자라고 있어서, 남자와 여자로 만나는 게 아니라 점차 선배와 후배의 만남으로 되돌아가고 있었다.

남들의 부러움을 샀던 그들의 사랑은 탐스러운 봉오리는 맺었으나 그런 착각과 의심 때문에 화려하고 예쁜 꽃으로 피지는 못했다. 그렇지만 둘은 그 시절, 그 사랑을 가장 소중한 추억으로 간직하고 사는 걸 서로 알 수도 없었고, 또 알지도 못했다.

따사로운 햇볕이 광장에 내려 그 엄혹했던 겨울을 잘 견딘 사물들을 어루만지고 있었다. 그 수많은 사람들의 함성과 발자국 소리, 한 목소리로 통합되었던 절절한 외침들, 모든 차이를 뛰어넘은 한 마음, 한 세상, 한과 울분과 분노와 질타, 그런 것들을 하나로 엮어 장엄한 화엄 세계를 연출해 냈던 현장. 그는 참석할 때마다 굳이 고집했던 자신의 자리, 그곳에 가만히 앉아 보았다. 눈을 감았다. 귓가에 우렁찬 함성이 쟁쟁하게 울리고, 수많은 사람들의 열기가 뜨겁게 느껴졌다.

발이 조금씩 저려왔다. 발을 주무르며 눈을 떠 아래를 내려다보았다. 바닥을 덮은 돌의 틈새로 겨우내 잘 견뎌낸 풀이 싹을 틔워 뾰족이 얼굴을 내밀고 있었다. 이 귀하고도 끈질긴 생명, 광장에 모였던 그 수많은 사람들의 혼과 힘이 이 작은 풀로 환생한 건 아닐까.

그때 주머니 속의 전화기가 울렸다. 전화기를 들고 다니기는 하지만 며칠을 가도 전화를 걸어오는 사람도 걸 사람도 없는 비상용이었다. 벨이 울리는 것만으로도 반가웠기에 낯선 번호임에도 그는 망설이지 않고 받았다. 그는 상대방이 그 반가움을 눈치 채면 안 된다는 듯이 천천히 통화 버튼을 눌렀다.

"여보세요. 누구신가요?"

"저, 혹시 지명준 선생님 핸드폰 아닌가요?"

"네, 맞소만, 제가 지명준입니다. 누구신지?"

"아, 안녕하세요? 저를 잘 기억하실지 모르겠네요. 작년 집회 때 뵀었는데, 선생님께서 쓰러져서 병원에 가시던 날, 그 옆에 있었던 사람 생각나세요?"

순간 뭔가에 맞아 번쩍 정신이 들 듯 머릿속이 확 밝아왔다. 기억하고말고. 그렇게도 만나고 싶었던 사람 아닌가. 그래서 병원에서 퇴원한 후 집회 때마다 가족들의 만류에도 불구하고 꼭꼭 나갔던 것 아닌가. 경황 중에 이름도, 주소도 물어보지 않고 보낸 걸 얼마나 후회했던가. 그 고마운 사람을 그냥 보낸 아들 부부가 얼마나 야속했던가. 다시 만날 수 있을지 모른다는 막연한 기대로 추위 속에 참석했던 집회. 그리고 실망만 가득 안고 돌아오던 쓸쓸한 귀갓길. 그런 생각들이 어지럽게 머릿속에서 얽혔다.

"아, 반갑소, 내가 얼마나 찾았는지, 고맙다는 인사도 못 하고, 사람 노릇도 못해서 미안하오."

"아니에요. 제가 연락을 드렸어야 하는데, 좀 그럴 만한 사정이 있었어요."

"왜, 혹시 무슨 안 좋은 일이라도 있으셨소?"

"예. 제가 모시고 살던 엄마가 지난 연말에 입원하셔서 제가 간병하느라 죽 그 옆을 지켜야 했어요. 그런데 엄마가 일어나지 못하시고 한 보름 전에 돌아가셨어요. 장례 모시고 뒷정리를 하느라 정신이 없었어요."

"아, 그랬군요. 거 참, 뭐라 위로의 말씀을 드려야 할지…."

"그런데, 제가 이렇게 연락을 드린 건 엄마의 유품을 정리하다가 대학 다니실 때 노트 몇 권을 발견했는데요, 일부러 버리지 않으신 것인지, 미처 버리지 못하신 건지 잘 모르겠지만, 거기서 엄마의 시 원고와 함께 선생님의 성함이 들어있는 기록물을 발견했기 때문이에요. 어쩐지 낯설지 않은 이름이라 생각하다가 갑자기 선생님의 명함이 생각났어요. 가방 속을 뒤져 찾아보니 맞더라고요. 그래서 전화를 드리는 거예요."

"뭐라고요? 내 이름이 왜 거기에?"

"엄마는 선생님이 졸업하신 그 국립대학을 다니셨어요."

"혹시 그러면 모친의 성함이 홍, 이인, 오옥…?"

"네, 맞아요. 홍인옥, 제 엄마 이름이에요."

"그러면 댁의 이름은 혹시 은혜 아니신가?"

"어머, 어떻게 제 이름을 아세요?"

그가 귀에 대고 있는 전화기에서 뜨거운 기운이 훅훅 배어나오는 것 같았다. 아, 어찌 이런 기적 같은 일이 일어날 수 있단 말인가. 처음 얼굴을 마주했을 때 어딘가 낯설지 않다는 느낌을 받긴 했으나, 설마 그게 50여 년 전의 까마득한 과거와 맞닿아 있을 줄을 어찌 땅띔이나 할 수 있었단 말인가. 순간 강렬한 불빛을 비춘 것처럼 눈앞이 하얘졌다. 아무것도 보이지 않았다. 그렇게 한참이 지났다. 그리고 조금씩 시야가 틔어 왔다. 그와 함께 오래 먹먹했던 가슴 속이 환해졌다. 그는 한층 밝아진 눈과 가벼워진 몸으로 자리에서 조용히 일어섰다.

발아래 풀에서 피어난 조그마한 꽃이 살랑살랑 가녀린 몸짓을 하며 손을 흔들고 있었다.

안개 마을

저수지에서 안개가 피어오른다. 물 위에 피어 잠시 떠돌다 천천히 움직이는 안개는 어떤 시인의 표현처럼 적진에 투입되는 특공대 같다. 그것들은 소리도 없고 흔적도 남기지 않으면서 먹이를 노리고 다가가는 뱀처럼 마을 쪽으로 슬금슬금 진주하고 있다. 그렇게 야금야금 점령지를 넓혀가는 모습이 마치 질감 좋은 종이에 사락사락 스며드는 농도 옅은 먹물 같기도 하다. 어찌 보면 물의 요정이 긴 머리칼을 산들거리며 석양의 나들이를 나서는 것도 같고, 저수지의 늙은 영혼이 흠흠 헛기침을 하며 뒷짐을 진 채 이웃 영감을 찾아 스적스적 마실을 가는 것 같기도 하다.

초로의 사내 하나가 커피 잔을 들고 해가 막 지고 난 후의 저수지에서 피어오르는 그 안개를 무념무상의 표정으로 내다보고 있다. 사내가 앉아 있는 그 집은 저수지 바로 위에 자리하고 있다. 마을 뒷산에서 흘러내린 산자락과 어울려 구도가 잘 잡힌 그림처럼 조화를 이룬 그 집은 한 치의 이질감도 없이 자연과 완벽하게 동화된 모습이다. 분명 인공적인 집인데도 마치 태곳적부터 그 자리에 있던 것처럼 주변 지형에 녹아들어 온전히 하나가 되어 있다고나 할까. 벽 전체가 통유리로 되어 거실에서 바라보는 풍경 또한 그 자체로 한 폭의 그림을 액자에 넣어놓은 것처럼 빈틈없는 조화를 이루고 있다.

"저녁 드셨남유?"

누군가 정적을 깨고 불쑥 문을 열었다. 집을 지을 때 일부러 담도 치지 않고, 또 대문도 만들지 않았기에 초인종 같은 게 있을 턱이 없었다. 게다가 동물을 그다지 좋아하지 않아 집 지킬 개 한 마리 키우지 않으니 인기척을 전해 줄 그 어떤 것도 없었다. 뭔가 볼일 있는 사람은 그저 자기 집처럼 들어와 사람이 있으면 만나고, 없으면 그냥 돌아가는 그런 형편이었다.

"들어오소. 종일 일하고 대간할텐데 뭔 일이란가?"

"아따, 성님도, 뭐 꼭 일이 있어야 오는감유? 심심허니께 놀러 왔쥬."

"한가한 사람이 아니니까 하는 얘기지."

"성수님은 어디 가셨남유?"

"딸애가 애기를 낳는다고 해서 어제 거기 갔어."

"잠시 해방되신 거네유?"

"예끼, 내가 자네처럼 마누라 손에 쥐어 사는 사람인가?"

"하기사 성님이야 늘 자유이시니께. 그려두 당분간 혼자 조석 끓여 드실라면 성가시기는 허겄네유?"

"다 해 놓고 간 거 꺼내 먹기만 하면 되는데 뭐. 커피 한 잔 할랑가?"

"좋쥬, 지는 술 한 잔 주시면 더 좋겠지만…"

"커피도 하고, 술도 하지 뭐."

"그라면 금상첨화쥬."

"아주, 이제 문자까지 쓰네그려."

"이게 다 유식한 성님허구 가차이 지낸 덕분이쥬."

"커피 값으로 비행기 태워 주는 건감?"

"지가 감히 그럴 자격이나 있남유?"

사내는 좀 전에 자신이 마시려고 원두를 갈아 내려서 보온병에 넣어 놓았던 커피를 한 잔 가득 따라 내밀었다.

"이게 그래도 이름 있는 커피여."

"지가 커피에 대혀서 뭐 알간유? 지는 그저 프림 하나, 설탕 둘 하는 양촌리 다방 커피나 자판기에서 빼 먹는 게 입맛에 맞쥬."

"그 앞 바구니에 설탕이 있으니까 마음대로 넣어서 마셔."

그는 각설탕 두 개가 들어 있는 봉지를 뜯어 털어 넣고 맛을 보더니 싱겁다면서 또 두 개를 더 넣어 저었다.

"요새 하우스는 어때?"

"방울 도마도는 계속 따구 있구, 엊그제보태 오이를 따구 있슈."

"가격은 어떻고?"

"종자 값, 재료비, 즌기 세, 생각허면 별거 아니쥬. 그저 인건비 따 먹는 정도유."

"그래도 예전보다는 나은 거 아닌가?"

"그렇다구 봐야쥬. 하늘만 바라보구 농사짓던 시절에 비하면 심 쓰는 일거리두 많이 줄었구, 소득두 낫다고 봐야쥬."

"도시서 직업 없이 고생하는 사람들도 몸만 건강하면 농촌에 와서 농사를 지어도 괜찮을 거 같아."

"그거 성님 생각처럼 쉬운 일 아뉴. 우선 농지가 있어야 하구, 하우스를 지을래두 비용이 만만치 않구, 자재비며 종자 대, 거름 값, 즌기 세, 지름 값 등등 들어가는 게 한두 끝두 없슈."

"정부에서 좀 지원해 주지 않나?"

"그게 다 빚이쥬. 대출을 읃어서 하면 이자가 장난 아녀유. 농가 부채 문제가 왜 생겼겠슈? 정부 말만 믿구 시작혔다가 망한 사람이 한둘 아녀유. 결국 정부허구 농협만 좋은 일 시키는 거쥬."

"그래서 자네가 농민회 일을 그렇게 열심히 하는 건감?"

"고것두 있긴 허지만 가만히 있으면 앉아서 죽기 십상유. 지들이 배우지두 못헌 무지랭이덜이긴 허지만 심을 모아 소락지라두 질러야 정부서 신경이라두 쬐끔 쓸까말까유."

"하기야 우는 애기 젖 준다는 말도 있기는 하지."

"정부서 일하는 늠덜이 책상머리에 앉아 이왈저왈 허다 보니께 삐 빠지게 농사럴 지어 수확을 혀두, 농산물 값이 똥값이 되는 게 다반사유. 우리 농민회서 배추밭을 갈아 엎구, 군청 앞이다 볏가마니를 쌓아 놓구 싸워두 그 늠덜 외약눈 하나 깜박 안 혀유. 피해는 고시란히 농민들만 당허는 거쥬."

"자네, 이젠 완전히 투사가 되었구먼."

"농민회 나가 활동허면서 읃어 들은 풍월루 눈을 뜬 거쥬."

사내는 장식장 안에서 술병을 꺼내 열변을 토하는 그의 앞에 한 잔 따라 주고, 자신도 컵에 따른 술을 들어 향기를 음미하며 한 모금 마셨다.

"이게 뭔 술이래유?"

"작년에 오디를 따다가 담가 놓은 거야."

"맛이 들큰혀서 제 입맛에는 잘 안 맞네유. 쐬주는 읎나유?"

"읃어먹는 사람이 까다롭기는. 가만있어 보게. 저번에 먹던 게 어디 좀 남았을텐데…."

사내는 냉장고를 뒤져 뚜껑을 안 딴 것과 반쯤 남은 소주 병 두 개를 들고 왔다. 그 김에 안주가 될 만한 반찬 통 두어 개도 함께 꺼내왔다. 맥주잔에 남은 소주를 콸콸 따라 쭉 마신 그가 잔을 내려놓으며 안주를 집었다.

"술은 역시 쐬주가 최고인 거 같어유. 빨리 취하구 뒤두 깨깟허구."

"나는 나이를 먹어 그런지 소주를 이기기 어렵더라고."

"학생들 가르치시랄라먼 가끔 술자리두 같이 허지 않남유?"

"예전하고 많이 달라졌지. 요즘 젊은 애들은 낭만도 없고 여유도 없어. 빨리 졸업하고 취직하기에 급급해서 온통 공부도 그런 쪽만 하니까."

"그려두 농활 오는 학생덜 보면 술두 잘 허구, 놀기두 잘 허던디유?"

"그런 애들도 더러 있긴 하지만 희귀한 소수파에 지나지 않아."

"뉴스를 보면, 대학생덜이 등록금 문제 같은 걸루 싸우는 거 가끔 나오던디…"

"그것도 일부 학생들일 뿐이지."

"대학은 인차 곧 방학이쥬?"

"학기말 시험을 보고, 성적을 내면 끝나는 셈이지."

"방학이 되시면 본격적이루 그림 그리시겠네유? 성수님두 안 지시구 허니께 홀가분허게 작업을 허실 수 있겠는디유?"

"그게 자네 농사짓는 것처럼 다 때가 있고 준비가 되어야 하는 일이라네."

"무식한 지 생각에야 시간 있구, 조용허먼 다 될 수 있을 거 같은디… 그런 일두 절차가 복잡한 개비네유?"

"내 걱정하지 말고 자네 일이나 잘하게."

"지가 걱정헐 처지나 되남유? 다 성님 잘 되시라구 허넌 소리쥬."

"고맙네. 그런데 바쁜 자네가 이런 이야기나 하자고 온 거는 아닌 것 같고, 나한테 무슨 할 말 있어 온 거 아닌가?"

"실은 아까보태 그 얘기럴 끄낼라구 허던 참유."

"뭔 얘긴가?"

"단도직입적이루 말헐게유. 성님이 즘 나서주셔야 헐 일이 생겼슈."

"자네 개인 일인가?"

"아뉴. 동네 일유."

"나도 동네 주민이니까 마을 일에 나 몰라라 할 수는 없지만, 골치 아픈 일에는 더 이상 끌어들이지 말라고 했잖던가?"

"알쥬. 그 동안 성님께서 우리 동네 일 해결해 주신 게 한두 가지가 아니쥬. 관청 관계되넌 일부터 크고 작은 동네 사람덜 일에 앞장 스셔서 처리혀 주신 거 잘 알쥬. 그리구

앞이루는 더 이상 그런 일에 관여허지 않으시겠다는 말두 잘 기억허구 있구유. 그란디 이번 일은 성님 아니면 도저히 해결이 안 될 거 같어유."

"농민회 투사에 작목반장의 위세로도 안 되는 일이 있던가?"

"지 선에서 해결헐 수 있는 일 같으면 성님 찾어 오지두 안 혔쥬."

"도대체 뭔 일이랑가. 우선 얘기나 들어봄세."

한 교수가 이 마을에 집을 짓고 이사를 온 지도 3년이 되었다. 오래 살던 도시를 떠나 한적한 곳에서 창작 활동을 하며 노후를 보내기로 작정한 후, 후보지 몇 곳을 점찍어 두고 이모저모 장단점을 따져보다가 이곳을 선택하게 된 결정적 이유가 있었다. 바로 안개 때문이었다. 당시는 겨울이 막 끝나는 봄의 초입이었는데, 한낮의 따스한 햇볕 때문이었는지 해가 지기 시작하면서 마을 입구에 있는 저수지에서 스멀스멀 피어오르는 안개가 그의 마음을 확 끌어당겼다. 전공인 한국화를 그리면서 틈틈이 글도 쓰고 있는 한 교수에게 그 안개는 불현듯 어떤 영감으로 다가왔다. 그래, 바로 이거야. 그는 잊고 살았던 고향의 아련한 추억과 첫사랑의 풋풋한 설렘을 동시에 일깨워주는 그 안개에 푹 빠져버리고 말았다. 그래서 중개업자의 말에 무조건 예, 예하면서 계약을 서둘렀다. 시골에 있는 집들이 흔히 그렇듯 경계가 모호한 꽤 넓은 대지에 허름한 집이 한 채 있었는데, 저수지가 바로 발 아래로 내려다보이는 위치였다. 그 집을 사서 구옥을 철거하고, 새로 집을 지었다. 마침 건축 일을 하는 친구가 있어서 그가 지형 조건을 잘 살려 자연친화적으로 설계를 해 주었고, 공사 일정을 재촉하여 집이 완성되자마자 입주를 했다.

그렇게 만혼의 신랑 신부가 결혼을 서두르듯 이사를 하긴 했지만 전혀 낯설거나 버성기지 않고 오래 살았던 집에 온 것처럼 마음이 편안했다. 하지만 그런 한 교수의 마음과는 달리 마을 사람들과의 관계는 쉽사리 좋아지지 않았다. 그런 간격을 좁히고, 보이지 않는 담장 같은 생소함을 허물기 위해 한 교수는 의도적으로 많은 노력을 기울였다. 물론 그런 노력은 종종 마을사람들이 이해하기 어려운 배타적 감정으로 인해 충돌하고 부딪치기 일쑤였다. 그러나 시간이 흘러가면서 한 교수의 진심이 마을사람들에게 그대로 전달되었고, 이제는 오래 사귄 친구처럼 그들과 무람없이 어울릴 수 있는 사이가 되었다.

마을 사람들과 한 교수의 관계를 좁혀준 결정적 사건은 그가 이사 온 지 1년쯤 지난 즈음에 있었다. 그때만 해도 낯선 사람이 돌연히 마을에 들어와 떠억 자리를 잡은 것에 대해 동네 주민들은 매우 불편해 했다. 적대감까지는 아니라고 해도, 그들은 대대로 한 가족처럼 살아온 터전에 갑자기 이방인이 끼어 든 것을 당연히 쉽게 수용하지 않았다. 물론 집을 짓기 시작하면서 마을 이장에게 첫 대면 인사를 하고, 또 동네 노인 회관으로 술과 안주를 싸 들고 사서 어른들에게 정중하게 인사를 올리고, 만나는 사람마다 부드러운 표정으로 자기소개를 하며 부탁을 하는 등 할 수 있는 일은 다했다. 그럼에도 마을 사람들은 쉽게 마음을 열지 않았다. 겉으로는 대범한 척해도 속으로는 돈 많고 여유 있는 너는 우리네와 같은 종류의 사람이 아니라는 표정이 역력했다. 일부 까탈진 사람들은 아예 대놓고 불퉁스럽게 대하기도 했다.

그럴 때, 집성촌답게 같은 성씨들만 사는 마을에 타성바지로 좀 외로움을 느끼며 살던 한 청년이 그에게 다가왔다. 알고 보니 그는 한 교수와 같은 성을 가진 사람이었고, 본관과 파를 따져보니 촌수는 대기 어렵지만 먼 일가뻘임을 확인할 수 있었다. 그래서 곧 형님 아우 하면서 가까워졌고, 가족들끼리도 오가는 사이가 되었다. 민수라는 이름의 그 청년이 나서서 동네 사람들과 한 교수의 가교 역할을 한 덕분에 서먹하던 분위기가 많이 누그러질 수 있었다.

한 교수가 직장에서 자동차로 30분 정도 거리의 이 마을로 이사 와서 1년쯤 되었을 때까지도 동네 사람들에게 그는 여전히 이방인이었다. 하는 일이 다르고, 또 공통 관심사 같은 게 별로 없으니 억지로 어울릴 수도 없는 일이었다. 또한 군이 마을 사람들과 일상적으로 어울리며 살지 않아도 그리 불편하거나 큰 문제가 될 것이 없기도 했다.

그러나 한 동네에 살면서 무시로 마주치는 사람들과 서로 소 닭 보듯 사는 것도 마음 편한 일은 아니었다. 그래서 동네 노인들이 돌아가신 상가에 조위금을 들고 찾아가 인사도 하고, 민수 청년이 귀띔 해준 대로 혼사가 있는 집에는 멀리 예식장까지 가지는 못해도 축의금을 전달하며 애경사를 같이하는 주민들 속에 끼려고 나름대로는 무던 애를 썼다. 민수 청년 또한 신경을 많이 써서 동네의 크고 작은 일이 있을 때마다 그를 일부러 불러 함께 어울리도록 주선을 해 주었다. 하지만 그런 몇 가지 일로 수십, 수백 년 동안 형성되어온 마을 문화에 완전히 동화된다는 것은 어려운 일이었다.

일 년여 살면서 파악한 바로는, 이 동네 역시 오랜 전통 마을의 풍속이나 관습 같은 게 다른 농촌마을처럼 서서히 해체되어 가는 도중에 있었다. 도시로 나간 자식들이 나름대로는 부모님에 대한 효도라는 생각에서 옛 집을 헐고 새로 시멘트 범벅의 건물이나 조립식으로 집을 지어 주어 가옥부터 옛 정취는 거의가 사라졌고, 또 지게를 지고 오갔을 좁고 불편했던 길도 트럭이 드나들 정도로 확장되어 집집마다 마당에까지 차가 들어갈 수 있게 바뀌었다. 거의 모든 집에 간이 상수도 시설이 들어가 공동 우물은 폐기된 지 오래고, 취사와 난방을 등유나 가스로 해결하니 좋은 땔감이던 농작물의 대궁이나 줄기도 밭에서 묵어 썩어가는 게 보통이었다. 젊은 사람들이 거의 없는 관계로 한 때 한 학년 당 5학급이 넘었다는 동네 아래 초등학교도 복식 수업을 하는 폐교 직전의 신세가 되고 말았다. 민수 청년이나 부모를 모시기 위해 도시 생활을 청산하고 들어온 몇몇 사람을 제외하면 주민들은 대개 연세가 70대에서 80대에 이르는 노인들이 대부분이었다. 그들은 평생 이 마을에서 태어나 살면서 농사를 짓고, 조상의 산소를 돌보고, 자식들을 낳아 길러 도시로 내보낸 채 가끔 들르는 손주들을 기다리며 여생을 보내고 있었다. 요즘 농사야 못자리 설치에서부터 가을의 수확까지 주인은 그저 해당 비용만 지급하면 영농회사 같은 데서 다 알아서 지어주니 힘들게 일을 할 필요도 없었다.

그렇게 외형적인 마을의 변화가 심하게 이루어지기는 했지만 노인들의 마음속에 남아 있는 예전 전통적 생활 때의 흔적들은 쉬이 사라지지 않는 모양이었다. 간혹 그 노인들과 어울려 얘기를 나누다 보면 그들은 젊었을 때의 추억을 되새기며 입만 열면 요즘 세태에 대한 우려와 걱정, 그리고 불편함을 늘어놓곤 하였다. 방송에 나오는 젊은 연예인들의 옷차림에서부터 예의를 모르는 말버릇, 머리에 붉은 띠를 두르고 데모하는 사람들, 뇌물을 주고받아 수사 받는 공직자들 등 모든 게 걱정거리고 또 세상 망할 징조였다. 그들은 그렇게 황혼의 시간을 조용히 흐르는 시냇물처럼 흘려보내고 있었다.

그러던 중에 마침 순환제로 수렵 허가가 나는 해가 되어 이 마을에도 사냥을 즐기는 사람들이 간혹 들어오는 일이 있었다. 낯선 사람들이 두셋씩 짝을 지어 길 없는 산에도 씽씽 올라가는 차를 타고 동네를 휘젓고 다니며 논밭 귀퉁이를 짓이겨 놓곤 하는 짓거리가 못마땅하기 짝이 없었지만, 동네 사람들에겐 그들의 그런 방자한 행태를 제지할 마땅한 방도가 없었다. 그들은 관청의 허가를 받은 총을 들고 있었고, 또 합법적인 수렵 기간에서 하는 일이라 눈살이 찌푸려지긴 해도 멀찍이 떨어져 구경만 할 수밖에 없는 형편이었다. 그저 아무 사고 없이 그들이 하고 싶은 사냥을 끝내고 속히 동네를 떠나주기만을 바랄 수밖에 없었다.

노인들은 평생 지켜온 논밭을 놀릴 수 없다는 생각에 자식들 줄 요량으로 작물을 심고 가꾸는 일을 손에서 놓지 않앉는데, 애써 지어놓은 곡식을 산에서 내려온 고라니나 멧돼지 같은 짐승들이 망쳐 놓는 경우가 종종 있었다. 허수아비를 세워 놓거나 엉성하게 울타리 같은 걸 만들어 놓아도 산짐승들에게는 아무 효과가 없었다. 자식들 키우듯 정성 들여 가꿔 놓은 곡식이 삽시간에 쑥대밭이 되고 나면 그 허탈감은 말로 표현할 수가 없었다. 예전에야 산이 주민들의 땔감과 먹거리를 공급해 주는 생활공간이었기에 산짐승들이 그리 많지 않았고, 또 작물이 좀 피해를 입어도 사람과 같이 먹고 산다는 생각에 당연하다고 생각했었으나, 요즘 짐승들은 떼를 지어 몰려와 밭뙤기 전체를 순식간에 망쳐 놓곤 하니 그런 일이 있고 나면 속상하기가 이루 말할 수 없었다. 어떤 노인은 속이 상한 김에 예전 생각만 하고 밭 가에 덫을 놓아 고라니 한 마리를 잡은 일이 있었는데, 그게 말썽이 나서 무슨 법 위반이라고 적지 않은 벌금을 물기도 했다. 그러니 낯선 사람들이긴 하지만 포수들이 마을에 들어와 짐승을 잡아 주는 일이 한편으로는 고맙기도 했다. 일부 할머니들은 살아 있는 짐승을 총으로 쏘아 잡는 일이 죄를 짓는 거라며 은연중 못마땅해 하기도 했으나, 허가 받고 나와 합법적으로 하는 일에 무턱대고 반대를 할 수만도 없는 일이었다.

어느 날, 한 교수 부부가 예약된 음악회 공연에 가려고 이른 저녁을 먹고 있는데 뒷산에서 묵직한 총성이 몇 번 울렸다. 그 며칠 새 흔히 있는 일이어서 무심히 넘겼는데, 설거지를 끝내고 옷을 갈아입은 후 막 집을 나서려는 즈음하여 갑자기 구급차 사이렌 소리가 요란하게 울리고, 뒤이어 경찰차가 경광등을 번쩍이며 마을길로 들어서는 게 보였다. 늘 조용하기만 하던 마을에 갑자기 무슨 일인가 궁금하여 한 교수는 서둘러 나가 보았다. 여기저기서 동네 사람들이 휘둥그레진 눈으로 모여 들었다. 구급대원들이 들것을 들고 산으로 뛰어가고 있었고, 경찰도 그 뒤를 따라 급히 올라가고 있었다. 동네 사람 몇도 그들 뒤를 따랐다.

"무슨 일이랑가?"

하우스에서 일하다 급히 트럭을 몰고 올라온 한 교수 집 앞에 차를 세우고 내리는 민수 청년을 보고 몰아치듯 물었다.

"글쎄유, 지도 잘 몰르것슈, 무신 사고가 난 거 같어 막 달려오는 참이구먼유."

"사냥하는 사람들이 뭔 사고 낸 거 아녀?"

"그런 거 같구먼유. 썩을 늠덜, 처먹고 할 일 없으니깨 사냥질이나 댕기구."

"그나저나 앰뷸런스가 온 거 보면 누가 다친 거 같은데 말여, 동네 사람이나 아니어야 할텐데……"

"지가 한 번 올라가 볼게유, 성님두 갈츄?"

"사고 난 게 무슨 구경거리라고 죽 올라간다나?"

"그라면 성님은 여기 지슈, 지가 올라가보구 올 게유."

그러나 그들이 굳이 올라가지 않아도 될 것이, 이미 구급대원들이 산에서 들것에 사람을 싣고 서둘러 내려오고 있는 게 보였다. 그 뒤를 이어 경찰들도 어느 새 어스름이 내린 길을 사냥꾼인 것 같은 사내를 호위하듯 양 옆으로 팔짱을 끼고 내려오고 있었다. 경찰을 따라 올라갔던 동네 사람 몇도 그 뒤에 줄래줄래 따라 붙고 있었다. 한 교수네 집 근처 공터에 불을 번쩍이며 주차해 있던 구급차에 들것에 실린 사람이 그대로 옮겨졌다. 경찰에 체포되듯 끌려 내려온 사내도 곧 경찰차 뒷자리에 태워졌다. 한 교수를 비롯한 동네 사람들이 곧 떠나려는 그들 차를 막고 웅기중기 둘러쌌다.

"비키세요! 비상 신호 안 보여요?"

경찰이 신경질적으로 차 유리를 내리고 동네 사람들에게 소리쳤다.

"도대체 뭔 일이래유? 다친 사람은 누구래유?"

"일단 경찰서에 가서 조사를 해 봐야 하니까 좀 비키세요."

"다친 분이 누구래유?"

"유왕굴 할머니여."

어떤 동네 사람이 대신 대답했다.

"아니 그 할무니가 왜 다쳤대유?"

"다친 게 아니라 거진 돌아가신 거 같어."

"뭐라구유? 거진 돌아가신 거 같다구유?"

"밭이서 일하구 지신 할무니럴 고라니루 잘못 알구 총이루 쏜 거 같디야."

"아니, 사람얼 총이루 쏘다니, 저런 처 죽일 늠이 있나?"

"꼬추허구 들깨가 키가 커서, 거기 엎디려 일허다 보면 사람이루 보이지 않겄지."

"그려두 그게 말이 되남유?"

"총알을 정통이루 시 발인가 니 발인가 맞었다니께 살 재간이 있건남?"

"아이구, 딱한 양반, 그르키 고생만 지지리 허시더니…"

동네 아주머니 한 분이 옆에서 그들의 얘기를 듣다가 코를 힝 풀며 목이 막혀 넋두리를 늘어놓았다. 그 할머니는 의지가지없이 홀로 사는 노인이었다. 남편은 일찍 죽고, 딸 하나가 있었으나 그 딸마저 중동 건설 노동자로 갔다가 거기 정착해 버린 남편을 따라 이민을 가 버려 혈혈단신 홀몸으로 사는 형편이었다. 그러던 중, 이 동네와 자매결연을 한 어떤 회사에서 주기적으로 봉사활동을 나왔는데, 그 가운데 고아로 자란 어떤 사람이 어머니 생각이 난다면서 그 할머니를 자기 부모 찾듯 가족들과 함께 자주 찾아와 그 재미로 산다고 늘 자랑하곤 하던 할머니였다. 늘그막에 맺은 그 인연을 삶의 끈으로 삼아 힘든 줄 모르고 곡식을 가꾸어 아낌없이 퍼 주는 게 그 할머니의 유일한 낙이었다.

앰뷸런스가 요란한 소리를 남기고 떠난 후, 동네 사람들은 우두망찰하여 설왕설래하다가 일이 어떻게 되어 가는지도 궁금하고, 또 오래 같이 살아온 마을 사람들로서 이런 일에 구경꾼처럼 있을 수 없다는 의견에 따라 일단 몇 사람이 시내에 나가 보기로 하였다. 그 대표를 누구로 해야 할 것인가는 복잡하게 논의할 필요도 없었다. 이장과 민수 청년, 그리고 노인회 회장이 가기로 했고, 아무래도 경찰서나 병원 등을 상대해야 하니 그런 일에는 한 교수가 적임이라는 공론이 있어 그도 동행하기로 했다. 자연히 음악회 가는 것은 취소가 되고 말았다.

시내로 나와 일단 경찰서로 향했다. 그러나 경찰 담당자는 조사 중이라는 이유로 그들의 접근을 허용치 않았다. 직계 가족이 누구냐는 말에 대충 할머니의 사정을 설명했더니 더 완강하게 당사자 가족이 아닌 사람들은 아예 나가 달라고 했다. 한 교수가 나서서 자신의 신분을 밝히고, 수사를 방해하거나 영향을 주려는 게 아니라 한 가족처럼 살던 동네 사람들로서 마땅히 관심을 가져야 할 일이고, 또 실질적인 가족과 같은 입장에서 왔다고 조리 있게 설명을 하고 나서야 담당 형사는 그때까지 대충 파악된 사건의 경과를 설명해 주었다. 그 설명에 따르면 할머니는 바로 병원으로 옮겼는데, 당직 의사에 의해 병원에 도착하기 전에 이미 사망한 것으로 진단되었으며 사인은 당연히 총상이라고 했다. 사고사인 만큼 아마도 검사의 지휘를 받아 검시를 끝내고 필요하면 부검을 해야 장례 절차가 진행될 수 있을 것이라는 말도 덧붙였다. 거기서 더 이상 무엇을 할 수도 없어서 엄정하게 수사해 달라는 부탁을 하고 곧 병원 장례식장으로 이동했다.

장례식장 한 칸을 얻어 빈소를 차렸다. 아직 시신도 인도 받지 못한 상태고, 상주도 없는 빈소라 더욱 쓸쓸할 수밖에 없었다. 민수 청년이 이리저리 연락하여 양아들처럼 지내는 자매결연 회사 직원에게 소식을 전했다. 또 동네 사람들이 할머니의 방을 뒤져서 외국에 살고 있는 딸의 전화번호를 알아내 연락하긴 했으나 장례식에 맞춰 올 수 있을지는 알 수 없는 일이었다. 결국 동네 사람들이 십시일반으로 비용을 모아 조촐하게 장례를 치를 수밖에 없다는 의견이 모아져 그 방향으로 대책을 세우기로 했다.

한 교수는 그 다음 날도 다른 일 미뤄놓고 시내로 나가 경찰서와 검찰청, 병원을 오가며 이왕 일이 이렇게 된 것, 한 마을 사람의 정리와 예의로 마지막 가는 길 서운하지 않게 보내드릴 수 있도록 해 달라는 부탁과 주선을 했다. 불행 중 다행이랄까, 담당 검사가 까다롭지 않아 현장 검증 후에 곧 장례를 치를 수 있도록 배려해 주었다. 양아들 격의 자매결연 회사 직원과 동네 사람들이 공동 상주가 되어 사고 후 4일 만에 영결식을 치르고, 화장을 하여 그 유골을 동네 공동묘지 한쪽에 매장했다.

가해자는 과실 치사죄로 구속 기소되어 재판을 받게 되었고, 그 가족이 대신 장례식장을 찾아 상당한 액수의 위로금 성격인 부의금을 전달했는데, 장례비용을 정산하고도 남을 만한 금액이었다. 장례를 치르고 난 며칠 뒤, 뒤늦게 딸 부부가 귀국하여 새로 조성된 묘 앞에서 서럽게 회한의 눈물을 뿌렸다. 그리고 동네 사람들을 찾아 일일이 감사 인사를 했다. 특히 한 교수를 찾아와 두 손을 잡고 고맙다는 인사를 반복하여 민망할 정도였다. 그들은 불효 자식 입장에서 어머니의 몸값을 가지고 다투는 게 볼썽사납다며 더 이상 가해자와 싸우지 않고 선선히 합의서에 날인을 해 주었다. 그리고 장례식 후 남은 돈 모두를 동네 발전 기금으로 기부하고 돌아갔다.

이 일이 있은 후에도 외지 사람과의 다툼이나 부당한 관청의 일 처리 등으로 동네 사람이 어려움에 처했을 때, 한 교수는 직장이나 이런저런 모임의 회원으로 알게 된 사람들과의 인연을 이용하여 자신의 일처럼 나서서 그 해결에 앞장을 섰다. 물론 동네 사람들 뜻대로 일이 처리되지 않는 경우도 있었으나 자신들과 한 편에 서서 애를 쓰는 한 교수의 진심은 그대로 전달이 되었다. 그런 일들이 몇 차례 있고 나자 동네 사람들은 서서히 그를 온전한 한 마을 사람으로 인정하고 받아들이게 되었다.

"무슨 일인데 그렇게 뜸을 들이나?"

"골치 아픈 일유. 이대루 놔뒀다가넌 동네가 완전히 끝장 날지도 몰러유."

"그렇게 심각한 일인가?"

"한번 들어보세유. 아, 글쎄 워떤 싸가지 없는 늠이 우리 동네 땅을 사 가주구 공해 물질 폐기물 처리 공장을 지을라구 헌대유."

"땅을 안 팔면 될 거 아닌가?"

"그게 간단한 문제가 아녀유. 대상지가 되는 땅이 거진 이 동네서 떠난 사람덜 소유로 되어 있슈. 그들은 쓸모없이 팽개쳐 둔 땅을 시세보담 더 쳐준다니께 팔구 싶어 허쥬."

"땅을 샀다 해도 공장을 지으려면 시청이나 도청의 복잡한 심사를 거쳐야 할 건데, 그게 쉽게 될까?"

"시청에서야 공장을 지으면 세수가 늘어나니께 워떠케든 허가혀 줄라고 하겠쥬."

"그래도 청정 농촌 지역에 공해 공장을 짓는 건 쉽지 않을 걸?"

"고건 성님의 순진헌 생각여유. 아, 고놈덜이 일을 허투루 허겄슈? 다 담당 공무원들과 내통이 되야서 짜구 치는 고스틉여유."

"그럼 막을 방법이 뭔가?"

"싸워야쥬. 그 방법뾔이 읎슈."

"누울 자리를 보고 발을 뻗으랬다고, 싸움도 뭔 언턱거리가 있어야 하는 거 아닌가?"

"두 가지 방향이루 허야 될 거 같어유. 하나넌 동네 사람덜이 투쟁위원회를 조직혀 가주구 농성을 허면서 싸우넌 거구유, 또 하나넌 법과 규정, 그라구 상식을 근거루 혀서 그 부당성을 외부여다 널리 알려 여론얼 움직이넌 거유. 아무래두 성님이 뒷일얼 맡어 주셔야 허겄슈. 동네에 그 일을 헐만한 사람은 아무두 없슈."

"만약에 공장이 들어서서 그야말로 소음과 분진 피해는 물론 질병을 유발하는 공해 물질이 발생한다면 그건 바로 이 동네에 사는 내 문제이기도 하니 모른 척할 수 없는 일이지."

"고마워유. 성님 성미에 그럴 줄 알었슈."

"고맙기는. 이건 네 일, 내 일, 따질 게 아니라 바로 우리 일이지 않은가?"

"그렇쥬, 지가 고 말얼 하구 싶었는디, 생각이 안 나더니, 딱 지 생각이네유."

그 날 밤에 동네 회관에서 긴급 마을회의가 열렸다. 동네 사람 거의 모두가 참석한 회의에서 일부 말하기 좋아하는 사람의 이견이 있기는 했으나 만장일치로 공해 공장 저지 투쟁위원회를 구성하는 안이 통과되었다. 위원장은 노인회 장과 이장이 공동으로 맡기로 했고, 조직 관리와 재정 담당 자를 추천에 의해 결정했다. 민수 청년은 집행위원장을, 대 외 교섭과 홍보 일은 한 교수가 맡기로 했다.

동네 사람들이 돌아가고 난 후 투쟁위원회 임원들이 따 로 모여 향후 대책을 상의했다. 한 교수는 사안의 전모를 파악하기 위해 잘 모르거나 불확실한 것들을 이것저것 물 어가며 상황을 정리하고, 언론에 공개할 성명서 초안을 작 성하여 임원들의 의견을 들어 수정한 후 동의를 받아 문안 을 확정했다. 마을회관에 복사기가 없어 집으로 돌아와 일 단 그 문건을 여러 장 프린터로 출력하여 준비했다. 또 칼 럼 원고 청탁으로 알게 된 시내의 지방 신문 기자에게 전화 를 걸어 상황을 설명하고, 일단 내일 농성 시작할 때 다른 주재 기자들과 함께 취재하러 와 줄 것을 부탁했다.

다음 날 오후 마을 사람들은 동네 마을회관 앞마당에 천 막을 쳤다. 어젯 밤에 읍내 간판 집에 나가 급히 주문한 플래카드와 피켓 등이 도착하고, 또 한 교수가 밤늦게까지 고심하여 작성해서 이메일로 인쇄소에 보냈던 성명서와 전단지 뭉치도 때맞춰 왔다. 천막 앞에 양쪽으로 대나무 두 개를 세우고 거기에 플래카드를 내걸었다. 그 옆으로 구호가 적힌 깃대도 여러 개 세웠다. 그리고 마을 사람들은 결연한 표정으로 대충 열을 지어 앉았다. 대부분 이런 일이 머리에 털 나고 처음이니 조금 쑥스럽기도 하고, 몸에 익지 않은 일이라 열없기도 했다. 동네 사람들은 급한 일이 있는 경우를 제외하고는 의무적으로 윤번제에 의해 농성에 참여하기로 되었으나 첫날에는 너나없이 얼굴을 내밀어 농성장이 가득 찼다. 특히 일거리가 없는 노인들은 아예 간단한 살림거리를 싸들고 농성장에 나와 자리를 잡기도 했다. 집행위원장이 농민회 운동을 하며 이런 투쟁을 많이 한 경험자라 북과 꽹과리 등 풍물 기구를 가져다 적당히 치게 하고, 또 피켓을 들고 구호를 외치는 방법도 중구난방이 안 되고 어느 정도 일치되도록 연습을 시켰다. 아직은 다들 팔팔하지만 장기간의 농성에 대비해 참가자들에게 간단한 체조로 몸을 푸는 요령도 알려주었다.

오후 3시쯤 투쟁 선포식이 열렸다. 어떻게 알았는지 시청 담당 직원은 물론 경찰서 정보 담당 형사도 몇이 와 있었다. 방송국 기자는 없었지만 일간지 주재기자와 지역 신문

취재 기자도 여러 명이 와서 카메라를 들고 미리 여기저기 스냅 사진을 찍고 있었다. 투쟁위원회 임원들은 비장하고 단호한 입장을 나타내기 위해 붉은 색의 머리띠를 두르고, 어깨에는 선명한 글씨로 인쇄된 공장 설치 반대 구호가 적힌 띠를 걸친 채 앞에 섰다. 먼저 위원장인 노인회장이 간단하게 참석자들에게 감사 인사를 하고 난 후, 또 다른 위원장인 이장이 단호한 어조로 반대 성명서를 낭독했다. 그 다음에 집행위원장의 선창과 인도에 따라 동네 사람들이 북을 치며 구호를 외쳤다. 난생 처음인 이런 일이 어색하기 짝이 없었지만, 동네 사람들은 주먹을 하늘로 향해 뻗으며 내 몸과 같은 땅을 결코 내 줄 수 없다고 한 목소리로 외쳤다. 그리고 우리의 요구가 받아들여질 때까지 결사 투쟁할 것이라는 강인한 의지를 만천하에 과시했다.

- 사람 죽이는 공해 공장 설립 철회하라!
- 철회하라! 철회하라! 철회하라!
- 대대로 살아온 정든 땅에 공해 공장이 웬 말이냐!
- 웬 말이냐! 웬 말이냐! 웬 말이냐!
- 비양심적 사업주는 당장 물러가라!
- 물러가라! 물러가라! 물러가라!

물론 관련 회사 사람들은 코빼기도 비치지 않았다. 주민들에게는 사실을 숨긴 채 이 동네 토지를 은밀히 매입하기 시작하여 사업부지 절반 이상의 토지를 사들인 시점에 이런 일이 터졌으니 그들로서도 난감할 게 뻔했다. 당연히 그들도 아무 대책 없이 이 일을 시작하지는 않았을 것이다. 주변 환경이나 동네 사람들의 성향 등을 면밀히 분석한 끝에 다른 지역보다는 성공 가능성이 크다는 판단 아래 착수했을 게 틀림없다. 타 지역 몇 곳의 시도와 실패 사례 경험으로 그런 공장 설립이 주민들의 반대 없이 순조롭게 이루어질 것이라고는 생각하지 않았겠지만, 여기는 오랜 세월 조용히 농사만 짓고 살아온 노인 중심의 마을이라 강력한 반대 투쟁은 없을 것이라는 예측을 했을지도 몰랐다. 또한 관청에 로비가 잘 되어 일단 허가만 떨어지면 그 다음에는 법이라는 무기를 내세워 강행하려는 계획이었을 것이다. 그런데 도중에 일이 탄로나 버렸으니 당장은 마땅한 대처 방도가 없을 터였다. 또한 이런 자리에 와서 무슨 변명을 하거나 설득하려고 하면 성난 동네 사람들에게 기름을 붓는 일이 되어 버릴테니 섣불리 나서지 않는 게 상책이라는 판단을 했을는지도 모르는 일이었다.

투쟁 선포식 절차가 어느 정도 정리가 되고 나자 사람들은 두셋씩 모여 음료수를 나눠 마시며 사업주가 누구라느니, 시청과 도청에 강력한 연줄이 있는 사람이라느니, 시골 사람들이라고 완전 무시하는 처사라느니, 이번 기회에 그런 놈들 버르장머리를 싹 고쳐 놓아야 한다느니, 그런 이야기들을 주고받았다. 한 교수는 어젯밤에 전화를 했던 지역 신문 신 기자를 따로 만나 고맙다는 인사를 했다. 신 기자는 한 교수보다 나이는 10여 년 아래이지만 신문사 운영과 원고 부탁은 물론이고 사회 현안에 대한 생각이 비슷해 이런저런 자리에서 자주 만나 격의 없이 지내는 사이였다.

"교수님, 평소 교수님 성품으로 보나 이런 일에 앞장서시는 건 의외인데요?"

"왜, 이래봬도 내가 환경 운동 시민 단체 간부라는 거 모르시나?"

"몇몇 시민운동 단체에서 활동하시는 것은 알고 있지만, 직접 현장에서 머리 띠 두르고 운동하는 모습은 영 안 어울리시는데요?"

"운동하는 사람이 따로 정해져 있는 건 아니지. 살다가 보면 싫어도 나서야 할 때가 있는 거니까. 더구나 자기 자신의 문제에 부딪치게 되면 누구나 다 투사가 될 수 있는 것 아닌가? 나도 이 동네 사는 한 사람으로서 바로 당사자거든."

"그런데, 사업주에 대해 좀 아세요?"

"잘은 모르지. 일이 불거진 게 얼마 안 되니까."

"제가 알아본 바에 의하면, 회사 명의는 딴 사람으로 되어 있지만 그건 바지 사장이고, 전직 시의원이 실질적인 주인이래요. 조폭 수준의 깡패로 소문난 사람이죠."

"그런가? 좋은 정보 줘서 고맙군."

"그나저나 적이 눈앞에 없는 싸움이라 더 힘드시겠어요."

"그런 셈이지. 코빼기도 비치지 않는 놈들과 싸우자면 헛심이 들기도 하겠지. 하지만 그쪽도 투자한 돈이 있으니까 곧 무슨 반응이 있지 않을까?"

"그렇겠지요. 그들도 아무 대책 없이 시작하지는 않았을 테니까요."

"기자 눈으로 볼 때 일이 어떻게 될 거 같은가?"

"일단 집단적으로 반대 의견이 표출된 이상, 시청에서도 신청 서류가 들어오면 처리 과정에서 고려하겠지요. 먼저 관련 법 조항을 면밀하게 검토하셔야 될 것 같아요."

"그러잖아도 법학과 교수와 환경 관련 전공 교수에게 검토를 부탁해 놓았어."

"언론에 알리실 사항이 있으시면 기사 형태로 작성하여 제 메일로 보내 주세요. 제가 다른 신문사 담당 기자들에게도 보내서 보도되도록 부탁할게요. 요즘은 기사 형태 제보가 아니면 귀찮아서 잘 안 다뤄줘요."

"그렇게 해 주면 더없이 고맙지. 신문보다는 방송에서 한번 건드려 주면 더 효과가 있을 건데…"

"그것도 제가 한 번 주선해 볼게요."

"이번 일로 신세를 많이 지는군. 갚을 날이 있을 걸세."

"별 말씀을요. 저희를 도와주신 교수님을 위해 작은 힘이라도 보태 드릴 수 있다면 제가 더 고맙지요."

"조폭 수준이라면 혹시 그놈들이 폭력배라도 몰고 오지 않을까?"

"설마 그러기야 하겠어요? 그렇게 되면 더 시끄러워지고 불리해질 텐데요?"

"그렇겠지? 이쯤에서 일이 잘 무마되었으면 딱 좋겠는데…."

"하긴 공장 건축이 많이 진척된 상태에서 일이 터진 것보다는 공사가 시작되기 전에 알려진 게 다행이랄 수도 있겠는데요?"

"생각하기에 따라서는 그럴 수도 있겠지."

투쟁 상대가 눈앞에 있지 않으니 허공에 대고 소리 지르는 격인 구호를 계속 외치는 것도 멋쩍고, 치열하게 내부 논의를 해야 할 일도 없어 자연히 농성은 소강상태가 되었다. 더 이상 상황 전개가 없는 걸 확인한 형사들도 슬금슬금 자리를 떴다. 기자들도 성명서를 받아들고 투쟁위원회 임원들과 간단한 인터뷰를 통해 기사거리를 채운 다음 하나둘씩 철수하기 시작했다. 자연히 농성장에는 동네 사람들만 남아 앞으로의 일에 대해 의견을 나누었다. 일이 잘 해결 안 되면 앞으로 삭발도 하고, 단식도 해야 한다는 강경한 주장들이 나왔다.

그 날 밤에 사업주 측에서 만나자는 연락이 왔다. 시내로 나오라는 그들과 이쪽으로 와서 얘기하자는 실랑이 끝에 중간쯤에 있는 카페에서 만나기로 합의되었다. 마을 대표로는 이장과 민수 청년, 그리고 한 교수가 나가기로 했다. 가는 도중에 역할 분담과 발언할 의견 조율을 했으나, 특별히 이견이 없는 명확한 일이니 사실은 그럴 필요조차 없는 일이었다.

카페에 도착하여 검은 양복을 입은 건장한 체구의 세 사람과 첫 대면의 형식적인 인사를 나누고 차를 주문했다. 날씨 따위의 인사말도 없이 곧 바로 상대편에서 말을 꺼냈다.

"단도직입적으로 말합시다. 원하는 게 뭐요?"

이쪽에서도 한 교수가 나서 예의나 체면 같은 것 따지지 않고 요점을 단호하게 말했다.

"우리 마을에 공장 설립하려는 계획을 철회해 달라는 겁니다."

"대한민국은 법치국가요. 다 법에 따라 예비 허가를 받고 시작한 일이니 결코 철회할 수 없소."

"우리도 법에 대해 알아볼 것 다 알아봤습니다. 그만한 근거가 있으니까 철회를 요구하는 거지요. 무엇보다 떳떳하지 못한 일이니까 비밀리에 추진한 거 아닌가요?"

"국가 공공사업도 아니고 개인 사업을 일일이 공개하며 할 일은 아니잖소?"

"대대로 살아온 청정한 마을이 공장 설립으로 파괴되는 것은 물론, 향후 공장에서 배출될 공해 물질이 주민들의 건강을 해치는 걸 용납할 수 없습니다."

"그건 자본주의 국가에서 경제 발전을 위해 감수해야 할 일이잖소?"

"그런 말은 개발 독재 시대에나 있을 수 있는 위험한 생각입니다. 지금은 정부에서도 어떤 사업을 하든지 환경보전을 생각하며 조심스럽게 하고 있잖습니까?"

애초에 발상 자체가 다른 사람들이니 대화가 통할 리 없었다. 상대방 입장을 고려하고 자신들의 생각을 양보할 수 있다는 자세가 되어 있어야 협상이 될텐데, 이건 막무가내로 자신들의 생각을 관철하려고만 하니 이야기가 진전될 수 없었다. 예상대로 1차 협상은 아무 성과 없이 서로 감정만 상한 채 종료되었다. 그들은 씁쓸한 기분을 안고 동네로 돌아왔다.

다음 날부터 지루한 싸움이 이어졌다. 마을 사람들은 새벽부터 아침까지 좀 선선할 때 논과 밭에서 급한 일을 끝내고, 햇볕이 따가워지는 즈음 농성장에 다시 모였다. 햇볕에 늘어지는 곡식 잎사귀처럼 시들해지는 분위기를 추어올리기 위해 농성을 시작할 즈음에는 풍물패가 한 바탕 신나는 가락을 울렸다. 다행히 신 기자의 주선으로 방송국에서 취재를 하러 나오고, 다른 언론사에서도 관심을 보여 농성 사실이 외부에 많이 알려지게 되었다. 또 간간 여러 단체에서 응원 차 방문하여 쳐져가는 농성장 기분에 생기를 불어 넣기도 했다.

그로부터 며칠 동안 비슷한 농성이 반복되었다. 오전과 오후 두 차례 참석자 전원이 모여 그동안의 투쟁성과를 점검하고, 향후 계획을 상의한 후 구호를 외치는 형식의 농성이 계속되었다. 그 나머지 시간은 자신들의 일거리를 들고 보내거나, 혹은 끼리끼리 잡담 수준의 이야기를 나누었다. 그러다 보니 농성 분위기는 시간이 지날수록 가라앉을 수밖에 없었다. 특히 상대편이 명시적으로 아무런 반응을 보이지 않으니 농성은 차츰 처음 시작할 때의 거센 기세가 졸아들면서 점점 침체되어갔다. 임원들은 어떻게 해야 분위기를 이어갈 수 있을까 하는 고민에 빠졌다. 그들은 새로운 이슈를 만들거나 투쟁의 외연 확대를 위해 머리를 맞대고 대책 마련에 골몰했다. 다른 참가자들은 농성장 바로 뒤에 마을회관이 있어 거기 들어가 잠깐씩 눈을 붙이기도 하고,

간단한 음식을 조리하여 허기를 달래기도 하였다.

이런 일에 가장 무섭고 두려운 것은 외부의 무관심이나 외면인데, 그나마 희망적인 것은 뉴스 보도를 통해 사실을 알게 된 관련 인사들이나 시민운동 단체에서 음료수나 격려금 봉투를 들고 종종 찾아오는 일이었다. 그것은 외롭게 투쟁하는 시골 사람들에게는 큰 활력소가 되었다. 거기에는 마을이 생긴 이래 처음이라는 조용한 시골 사람들의 투쟁이라는 사실과 권력과 자본의 유착 아래 개발 독재 시대의 사업 추진 방식에 대한 반감, 또 먹고 살기 위해 바빠서 눈 감았던 환경에 대한 인식의 변화 등이 직간접적으로 작용했을 터였다. 물론 그 동안 살아오며 맺어 왔던 한 교수의 개인적 인연도 적잖게 영향을 미쳤을 것은 말할 것도 없다. 투쟁위원회에서는 찾아온 사람들에게 방송에 보도된 내용을 녹화하여 보여 주기도 하고, 또 복사한 신문 보도 기사를 나눠주며 더 많이 알려질 수 있도록 도와줄 것을 부탁하기도 했다. 그런 중에서도 특히 지역 농민회 회원들과 환경단체 사람들의 지지 방문과 연대 투쟁 선언은 지쳐 가는 마을 사람들에게 큰 힘이 되었다. 이런 일에 경험이 많은 그들의 합류는 단순한 숫자 이상의 위력이 있었다.

농성 닷새째가 되는 날, 다시 사업주로부터 연락이 왔다. 그들로서는 이 일을 마냥 방치해 두는 게 바로 회사의 직접

적인 손실과 직결될 것이므로 어떤 식으로든 돌파구를 만드는 게 필요할 것이었다. 처음 만날 때와 마찬가지로 이쪽에서는 셋이 대표로 나갔다. 저쪽에서 당연히 그 동안의 사태를 분석하고, 또 나름대로 대책을 세워 가지고 나올 것이 뻔했기 때문에 이쪽에서도 한 교수가 부탁했던 법학과 교수의 해당 법률 검토 자문 내용을 비롯한 여러 자료를 준비해서 나갔다. 상대편에서는 먼젓번 사람들 외에 젊은 사람 하나가 더 나왔는데, 자신을 회사 쪽 입장을 대변할 변호사라고 소개했다.

두 번째 만남 역시 양쪽의 입장이 팽팽하게 맞서 평행선을 이루었다. 저쪽에서는 주로 변호사가 나서 개인 기업 활동의 자유니, 중소기업 사업 지원에 관한 법이니, 무슨 특례 조항, 지방 정부의 조례, 유사한 사건의 법원 판례 등을 들먹이며 해당 사업이 합법적이라는 사실을 침을 튀기며 강조했다. 그리고 무조건적인 반대는 업무 집행 방해죄로 처벌될 수 있다는 엄포 비슷한 이야기도 했다. 이쪽에서는 한 교수가 나서 주민의 환경권, 행복하게 살 권리, 회복할 수 없는 파괴, 예상되는 피해 등을 내세우며 반박했다. 또한 반대 투쟁은 정당 방어 차원의 기본권임을 당당하게 주장했다. 법리적인 1차 공방은 다른 사람들의 가세로 더욱 치열하게 이어졌다. 도저히 접합 지점을 찾을 수 없는 맹렬

한 논쟁은 밤이 새도 끝이 날 수 없는 싸움이었다. 옆에서 얼굴을 붉히며 듣고만 있던 회사 쪽 사람이 드디어 감정이 상했는지 폭발했다.

"이거 듣자듣자 하니 순 깡패 놈들 심보로군. 법치 국가에서 법적으로 하겠다는데 뭔 잔소리가 그리 많아?"

그 말에 민수 청년도 지지 않겠다는 듯 대차게 차고 나섰다.

"깡패라니유? 돈푼이나 있다구, 시골 사람들은 사람으로 보이지두 않남유?"

"넌 뭐야? 한 주먹 감도 안 되는 놈이 어디 나서서 지랄이야?"

"나두 그리 호락호락한 놈 아닙니다. 괜한 주먹 자랑 하지 마십쇼."

"어라, 네가 지금 나하고 한 번 붙어 보겠다는 거야? 너 같은 거 하나 쥐도 새도 모르게 보내 버릴 수 있어. 함부로 까불지 마."

"너라니? 이래뵈두 마을 대표루 나온 사람유. 그 말 당장 취소혀!"

"이게 지금 간덩이가 배 밖으로 튀어 나왔군, 너 당장 이리 나와!"

주먹다짐이 오갈 일촉즉발의 순간을 옆 사람들이 간신히 떼어 말려 진정시켰다. 폭력이 오가는 것은 일을 최악의 상황으로 몰고 갈 것이기에 꾹 참으며 분을 삭였다. 상대방도 화를 못 이기겠는지 씩씩거리며 물을 벌컥벌컥 들이켰다. 더 이상 대화를 이어갈 수 없는 분위기인데다 이야기를 해 봤자 타협이 되지 않을 게 명백하니 자리에 앉아 있을 이유가 없었다. 일어서 나오려는데 저희들끼리 나누는 대화처럼 이쪽 일행 머리 뒤에 대고 아까 그 사람이 협박조로 말했다.

"무턱대고 반대만 하는 저런 빨갱이 새끼들, 싹 쓸어 없애야 하는데…"

민수 청년이 발끈하여 대드려는 것을 이장과 한 교수가 강제로 팔을 잡아 참으라고 달래며 밖으로 데리고 나왔다. 뒤따라 나온 그들 중 하나가 한 교수를 따로 불러 세웠다.

"당신, 대학 교수라며? 교수면 학생들이나 잘 가르칠 일이지, 왜 이런 일에 나서서 설치는 거야? 내가 사람 시켜 조사해 보니, 친북 좌파 단체 활동 열심히 하고 있더구먼. 내가 교수 만들 힘은 없어도, 교수 모가지 하나 자를 힘은 있거든. 괜히 쓸데없는 일에 끼어들지 말고 몸조심해. 배때기에 칼 안 들어가는 놈은 없어."

"지금, 절 협박하시는 겁니까?"

"협박? 웃기고 자빠졌네. 당신 같은 사람 협박해서 나올 게 뭐가 있겠어? 내가 지금은 참고 가지만 곧 후회할 날이 올 거야. 이 일에서 빨리 발을 빼는 게 좋을 걸?"

그는 능글능글한 웃음 뒤에 날카로운 위협의 눈길을 쏘아 붓고 돌아섰다. 말로 하다 안 되니까 이제 본색을 드러내 폭력과 협박으로 일을 해결하려는 수작 같았다. 하지만 그런 정도의 위협이야 이미 각오한 바이고, 또 그런 게 무서워 물러날 일이라면 아예 시작도 안 했을 것이다. 그들은 동네로 돌아와 다른 임원들과 마을 어른들을 모이게 하여 저쪽 사람들과 만났던 결과를 설명했다. 그리고 앞으로의 대책을 논의한 결과 더욱 강경하게 싸워야 한다는 쪽으로 의견을 모았다.

다음 날, 오랜만에 학교에 출근하여 연구실에 앉아 있는데 어제 그 변호사가 예고도 없이 불쑥 찾아왔다.

"어젯밤, 잘 들어가셨습니까?"

"집에 들어가는 거야 뭔 문제이겠습니까만, 연락도 없이 어쩐 일입니까?"

"댁에 전화를 드렸더니 안 받으시고, 이장님께 연락했더니 학교 가셨을 거라고 해서 결례를 무릅쓰고 찾아 왔습니다."

"뭔가 구속 받는 것 같아 내가 핸드폰을 안 쓰고 있고, 며칠 전부터 낯모르는 사람들이 한밤중에 전화를 걸어 욕설과 폭언을 해서 아예 전화 코드를 뽑아 놨습니다. 본의 아니게 불편을 끼쳤네요."

"별 말씀을요, 저도 교수님처럼 좀 자유롭게 살고 싶네요. 부럽습니다."

"그런데, 무슨 일이신가요?"

"제가 회사 쪽 위임을 받아 교수님과 상의 드릴 일이 있어 왔습니다."

"아시다시피 나는 마을 협상 대표의 일원일 뿐이지 대표자가 아닙니다. 대표로 협상을 할 자격이 없는 사람이지요."

"잘 압니다. 하지만 그래도 말이 통할 사람은 교수님밖에 없을 것 같다는 판단에서 찾아 온 겁니다. 저희들의 진심을 들으시고, 마을 사람들을 잘 설득해서 서로 윈윈 하는 방향으로 일이 해결되도록 해 주시면 고맙겠습니다."

"물론 그런 방법이 있다면 최선이겠지요. 그런데 그런 방법이 있을까요?"

"저희 사장님이 통 크게 결심하셨습니다. 애초 계획대로 공장만 지을 수 있게 해 준다면 마을 발전 기금으로 10억을 기부하고, 마을 사람들이 원하는 숙원 사업 한 가지를 해결해 주겠다고 하셨습니다. 마을 출신 자녀들을 위한 장학 사업도 추후 검토하여 꼭 실현하겠다고 하셨습니다."

"글쎄요, 마을 사람들이 하나같이 원하는 것은 첫째도, 둘째도 공장 설치 백지화입니다. 그만한 조건에 동의할 사람이 있을까요?"

"그래서 교수님께 부탁하는 것 아닙니까? 지금까지 들어 간 돈이 얼마인데, 이게 백지화되면 회사가 쓰러질지 모릅니다."

"지난번에 얘기한 대로 공해 공장 말고, 이미 마련된 부지에 업종을 바꿔 청정 공장을 지어 운영하면 변호사님 말대로 서로 윈윈 하는 일이 될 텐데?"

"기업도 잘 할 수 있는 분야가 따로 있기 마련이지요. 급작스럽게 업종을 바꾸는 것은 새로 시작하는 것보다 더 어렵습니다."

"알았습니다. 일단 말씀하신 내용이 개인적인 제의가 아니라는 걸 확인하기 위해 내용의 요점을 정리하고 회사의 위임을 받은 거라는 사인 한 장 해 주시죠. 그래야 나도 마을 사람들과 얘기를 할 근거가 되니까요."

"당연히 해 드려야죠. 일이 잘 성사되도록 꼭 좀 부탁드립니다."

변호사가 서명한 문건을 들고 마을로 돌아온 한 교수는 우선 임원들에게 그 내용을 설명했다. 이건 임원들 몇이 결정할 일이 아니라 총회에서 찬반을 물어야 할 사항이라고 하여 농성장에서 임시 마을 회의를 열었다. 일부 그 제의를 수용하자는 사람들도 있었으나 대다수는 반대였다. 그 제의는 반대 투쟁을 잠재우려는 임시방편의 꼼수일 수도 있고, 일단 공장을 짓고 난 다음 나 몰라라 오리발을 내밀면 어떻게 하겠느냐는 의견에 많은 사람들이 동의했다. 한 교수는 변호사에게 전화를 걸어 마을 회의에서 그 제의는 수용 불가로 결정되었다고 통보했다.

예년에 없던 폭염이 연일 땅을 달구는 여름 내내 지루한 투쟁은 끝이 나지 않았다. 회사 쪽에서는 강온 양면 작전을 펼쳐 핵심 임원들에 대한 테러 수준의 협박을 하는가 하면, 기부금 액수를 높이고 다른 조건을 더해 접근하기도 했다. 또한 투쟁위원회 분열책으로 임원에 대한 개별 접촉을 통해 금품 제공 등으로 회유를 시도하기도 했고, 관청이나 농협 등의 기관을 동원해 마을 일에 불이익을 주는 등의 훼방을 놓기도 했다. 그러나 마을 사람들은 그 어떤 공갈과 위협에도 굴하지 않고 뚝심 있게 버텨 나갔다.

찬바람이 아침저녁으로 옷깃을 여미게 하는 늦여름과 초가을 환절기를 즈음하여 결국은 회사에서 더 이상 버티지 못하고 그 땅을 다른 회사에 넘기는 것으로 일이 일단락 되었다. 그 소식을 전해들은 마을사람들은 회관 앞 농성장에 모여 그 동안 햇볕과 비바람에 바래버린 천막을 걷고, 환호의 만세를 부르며 오랜 싸움을 마무리했다. 늘 관청이나 돈 있는 사람들에게 주눅 들어 기를 못 펴고 살던 시골 사람들이 처음으로 힘을 모아 싸워서 자신들의 뜻을 관철하고 승리한 기쁨, 자칫 송두리째 파괴될 위기의 마을을 스스로 지켜냈다는 자부심이 마을 사람들 모두의 얼굴에 큰 웃음으로 가득 피어올랐다.

그 다음 날 돼지 한 마리를 잡고 음식을 푸짐하게 장만하여 마을 잔치를 열었다. 그 동안 고생한 노고를 서로 위로하고, 이 투쟁을 계기로 마을 사람들 사이의 정과 의리가 더욱 깊어져 모두 하나가 된 것을 자축하는 술잔을 나누었다. 노인들의 깊은 주름살 사이로 넉넉한 성취감과 자부심이 흘러 넘쳤다. 한 교수도 그들 사이에 끼어 스스럼없이 술잔을 주고받으며 그제야 한 치의 틈도 없이 완전히 동화된 마을 사람의 하나가 된 기분을 만끽했다. 풍물패의 흥겨운 가락이 높아만 가는 하늘로 힘차게 뻗쳐올랐다.

마지막 제사

"빨랫줄 걸어라."

상갓집이나 잔칫집에 가실 때만 쓰시던 갓을 꺼내 먼지를 털어내며 손을 보시던 아버지가 눈길은 돌리지 않은 채 느릿하게 말씀하셨다. 사랑방 부엌 옆의 화덕에 솥뚜껑을 뒤집어 걸고 전을 부치고 있는 어머니 옆에서 군침을 삼키며 구경하던 소년은 마치 어른들의 심부름을 기다리고 있었다는 듯 냉큼 나섰다. 그러면서도 이제 집안일을 한 몫하게 되었다는 우쭐한 생각 때문이었는지 어쩌면 불퉁스럽게 들릴 법한 질문 하나가 툭 튀어나와 버렸다.

"빨랫줄은 왜 거는대요?"

이 일은 제사 때마다 했던 일이건만 그 이유는 알지 못한 채 그저 아버지의 말씀에 따랐을 뿐이었다. 그러나 머리가 커지면서 무슨 일이든 그 까닭을 알고 싶은 생각도 함께 커졌는지 저도 모르게 그런 질문이 나와 버렸던 것이다.

"내가 전에도 말하지 않았더냐? 언젠가 저 건너 박 씨네 집에서 제사를 지내는 날, 그 혼령께서 집에 오시다가 그냥 놔둔 빨랫줄에 걸려 제사도 안 받아 잡숫고 그냥 돌아가셨다더라. 이건 괜히 지어낸 이야기가 아니라 그 분과 절친한 친구이셨던 생전의 네 할아버지께서 동네 사람들과 내게 여러 번 하신 말씀이다. 마침 그 날 장에 갔다가 친구들과 술잔을 나누시느라 밤늦게 돌아오시게 되었는데, 고갯마루에서 단단히 화가 나서 돌아가는 그 어른을 만나셨단다. 그 어른이 제사 지내는 놈들이 정신을 어디다 두었는지 모르겠다며 괘씸하다는 말씀을 여러 번 하셨다는구나. 네 할아버지께서는 그 다음날 박 씨네 집에 찾아가 그 말씀을 존존히 전해 주시고, 우리 형제들에게도 제사 모실 때 정성을 다 하라고 신신 당부하셨느니라."

"제사를 지내면 정말 혼령이 오셔서 잡수시나요?"

"그렇지 않다면 제사를 무엇 하러 지내겠느냐?"

"그걸 어떻게 믿을 수 있어요?"

"눈에 보이는 것만 믿는 게 아니니라. 수백 년 동안 집집마다 제사를 지내온 게 다 그렇게 믿기 때문이 아니겠느냐?"

한창 호기심이 왕성할 때이기도 했지만, 소년은 학교에서 배우는 것과 상당히 다른 일상생활의 여러 의심스러운 것들 사이에서 고민이 되는 일이 한두 가지가 아니었다. 제사도 그 중의 하나였다. 몇 년 전까지만 해도 그저 평소 먹을 수 없던 색다른 음식을 먹는다는 사실 때문에 제삿날이 기다려지기만 했었다. 또한 제삿날에 먼 데 사는 친척들이 몰려와 집안이 흥성거리는 것도 꽤나 즐거운 일이었다. 게다가 형이 없어 간혹 또래들에게 억울한 일을 당하기도 했던 그로서는, 든든한 사촌이나 육촌 형들을 동네 친구들에게 은근히 자랑할 수 있어서 기분이 좋기도 했다. 하지만 중학교 들어갈 나이가 되면서부터 제사는 왜 지내는 건지, 사람은 왜 죽는 것인지, 죽으면 어떻게 되는 건지, 그런 의문들이 점점 깊어져가기만 했다. 그래서 아버지 말씀이라면 무조건 따르기만 했던 그가 좀 당돌하다 싶은 질문을 했던 것이다.

"너도 이제 크면 집안 제사를 모셔야 할 장손이니 잘 알아 두어라. 제사는 무엇보다도 정성이니라. 음식을 아무리 많이 차려 놓아도 정성이 부족하면 말짱 헛일이다. 하나도, 둘도 제사는 정성이라는 걸 명심하여라."

그것은 소년에게만 아니라 음식을 장만하고 있는 어머니에게도 향하는 말이었다. 음식을 만들 때 고춧가루와 마늘은 절대 쓰지 말고, 혹시라도 머리카락이 들어가지 않게 꼭 수건으로 머리를 가리고 할 것이며, 만든 음식을 제상에 올리기 전에는 절대 입에 넣어서는 안 되고 등등, 이런 말은 제사 때마다 아버지가 늘 반복해서 강조하는 말씀이었다.

소년은 빨랫줄을 끄르기 위해 먼저 가운데를 받쳐 놓았던 바지랑대를 눕혔다. 그리고 지게를 가져다가 뒤집어 기둥에 기대 세워 놓고 그 발에 올라가서 줄의 한 쪽 끝을 풀었다. 축 늘어진 줄 끝을 엄지와 검지 사이에 잡고, 팽팽하게 당긴 줄을 구부린 팔꿈치에 걸고는 다시 원 위치로 돌아오는 걸 반복하면서 나머지 한 쪽이 매어 있는 헛간까지 걸음을 옮기며 둘둘 사렸다. 제법 묵직해진 줄 타래를 헛간 기둥 앞에 놓아두고 돌아서며 일 끝낸 어른들이 그리 하듯 손을 비벼 툭툭 털었다.

"그거 다 했으면 거기 꺼내 놓은 놋그릇 좀 닦아라."

이번에는 날리는 연기와 불티에 눈을 찡그리며 전을 뒤집던 어머니가 다음 일거리를 맡겼다. 할아버지 제사 며칠 전부터 혼자 동동거리며 술독에 술을 안치고, 콩을 갈아 두부를 만들고, 시루떡을 만들기 위해 콩과 녹두의 거피를 하고, 그런 일거리에 파묻힌 어머니에게 소년은 요긴한 심부름꾼 노릇을 톡톡히 해냈다. 위로 누나도 없고, 마을 가까이에 일을 도울 친척 여자들도 없으니 모든 제수 준비를 어머니 혼자 해야 하는 처지여서 자질구레한 심부름은 모두 소년의 차지였다.

어머니가 시켰던 대로 소년은 오늘 오전 수업을 마치고

선생님께 할아버지 제삿날임을 말씀드려서 조퇴를 맡고 왔다. 학교에서 돌아오자마자 책보를 방에 던져두고, 어머니가 시키는 대로 마을 건너 산 중턱의 절터에 가서 깨진 기와 조각을 몇 개 주워왔다. 기와 조각을 줍다가 밭 옆에 서 있는 밤나무에서 이른 밤송이 몇 개 달린 가지를 꺾어 발로 비벼 풋밤 알맹이를 발라 먹느라고 늦어 지청구 한 마디를 듣고, 밭에 가서 파를 뽑아다가 다듬으라는 다음 심부름은 해찰하지 않고 금방 해냈다. 딴에는 지청구를 벌충하느라 시키지 않은 일인데도, 호박 덩쿨을 뒤져 애호박도 두어 개 거두고, 가지와 오이도 몇 개 따서 샘에서 씻어 가지고 와 칭찬을 들었다. 그러고 나자 숨도 돌리기 전에 이번에는 요리조리 따라다니며 성가시게 구는 동생을 보라는 임무가 떨어졌다. 어머니가 일하는 옆에서 거추장스럽게 매달리는 동생을 억지로 떼어내 평소 좋아하던 사금파리를 주어 관심을 딴 데로 돌리게 하고, 제 어미로부터 떨어지지 않으려고 발을 뻗대며 떼를 쓰는 더 어린 막내 동생은 띠를 둘러서 업고 달랬다. 잠투정을 했던 참인지 한참이나 칭얼거리던 동생은 소년의 등에서 잠시 후 새근새근 잠이 들었다.

막 잠이 든 동생을 방에 뉘어 놓고 나와서 그제야 소년은 아까 주워온 기와 조각을 댓돌 위에 올려놓고 작은 망치로 조심스럽게 빻아 고운 가루로 만들었다. 제사 때만 쓰는 놋

쇠로 된 수저나 주발, 대접, 종지 등은 군데군데 약간 푸르고 거무튀튀한 빛을 띠고 있었다. 소년은 지푸라기를 뭉쳐서 거기에 곱게 갈린 기와 가루를 약간의 물과 함께 묻혀 박박 문질러 닦았다. 신기하게도 그 그릇들은 금세 반짝반짝 윤이 났다.

갓 손질을 끝낸 아버지는 다락에서 제상을 내려 탁탁 먼지를 털어 내셨다. 그리고는 행주를 달래서 상 표면은 물론 다리까지 깨끗하게 닦아 놓으셨다. 병풍도 들어내서 혹 쥐가 갉아먹었거나 곰팡이가 슬지 않았는지 살펴보시고, 다시 접어 한쪽 벽에 기대 세워 놓으셨다. 소년이나 어머니가 처리하기 어려운 그런 일을 마치신 아버지는 사랑방으로 자리를 옮겼다.

아버지는 벽장에서 벼룻돌, 먹과 붓, 그리고 창호지 뭉치를 꺼내셨다. 그 종이를 적당한 크기로 접은 뒤 가위로 오려서 지방과 축문 쓸 준비를 하셨다. 그릇 닦는 소년에게 연적에 물을 채워 오라고 하시더니, 벼룻돌에 몇 방울 물을 떨어뜨려 천천히 먹을 가셨다. 달력을 넘겨 손을 꼽아가며 초하루 일진과 오늘 일진을 확인하시고는, 한 자 한 자 정성스럽게 써 나가기 시작하셨다.

놋그릇을 다 닦아 물에 헹궈 엎어 놓고, 남은 가루와 지푸라기 뭉치를 헛간 옆의 거름 더미에 버리려고 일어섰을 때, 대문간 옆에 매어 놓은 개가 소란스럽게 짖어댔다. 소년은 얼른 문밖으로 마중을 나갔다. 새 옷으로 갈아입은 작은아버지 내외분과 사촌형, 그리고 이웃 마을에 사시는 큰고모님이 함께 들어오셨다. 소년은 얼른 고개 숙여 인사를 했다. 큰고모는 장조카인 소년의 머리를 쓰다듬으며, 장차 친정아버지 제사를 모실 귀한 몸이라며 만날 때마다 빼놓지 않는 칭찬과 격려를 하셨다.

  큰아들의 장자인 소년에게 아홉 살이나 많은 사촌형이 있게 된 데는 복잡한 사연이 있었다. 한 살 터울인 소년의 아버지와 작은아버지는 거의 비슷한 나이에 앞서거니 뒤서거니 장가를 들었다. 장자인 소년의 아버지 내외는 당연히 본가에서 할아버지를 모시고 살았고, 작은아버지는 논 서마지기를 받아 분가를 해서 나갔다. 그런데 작은아버지는 장가든 이듬해 바로 아들을 얻었으나, 소년의 아버지에게는 자식 소식이 없었다. 처음 몇 년이야 좀 늦을 수도 있겠지 하며 기다렸으나 그게 대여섯 해가 넘어가자 집안에 여러 말들이 오가기 시작했다. 종갓집에 대를 이을 자식이 없어서는 안 된다는 생각에, 어른들은 작은마누라이라도 얻어야 한다는 둥, 동생의 아들을 양자로 들여야 한다는 둥, 여러 의견들을 내놓았다. 당사자인 소년의 부모는 오랜 유가적인 가문의 관례에 따라 가까이 하지 않았던 절에 찾아가 불공도 올리고, 아들 낳는 비법이라며 고모님들이 전해 준 민간요법을 따르거나 용하다는 한의원의 약도 정성스럽게 복용해 보았으나 별 효험이 없었다. 체념 끝에 결국 동생의 아들 중 하나를 양자로 들이기로 마음을 먹었을 때, 기적처럼 소년의 어머니에게 태기가 있어 소년이 이 세상에 태어나게 되었던 것이다. 종갓집에 아들 하나로는 부족하니 더 낳아야 한다는 무언의 압력에 몇 년 더 애를 태우다가 둘째가 태어났고, 이제 종부로서 할 일은 다했다는 안심을 하고 있던 재작년, 뜬금없이 아기가 들어서 노산을 걱정하는 우려 속에서도 순산으로 쉰둥이 막내를 얻었다.

"아이구, 형님, 진작 와서 일을 거들어야 하는데, 늦게 와서 죄송하구먼요. 워낙 일거리가 천엽에 똥 쌓이듯 해서…"

마당으로 들어선 큰고모님과 작은어머님은 더운 날씨에 음식 장만하느라 얼굴에 땀을 흘리고 있는 어머니에게 고생이 많다고 인사를 하셨다. 사촌형의 손에는 막 붉은빛이 배기 시작하는 풋대추 한 줌과 배가 돌아 제법 알이 찬 이른 밤, 그리고 짚으로 엮은 계란 한 꾸러미가 들려 있었고, 큰고모님은 집에서 기르던 살진 암탉 한 마리를 보자기에 싸 들고 오셨다.

사랑방에서 축문을 쓰시다가 나오신 아버지는 누님과 동생 내외에게 안부를 묻고, 사촌형에게도 더운 길 오느라 애

썼다고 인사말을 건네셨다. 작은아버지는 동네어귀 나무 그늘에서 아직은 따가운 햇볕을 피해 다리쉼을 하던 누님을 만나 같이 오게 되었다는 말과 함께 어른을 만나면 인사를 잘 해야 한다며 아들에게 절을 하라고 시켰다. 사촌형은 대청으로 올라와 큰고모와 아버지에게 절을 했다. 소년도 어른들이 시키기 전에 마루로 올라가 부채질로 더위를 식히고 계신 큰고모님과 작은아버지에게 큰절로 인사를 드렸다. 어머니가 더운데 먼 길 오시느라 고생하셨다며 목을 축이시라고 식혜를 내오셔서 덕분에 소년도 달콤한 식혜를 한 모금 얻어 마실 수 있었다.

아버지와 작은아버지는 시절 얘기며, 집안 이야기, 농사 작황 등을 주고받으시며 담소를 나누셨다. 누구네 혼사, 아무개네 탈상, 서울 갔다 온 사람의 얘기, 무슨 비결, 그런 얘기들이 형제들 사이에 띄엄띄엄 오고가는 사이에 사촌형과 소년은 마루 한쪽에 죄지은 사람처럼 무릎을 꿇고 앉아 있었다. 한참 앉아 있자니 슬슬 오금이 저려와 어른들 몰래 눈짓을 주고받은 후 슬그머니 일어서서 마당으로 내려왔다.

방에서 잠시 숨을 돌리고 난 큰고모와 작은어머니는 곧 옷을 갈아입고 밖으로 나와 어머니를 도와 음식 장만하는 일을 거들었다. 큰고모는 방에서 술독을 들어내 용수를 박아 제사에 쓸 맑은 술을 떠낸 다음 나머지를 체에 걸러 지게미와 막걸리를 분리했다. 작은어머니는 북어 두 마리를 다듬잇돌 위에 놓고 방망이로 탕탕 두드려 껍질을 벗기고 머리와 꼬리를 잘라 포를 만들었다. 그 다음에는 어머니가 준비해 놓은 나물거리 중에 시금치나 파 같은 풋것은 끓는 물에 데쳐 내서 무치고, 고사리같이 말려 놓은 것은 뜨물에 삶아 건져내 양념으로 버무렸다. 절구에 빻아 가는 체로 쳐 낸 고운 쌀가루를 고물과 켜켜이 시루에 안쳐서 떡을 찔 준비도 하셨다. 그렇게 여자 셋이 나눠서 일을 하니 어머니 혼자 할 때보다 일이 시원시원하게 진척되었다.

사촌형은 소년과 함께 큰고모님이 가지고 오신 닭 잡는 일을 했다. 닭 모가지를 비틀어 숨을 끊은 다음, 펄펄 끓는 물을 끼얹자 겉살이 살짝 익어 단단히 박힌 털이 쉽게 뽑혔다. 털을 다 뽑아낸 닭의 배를 갈라서 내장을 꺼내고, 거기 남아 있는 핏물을 깨끗하게 닦아서 쪄내기만 하면 바로 제상에 적으로 올릴 수 있도록 만들었다. 몸통 외에 잘라낸 발과 내장도 버릴 게 하나 없었다. 모래주머니는 칼로 갈라 뒤집어 모래를 제거한 후 껍질을 벗겨 씻고, 쓸개를 떼어낸 간도 깨끗하게 씻고, 창자도 칼로 일일이 쪼개서 불순물을 닦아냈다. 그렇게 말끔히 정리한 닭발과 내장을 부엌에 가져다 놓았다. 거기에 고추장 양념을 하여 매콤하게 자작자작 끓여 내면 맛있는 저녁 반찬이 될 터였다.

저녁 먹을 무렵 해서 먼 동네 사시는 당숙과 육촌형이 오시고, 또 점심 먹고 바로 출발하셨다는 작은고모님도 40리 길을 걸어 도착하셨다. 가까운 마을에 사는 큰고모님의 아들인 내종사촌 형도 외할아버지 제삿날이라고 오셨다. 갑자기 집안이 많은 사람들로 북적이자 소년과 동생들은 괜히 마음이 들떠서 신이 났다. 이리저리 눈치를 보며 어른들 사이를 왔다 갔다 하다가 상에 올리기 위해 네모지게 오려 내고 남은 부침개 쪼가리나 시루에 붙였던 번, 음식 만들고 남은 부스러기를 입에 넣어 주면 그렇게 맛있을 수가 없었다. 아버지는 천방지축 뛰어다니는 아들들을 점잖게 나무라셨지만, 손님격인 다른 어른들이 애들은 다 그렇게 크는 거라며 두둔해 주니 기분이 하늘에 닿을 듯했다.

어느새 해가 지고 날이 어둑해져서 방에 등잔불을 켜고, 부엌에도 등불을 내걸었다. 대청 기둥에도 호롱불을 하나 내걸었다. 집안에 사람이 가득 모였으니 저녁 밥상 차리는 일도 만만찮았다. 그렇지만 일하는 여자들이 많으니 서로 일거리를 나누어 밥상 두 개가 뚝딱 차려졌다. 사랑방에서는 아버지를 위시로 남자 어른들이 상을 받았고, 대청의 밥상에는 큰고모님을 비롯한 여자 어른들과 젊은 형들이 둘러앉았다. 소년은 막내 동생에게 젖을 먹이는 어머니와 함께 부엌과 대청 사이에 앉아 저녁밥을 먹었다. 평상시 먹을 수 없던 반찬들이 입맛을 돋우어 이따 제삿밥 먹을 생각도 잊은 채 소년은 금세 밥그릇을 싹싹 비웠다.

어머니와 작은어머니가 저녁 설거지를 하는 동안 소년은 막내 동생을 업고 마당을 서성거렸다. 아버지는 형들이 담배도 피우고 자유롭게 얘기도 하라는 듯 작은아버지와 함께 슬그머니 동네 사랑방으로 마실을 가셨다. 아버지 형제분이 나가시자 형들은 사랑방을 차지하고 얘기꽃을 피우기 시작했다. 읍내에 쇼가 들어왔었는데, 아무개 배우의 실물이 사진보다 훨씬 낫더라는 둥, 친구 아무개가 서울에 가서 창경원 동물원의 호랑이를 보고 왔는데 그 눈이 등잔불 만하더라는 둥, 미군 부대에 근무하는 사람이 가지고 나온 무슨 약이 만병통치라는 둥, 그런 신기한 이야기들을 처음 듣는 소년의 귀는 저녁에 피는 나팔꽃처럼 활짝 열려 있었다.

설거지를 마친 어머니는 고모님들과 대청에 둘러앉아 손에 남은 일거리를 든 채 집안 이야기, 아이들 크는 이야기, 도시로 유학 보낸 자식 이야기, 이웃집에 시집 온 새댁의 혼수 이야기, 길쌈하느라 힘든 이야기, 시부모를 잘 공양하여 군수로부터 효부상 받은 동네 사람 이야기 등을 주고받으셨다. 소년은 대청마루턱에 걸터앉아 형들의 이야기를 듣다가 그쪽 화제가 뜸해지면 곧 어머니 쪽의 이야기를 들으려 눈길을 돌리곤 했다.

소년의 집에는 부잣집에나 있는 괘종시계 같은 게 없었고, 또 모인 사람들 중에도 손목시계 하나 가진 사람이 없어 시간을 가늠하기가 어려웠다. 그러나 제사는 오래 해 오던 대로 첫닭이 울 무렵 지내는 게 관례였기 때문에 얘기에 지친 형들 가운데 나이가 든 사람은 목침을 베고 눕고, 먼 길 걸어오신 작은고모님도 고단하셨던지 방에 들어가서 누우셨다. 이제 메를 짓고 국 끓이는 일만 남은 어머니도 지친 몸을 슬그머니 벽에 기대고 옅은 잠에 드셨다. 소년은 감기는 눈을 떠받치며 졸지 않으려고 애를 썼으나 낮에 이런저런 심부름으로 피곤했던 듯 자신도 모르는 사이에 대청 한 구석에서 잠이 들었다. 몇 해 전까지만 해도 안 자려고 끝까지 버티다가 잠이 들어 제사를 못 지낸 경우가 있었다. 제사에 참여하지 못한 건 아쉬울 것이 없었으나 젯밥을 먹지 못한 게 그렇게 서운할 수가 없었다. 곤히 자는 어린 것을 깨우지 말라고 했다는 어른들 말씀을 전해 주시는 어머니까지 덩달아 섭섭하기 짝이 없었다. 하지만 재작년부터는 종손은 반드시 제사에 참여해야 한다며 어른들이 깨워서 올해도 당연히 그러려니 하는 생각에 마음 놓고 잠이 들었는지도 몰랐다.

소년이 한참 자고 있을 때 아버지 형제분이 기침을 하며 들어오시고, 그 곁에 옅은 잠에 들었던 어머니와 고모님들도 깨셨다. 아직 닭은 울지 않았지만 어른들이 하늘을 올려다보며 삼태성의 위치가 저 정도 되면 제사를 모실 때가 되었다고 두런거리시는 소리에 소년은 잠에서 퍼뜩 깨어났다. 아마도 긴장을 하여 깊은 잠에 빠지지 않았기 때문이었던 같았다. 어른들이 옹배기에 물을 떠 세수를 다 마친 다음에 소년도 물을 한 바가지 퍼서 세수를 했다. 찬물이 닿자 정신이 번쩍 났다.

형들이 대청의 북쪽을 향해 병풍을 치고, 그 앞에 제상을 놓은 다음 제물들을 진설하기 시작했다. 새 두루마기를 입고 갓을 쓰신 아버지는 그 옆에 서서 홍동백서니, 좌포우혜니, 일과이채니 하시며 제물 놓을 자리를 지시하셨다. 흰쌀로만 지은 메와 쇠고기를 넣고 끓인 갱을 올리는 것으로 제물 진설이 끝났다. 지방을 제상 뒤쪽 한 가운데 모시고, 제사 지낼 사람들이 모두 상 앞으로 모였다. 소년은 아버지가 시키는 대로 대문을 조금 열어 놓고 올라와 형들 사이에 두 손을 공손히 맞잡고 섰다.

아버지가 무릎을 꿇고 앉아 향나무 오린 조각 몇 개를 사발에 담아온 숯불에 넣자 연기가 제상 위로 피어올랐다. 집사를 맡은 사촌형이 내려온 술잔에 술을 조금 따라 세 번에 나누어 퇴주 그릇에 붓는 것으로 강신降神 의례를 한 다음 모인 사람들이 일제히 절을 했다. 그 다음에 아버지가 할아버지 내외분 술잔에 술을 부어 올리며 초헌을 하시고, 메의 개를 열고 한 가운데에 숟가락을 세워 꽂았다. 그 다음에 모두 무릎을 굻고 앉자 사촌형이 낭랑한 목소리로 아버지가 쓴 축문을 읽었다.

유 세차…효자…감소고우 현고학생부군…세서천역 휘일 부림 호천망극 근이청작…공신 상향

축문 읽기가 끝나자 아버지를 비롯하여 고모님들과 작은아버지 모두 아이고, 아이고 곡을 하셨다. 소년은 그걸 따라 해야 할지 말지 몰라 눈치를 보다가 엉거주춤 시늉만 하고 있는 형들 따라 입만 달싹달싹했다. 한참 대청을 울리던 곡소리가 끝나고 나서 작은아버지가 아헌을 하셨고, 큰고모님께서 생전에 약주를 좋아하셨다는 할아버지 말씀을 하시며 술을 부어 올렸다. 먼 길 오셨으니 술 한 잔 올리라는 아버지의 말씀에 따라 작은고모님께서도 술잔을 올리시고 두 손을 이마에 대고 하는 큰절을 하셨다.

술 올리는 순서가 끝나고 잠시 제상 앞을 비웠다. 할아버지 내외분께서 음식을 드시는 시간이라고 했다. 남자어른들은 마당으로 내려와 하늘도 올려다보고, 사람들 소란에 깨어 되새김질하는 외양간의 소에게 풀도 던져 주고, 가벼

운 농사 일 얘기도 하셨다. 여자 어른들은 방에 들어가시거나, 부엌에 내려와 제사 후 음복할 음식들을 준비하셨다.

아버지가 큼큼 기침을 하시며 다시 제상 앞으로 가시자 어머니가 물 두 그릇을 쟁반에 받쳐 내오셨다. 사촌형이 그걸 받아 국그릇을 들어내고 그 자리에 놓았다. 밥을 조금 덜어내 물에 말아 숟가락을 걸쳐 놓은 다음 잠시 침묵을 지켰다. 조금 후 시접 걷으라는 아버지 말씀에 수저와 젓가락을 들어 딱딱 상에 부딪쳐 내린 다음 모두 마지막 절을 올렸다. 소년이 두 손을 잡고 서 있는 동안 형이 지방을 들어내고, 상을 조금 들어내서 물리는 철상을 했다. 음복들 하라는 아버지 말씀에 따라 어른들은 상에 올렸던 술과 퇴주 그릇에서 따른 술을 한 잔씩 드셨고, 소년은 아버지가 집어주시는 위와 아래를 따낸 사과 한 알을 받아 통째로 한 입 베어 물었다. 고모님들은 밤과 대추가 어느 새 맛이 들었다며 세월 빠르다는 말씀과 함께 맛을 보셨다. 사촌형이 마당에서 지방과 축문을 불에 태워 고사 지낼 때 소지 올리는 것처럼 마지막 불붙은 재를 손으로 튕겨 공중으로 띄워 올리는 걸로 제사가 마무리되었다.

음복 술 한 잔을 드신 아버지는 두루마기를 벗어 횃대에 걸고, 갓을 갓집에 넣고 난 다음 대청에 차려놓은 밥상의 가운데 자리에 앉으셨다. 작은아버지와 형들도 그 옆과 앞에 앉고, 고모님들도 빙 둘러 앉으셔서 상에 올렸던 메와 어머니가 새로 퍼 내온 밥을 한 그릇씩 차지하고 잡숫기 시작했다. 소년은 큰고모님이 특별히 챙기느라 부르셔서 그 옆자리에 끼어 앉아 고깃국 한 대접과 쌀밥 한 덩이를 받아 마음이 흐뭇했다. 아직 햅쌀이 나기 전이라 보리가 주식이던 평소 밥상과 달리 흰 쌀밥은 그것만으로도 술술 목구멍으로 잘 넘어갔다. 큰고모님이 소년의 손이 닿지 않는 곳에 놓인 조기 살 몇 점과 산적 몇 조각, 그리고 기름 발라 구운 김을 두어 장 집어 주셔서 더 맛있게 밥을 먹을 수 있었다.

소년이 어렸을 때의 제사는 그렇게 마음을 풍성하게 해 주고, 또 맛있는 음식을 먹을 수 있는 행복한 시간이어서 생일날처럼 손꼽아 고대하던 행사였었다.

노인은 어린 시절 제삿날 풍경을 떠올리는 오랜 회상에서 깨어났다. 오늘은 선친의 기일이었다. 그런데 집에는 음식 준비하는 사람도, 제사 지낼 사람도 하나 없이 노인 혼자 휑뎅그렁하게 앉아 있을 뿐이었다. 어쩌다 이렇게까지 됐나. 아무리 시대가 변하고 세월이 바뀌었다 해도 노인은 생각할수록 가슴이 답답하고 기가 막혔다. 나이는 많이 들었다 해도 4년 전 먼저 떠난 아내만 있었더라면 이렇게까지 되지는 않았을 거라는 생각에 새삼 비감한 생각이 몰려왔다. 노인에겐 어엿한 아들과 며느리도 있고, 청년으로 자란 손자도 있고, 또 동생과 조카들도 여럿이 있건만, 무엇이 그리 바쁘고 할 일이 많은지, 아버지 혹은 할아버지 제삿날이 되어도 코빼기조차 보이지 않는 현실에 새삼스레 목이 메고 설움이 북받쳐 올랐다.

"할아버지, 우셨어요?"

"어, 아니, 울기는…"

일주일에 두 번씩 와서 집안 청소도 하고, 며칠 먹을 반찬도 만들어 놓고, 때로는 말동무도 해 주는 가사 도우미 아줌마가 마당으로 들어서며 추연히 앉아 동네로 들어오는 길을 내다보고 있는 노인에게 웃음엣소리로 말을 걸었다. 그 곰살궂은 웃음소리가 고즈넉하게 가라앉아 있던 집안에 약간의 생기를 불러 일으켰다.

"에이, 우신 것 같은데, 저 눈물 자국 좀 봐."

"아니오, 바람에 티끌이 들어가 그랬겠지."

"혹시 누가 오지 않나 눈이 빠지게 기다리시다 그런 거 아니고요?"

"오긴 누가 오겠소? 작년에도, 재작년에도 아무도 오지 않았는데, 올해라고 어떤 놈 하나 얼굴 내밀 리 없지."

"그럼, 이따 할아버지 혼자 제사 지내시게요?"

"그렇게밖에 할 수 없는 형편이잖소?"

"제 좁은 생각엔, 그 연세에 혼자 제사 지내시는 거 이제 그만하셔도 될 것 같아요. 조상님들도 다 이해하시지 않을까요?"

"그냥 지나가면 영 내 맘이 편치 않아서 하는 일이라오."

"후손들이 많이 모여 제사를 지내야 조상님들 마음도 편하시지, 혼자 올리는 제사는 오히려 불편해 하실 것도 같아요."

"그 말도 틀린 건 아니지만, 내 도리가 있으니까. 눈 감기 전까지는 해야지."

두어 해 동안 노인의 집에 드나들며 집안 사정을 속속들이 알고 있는 여인은 그런 노인이 안쓰럽고 딱하기 그지없었다. 많지 않은 보수에도 먼 길의 이 집을 계속 다니고 있는 이유 중에는 노인에게 고생만 하다 돌아가신 친정아버지의 그림자가 어려 있기 때문이었다. 그래서 음식을 만들 때도 더 정성을 들이고, 정해진 시간이 넘어가도 자신의 시간을 쪼개 노인이 조금이라도 덜 외롭게 여러 모로 신경을 써 왔던 것이다.

"이건 주신 돈 가운데 고기하고 나물거리 사고 남은 돈이에요."

"아니, 그냥 넣어 두시오."

"할아버지도 참, 제가 돈만 바라고 이 일을 한다면 진작 그만 두었을 거예요. 받으세요."

"고맙소. 먼 데 사는 자식이 이웃 사는 남보다 못하다는 말이 맞는 것 같소."

"음식을 많이 만들어 놔도 먹을 사람이 없을 것 같아 간소하게 준비했어요."

"잘 하셨소. 이름만 짓는 제사인데 격식 따라 할 게 있나."

여인은 곧 앞치마를 두르고 음식을 만들기 시작했다. 노인은 그 뒷모습을 바라보며 저 여인이 자기 딸이나 며느리였으면 얼마나 좋을까, 하는 생각에 슬며시 소리 없는 혼자 웃음을 눈가에 떠올렸다.

노인이 이렇게 적막한 독거 신세가 된 것은 오래 되지 않았다. 아내가 살아 있을 때만 해도 아들 내외와 손자들이 명절이나 생일 때면 거의 빠지지 않고 드나들었었다. 그런데 4년 전, 제사는 물론 집안 모든 일을 도맡아 하던 아내가 오래 앓지도 않고 갑자기 세상을 떠났다. 자식들 다 외지로 나가고 노부부만 살던 터에 아내가 떠나자 당장 노인 혼자 지낼 일이 문제로 떠올랐다. 대기업의 임원 자리에 있는 아들이 있으니 부양에 필요한 돈이야 그리 문제가 아니었으나, 노인 혼자서 먹고 입는 것을 해결할 수 없으니 그걸 어찌해야 할지가 가장 난감한 문제였다. 아들은 시골집을 정리하고 자기 집으로 들어오라고 했지만, 도시의 자식들 집으로 갔다가 감옥살이 같은 아파트 생활에 적응하지

마지막 제사 | 183

못하고 돌아온 친구들 말이 아니더라도 노인에겐 그럴 마음이 전혀 없었다. 선산先山이 있고, 또 태어나 평생 살아온 집을 떠난다는 건 상상할 수도 없는 일이었다. 그건 노인에게 살아 있어도 죽은 것이나 진배없는 일이었다. 게다가 에멜무지로 남편의 말에 동의하는 며느리의 태도 때문에 그 제의는 도저히 받아들일 수가 없었다. 그래서 당분간이라는 체면치레용 단서를 달아 가사도우미 아줌마를 부르기로 했던 것이다.

동생들이 본가에 발길을 끊게 된 사연 또한 생각할수록 억장이 무너지는 일이었다. 바로 아래 동생은 중학교를 졸업하고 나서 지각이 들자 큰아들만 챙기는 부모가 영 마음에 들지 않았을 뿐 아니라 넉넉지 않은 농토만 바라보고 있다가는 끝내 신세를 망치겠다는 생각에 가출하다시피 집을 나갔다. 남의 집 잡일에 허드렛일로 온갖 고생을 겪으며 노력한 끝에 지금은 서울에서 자기 가게를 가지고 있을 정도로 자수성가를 했다. 거기까지는 좋았는데, 객지에서 혈혈단신으로 외롭게 생활하며 의지할 곳을 찾던 중에 교회에 나가기 시작한 동생은 집안의 유일한 개신교 신자가 되었다. 그 후 장로 지위에까지 오른 동생은 어느 핸가 집에 왔다가 제사 문제로 형과 크게 언쟁을 벌인 후 고향을 외면하기 시작했다. 장로인 남편이자 부친이 그렇게 변하자 다른 가족들도 자연히 큰집에 오는 일이 뜸해졌다. 심지어 독실한 신자인 동생 가족들은 큰집을 '귀신을 섬기는' 집이라고까지 말할 정도였으니 발길이 멀어지는 것은 너무도 당연한 일이었다. 교회를 다니면서도 형식만 다를 뿐 추모 예배로 제사를 지내는 다른 집안과는 교리가 다른 교회에 속해 있어서인지도 모를 일이었다.

막내 동생은 늦게 얻은 귀한 아들이라 큰아들 못지않게 어른들의 사랑을 담뿍 받으며 자랐다. 그래서 농사짓고, 조상 제사 받들며, 부모 모시고 살아야 할 큰아들은 중학교 졸업 후 동네 서당에서 축문과 지방 쓸 한문 공부만 시킨 것과 달리 동생은 농토 일부를 처분하는 무리까지 하면서 대학 공부를 시켰다. 형제들 중 제일 머리가 똑똑했고, 또 유일하게 대학을 졸업한 동생에게 어른들은 집안을 다시 일으킬 재목이라며 기대를 많이 했으나 동생의 앞길은 마음대로 잘 풀리지를 않았다. 대학 졸업 후 작은 회사에 취직했다가 사원을 하인 취급하는 사장과 대판 싸우고 뛰쳐나와 다른 회사에 들어갔으나 거기서도 오래 배겨내지 못했다. 아마도 도련님 취급 받으며 곱게 자란 성장 환경 탓에 늘 떠받들어 주는 데 익숙하여 남의 아래 자리에서 일하는 데 적응을 하지 못했던 모양이었다.

그러기를 몇 번 되풀이하다가 결국 동생은 부모와 가족

들의 자금 도움으로 자영업을 시작했으나 그마저도 뜻대로 되지 않아 끝내 빈손 들고 그만두었고, 그런 일이 몇 번 반복되는 사이에 더 이상 도와 줄 수 있는 주변 사람들의 여력조차 고갈되고 말았다. 마침내 마지막 기회라며 있는 돈 없는 돈 끌어 모아 동업자와 시작한 사업이 부도가 나면서 큰 빚과 함께 교도소에 들어갈 처지가 되었다.

동생을 차마 교도소에 보낼 수는 없어서 노인은 눈물을 머금고 마지막 남은 농토를 처분하고, 산소자리만 남기고 선산까지 팔아서 동생의 감옥살이만은 가까스로 막아 주었다. 그런 풍파로 중농 소리를 듣던 노인의 집안은 거덜이 나 버렸고, 고작 남은 것이라고는 오래된 집 한 채와 선산 산소 자리뿐이었다. 동생은 차마 얼굴 들고 조상님과 형님 뵐 면목이 없다며 집에 발길 들여 놓은 지 언제인지 모른 채 여러 해가 지났다. 남편과 아버지가 그 꼴이니 제수씨와 조카들까지 큰집을 찾지 않게 되었다.

그나마 가뭄에 콩 나듯이 노인의 집을 드나드는 건 대학에 다니는 손자뿐이었다. 제 애비는 외국 출장이 잦아 국내에 있는 날이 드물고, 어미는 혹시라도 혼자 된 시아버지 모실 일이 자기에게 떨어지지 않을까 해서 매달 돈만 부쳐 줄 뿐 전화도 자주 하지 않았다. 그런 부모의 처지를 한편으로는 이해하면서도, 혼자 계신 할아버지를 방치하듯 외면하는 건 사람의 도리가 아니라는 생각 때문에 손자는 틈틈이 시간을 내어 노인이 필요할 것 같은 물건이나 간식거리를 사 들고 찾아오곤 했다. 아마도 은연 중에 종갓집 종손이라는 신분과 의무감이 작용해서 그러는지도 모를 일이었다. 그런 손자가 기특하고 갸륵하여 노인은 손자가 올 때마다 아껴 두었던 용돈을 억지로 쥐어주곤 했다. 물론 손자는 그 돈을 거의 받아가지 않았지만, 자신에게 그런 손자가 있다는 생각만 해도 노인에겐 큰 희망이 되었고, 또 살아가는 힘이 되어 주기도 했다.

"할아버지, 혹시 손자 올까 기다리고 계셔요?"

그게 쓸데없는 일이라는 걸 알고 있으면서도 노인의 눈길엔 혹시라도 손자가 올지 모른다는 기대가 어려 있었다. 그래서 아닌 척하며 억지로 시선을 거두어들여도 잠시 후엔 자신도 모르는 사이에 동네 입구 쪽 길로 눈길이 돌아가 있곤 했다. 그걸 빤히 꿰뚫어 보는 여인이 안쓰러움이 묻어나는 목소리로 노인을 달래듯 말을 붙였다.

"기다리기는 뭘, 할 일 없으니 그냥 내다보고 있는 거지."

"그냥 내다보고 있는 눈길이 아니신데?"

"내가 그래 보였나? 휴우."

노인은 가슴 속 답답함을 밀어내듯 긴 한숨을 토해냈다. 어려서부터 집안의 가장 크고 중요한 일로 조상의 제사를 줄곧 모셔왔지만, 아내가 나이 들어 힘들어하고 또 도시로 나간 가족들이 살기 바빠 제삿날에도 오지 못하는 형편이 되자 결국 윗대 조상님들의 제사는 가을에 날을 잡아 간소하게 합동으로 모셔왔었다. 그마저 참석하는 사람은 두서 넛에 불과했다. 큰 죄를 짓는 것 같은 마음이었지만 그건 어쩔 수 없는 선택이기도 했다. 그런 가운데도 부모님의 제사만은 누가 오든 말든 정성껏 모셨었는데, 아내가 떠나고 나자 근래 이삼년 동안은 노인 혼자서 이름만 짓는 식으로 치를 수밖에 없는 형편이 되고 말았다.

"손자가 요즘 젊은 사람들과는 다르게 할아버지를 극진히 모시고는 있지만, 아마도 제삿날까지는 모르고 있을 거예요."

"맞소. 공부하느라 바쁜 애가 증조할아버지 기일까지 기억할 리가 없겠지?"

"혹시 기억하고 있다 해도 방학도 아니고 주말도 아니니 오늘은 올 수 없을 거예요. 괜히 골똘해서 기다리시다가 크게 낙담하시면 몸만 축나시니까 마음 편하게 잡수셔요."

"맞는 말이오. 마음에 있다 해도 평일이니 올 리가 없지. 휘우…"

노인은 다시 크게 한숨을 내쉬며 체념하는 듯했다.

"할아버지, 죄송한데요, 오늘 같은 날은 저라도 좀 더 오래 있어야 하는데, 마침 시어머니 모시고 병원에 가야 할 시간이 돼서 지금 가 봐야겠어요."

"죄송하다니? 이렇게 안 해도 되는 일까지 부탁해서 오히려 내가 미안하고 또 고맙소."

"밥은 밥통에 앉혀서 취사 버튼 눌러 놓았으니까 그대로 두셨다가 이따가 푸시기만 하면 돼요. 국은 지금 막 끓여 놓았으니 내일 아침까지 둬도 쉬지는 않을 거예요. 나물은 그릇에 담아 냉장고 앞에 따로 넣어 놨으니 쓰실 때 랩만 벗겨서 상에 놓기만 하세요."

여인은 어린애에게 이르듯 하나하나 신신히 설명을 했다. 혼자 상을 차려 제사 지낼 노인을 놔두고 가는 게 마치 집에 철부지 어린애 혼자 떼놓고 나가는 어미 처지 같아서 자꾸만 마음에 걸렸다. 왠지 다른 날과 달리 노인의 집을 떠나는 발걸음이 무겁게 느껴지기도 했다. 하지만 남의 집 제사 챙기느라 자신의 집안일을 소홀히 할 수는 없는 일이었다. 여인은 정을 떼듯 일부러 매정한 표정을 지으며 대문을 나와 낡은 차를 운전하여 휭 떠났다. 노인은 감사한 마음을 나타내는 표시로 대문 밖에까지 나와 떠나는 여인을 전송했다. 차가 멀어질 때까지 바라보던 노인은 보이지도 않는 여인을 향해 힘없이 손을 들었다 내리고, 혼자뿐인 적막한 집안으로 들어왔다.

낮 동안 이러저런 생각에 골몰하느라 점심도 거른 게 그제야 생각났다. 늙으면 밥 심으로 산다는데, 속이 비어서인지 앉았다 일어설 때 본인 의지와 상관없이 몸이 휘청 거리는 약간의 어지럼증이 덮쳐 왔다. 그러나 배가 많이 고프지는 않아 따로 저녁 챙겨 먹을 생각은 없었다.

'이따가 제사 올리고 먹지 뭐.'

밥을 먹지 않기로 하자 할 일이 아무것도 없었다. 멍하니 앉아 있다가 습관처럼 리모컨을 들고 버튼을 눌러 텔레비전을 켰다. 무슨 프로를 일부러 찾아서 보는 게 아니었다. 그저 뭔 내용인지도 모르고 그냥 움직이는 그림을 보고 소리를 들을 뿐이었다. 모든 게 멈추어 있고 죽어 있는 공간에서 유일하게 살아 움직이는 건 티브이 화면뿐이었다. 화면에서는 젊은 남자와 여자 애들이 나와 요란한 음악 속에 번갯불처럼 반짝거리는 불빛을 받으며 발광하듯 춤을 추고 있었다.

날이 어둑해졌지만 일어나 불을 켜는 게 귀찮아 노인은 그대로 앉아 있었다. 그새 화면은 무슨 드라마로 바뀌어 있었다. 중년 여자 하나가 나와 무슨 일인지 서럽게 눈물 흘리며 울고 있는 모습이 화면을 가득 채웠다. 그 뒤에 숨어 그 모양을 바라보는 중년 남자의 눈에서도 소리 없이 눈물이 흘러내렸다. 매일 챙겨 보는 게 아니라서 노인은 그들이 왜 울고 있는지 전혀 알 수 없었지만, 사람들이 울고 있다는 사실 그 자체가 자신의 신세에 겹쳐져서인지 괜스레 눈시울이 젖어왔다. 깊게 패인 주름살 사이로 스며든 눈물이 벌레가 기어가듯 스멀거렸지만 노인은 손을 들어 훔치는 것조차 귀찮아 그냥 그대로 두었다. 손 하나 까딱하는 것조차 멈추고 그렇게 가만히 앉아 있자니 어느 샌가 조용히 잠이 찾아왔다. 깊이 든 잠이 아니어서 티브이의 음악과 말소리가 여전히 들리고 있었지만, 깨어 있는 건지 꿈속인지 모를 시간이 멈춘 듯 천천히 흘러갔다. 노인은 어느 순간 자신의 몸이 한없이 높은 절벽 아래로 쑤욱 쑥 떨어지고 있는 것 같다는 걸 어렴풋이 느끼고 있었다.

얼마쯤 지났을까. 노인은 퍼뜩 잠에서 깨어났다. 그냥 켜놓은 텔레비전에서는 아나운서가 나와 새로울 것도 없고 관심도 없는 뉴스를 전하고 있었다. 어디선가 홀로 살던 노인이 세상을 떠난 지 보름 만에 발견되었다는 아나운서의 무미건조한 목소리가 텅 빈 공간을 쓸쓸히 채우고 있었다.

'이런 정신 좀 보게, 내가 깜빡 잠이 들었었나 보네.'

노인은 힘겹게 무릎을 짚고 몸을 일으켰다. 자신도 모르게 아이구구, 입에서 작은 신음 소리가 새어 나왔다. 더듬더듬 전등 스위치를 찾아 불을 켰다. 웅숭그리고 있던 어둠이 밀려나 조금 자리를 비켜서는 그대로 주저앉았다.

노인은 무거운 걸음을 떼어 주방으로 가서 국 냄비가 놓인 곳에 가스 불을 켰다. 여인이 챙겨 놓고 간 안 쓰던 밥상을 대청 한쪽에 옮겨 놓고 일어서는 데 허리에서 우두둑 소리가 났다. 주먹으로 두어 번 허리를 두드려 진정을 하고, 냉장고 문을 열어 랩에 싸인 나물 그릇을 하나씩 들어내서 포장을 벗겨 상에 놓았다. 떨리는 손으로 밥통을 열고 밥 두 그릇을 퍼 담았다. 김이 나기 시작하는 국 냄비에서 국도 두 그릇을 퍼 상으로 옮겼다. 그렇게 주방과 대청을 몇 번 오가는 일에도 금방 숨이 가빠왔다. 가장 간단한 제물 차림을 일컫는 주과포 중에 과일도 하나 없고, 포도 빠진 그야말로 소략한 제사상이었다. 게다가 눈이 어둡고 손이 떨려서 축문을 쓸 수도 없고, 종이나 필기구를 찾을 수 없어 지방조차 쓰지 못했다.

노인은 그 상 앞에 꿇어앉았다. 술병 마개를 따고 술잔을 내려다가 술을 따랐다. 집사가 없으니 그 술잔을 받아 올릴 사람이 없었다. 노인은 일어서기가 힘들어 허리만 편 채 무릎 걸음으로 그 술잔을 상에 놓았다. 나머지 술잔 하나에도 술을 따라 올렸다. 밥그릇에 수저를 꽂아 놓고 일어서는데, 순간 머릿속이 텅 비는 것 같은 느낌과 함께 눈앞이 하얗게 흐려졌다. 잠시 바닥에 손을 짚고 억지로 힘을 모아 정신을 가다듬었다. 한참 눈을 감고 안정을 하고 난 노인은 겨우 몸을 일으켜 상 앞에 섰다. 물끄러미 상을 둘러보다가 엎드려 절 한 번을 했다. 노인은 엎드린 채 나직한 목소리로 읊조렸다.

'아버지, 어머니, 죄송하구먼요. 이렇게밖에 할 수가 없는 걸 용서하세요.'

다시 일어서서 절을 한 번 더 해야 하는데, 마음만 그럴 뿐 몸이 말을 듣지 않았다. 갑자기 눈앞이 캄캄해지면서 몸을 일으킬 수가 없었다.

'내가 왜 이러지? 일어서 재배를 올려야 하는데…'

점점 눈앞이 흐려지면서 앞에 놓인 상이 빙 돌아 천장 쪽으로 올라가는 듯했다. 대청마루 바닥도 울렁울렁 움직이고, 천장 서까래들도 불에 타 무너져 내리는 것처럼 쏟아져 내려오는 듯했다. 심한 차멀미할 때처럼 머릿속이 마구 흔들렸다.

그때 문득 상 앞에 갓을 쓴 아버지가 홀연히 나타났다. 입을 꾹 다문 아버지는 엎드려 있는 노인의 등을 툭툭 쳤다.

'괜찮다. 괜찮아. 너도 이제 때가 된 모양이구나.'

'예, 아버지, 사는 게 너무 힘이 드는구먼요.'

'그래그래, 편안히 쉬자꾸나.'

아버지가 댓돌 아래로 내려서며 노인을 손짓으로 불렀다. 아버지는 발이 없는 것처럼 공중에 떠서 앞서 나가시며 연신 노인을 불렀다. 대문간에는 하얀 수건을 머리에 쓴 어머니가 서서 애잔한 눈길로 노인을 바라보고 있었다. 그 옆에 흰옷 차림의 작은아버지와 고모님들도 둘레둘레 서서 오라는 건지, 오지 말라는 건지 무표정하게 노인을 바라보고 있었다. 오랜만에 먼저 떠난 어른들의 모습을 편안한 마음으로 바라보고 있노라니, 이상하게도 캄캄하게 흐렸던 머릿속이 말갛게 밝아지고, 조금만 움직여도 고통스러웠던 허리와 무릎도 편안해졌다.

그 다음날 아침, 아무래도 노인이 걱정이 된 여인은 오는 날이 아닌데도 일찍 노인의 집으로 달려왔다. 따뜻한 햇볕과 살랑거리는 봄바람과는 거리가 멀게 온 집안은 무거운 적막에 휩싸여 있었다. 노인 혼자 계시는 집이니 당연히 그렇겠지, 그렇게 생각하며 문간을 들어서는데 평소와 달리 이상하게 싸늘한 기운이 감도는 게 느껴졌다. 여인은 서둘러 집안으로 들어갔다.

대청의 벽 앞에 밥상 하나가 덩그렇게 놓여 있고, 그 앞에 노인이 엎드려 있었다. 두 개의 밥그릇에는 무슨 신호처럼 나란히 수저가 꽂혀 있었다.

'아니, 이제야 제사를 지내시나?'

여인은 얌전히 엎드려 있는 노인이 반가워서 얼른 들어가며 큰소리로 할아버지를 불렀다.

"할아버지, 저 왔어요."

그러나 노인은 대답이 없었다. 작은 움직임도 없었다. 여인은 신발을 벗는 둥 마는 둥 뛰어 올라가 노인의 팔을 잡고 흔들며 다시 불러 보았다. 대답 대신 노인의 몸이 마치 물건처럼 힘없이 한쪽으로 픽 쓰러졌다.

'아이고, 결국엔 이렇게 혼자 쓸쓸히 가시고 말았네.'

여인은 처연한 심정으로 아이처럼 가벼운 노인의 몸을 안아 방으로 옮겼다. 노인이 태어나 지금까지 살아온 방안은 노인의 몸처럼 싸늘했다. 여인은 요 위에 노인을 곱게 뉘고 나와서 그 아들네 집으로 전화를 걸었다. 아들, 며느리, 손자가 여럿 있어도 갈 때는 이렇게 혼자일 수밖에 없는 게 어디 이 노인뿐일까. 핏방울 한 점 섞이지 않는 남남이었지만 노인의 마지막 길을 함께 한 건 이 여인뿐이었다. 딸이나 며느리보다 낫다는 노인의 평소 했던 말이 자꾸만 떠올라 여인은 친정아버지를 보내드리던 그런 마음으로 가족들이 도착하기 전까지 혼자 노인의 시신을 지켰다.

어려서 이래 그렇게도 조상의 제사를 소중히 생각하며 목숨처럼 지켜오던 노인은 선친 앞에 홀로 죄스러운 마지막 제사를 올리다가 그렇게 쓸쓸히 세상을 떠났다. 하지만 가장 먼저 도착한 손자가 방으로 들어가 바라본 할아버지의 얼굴은 평소처럼 온화하고 한없이 평안한 모습이었다.

엄마의 안개

3월의 캠퍼스에서는 풋내가 난다. 막 돋아나려 준비 중인 잔디밭의 여린 잎, 산수유 노란 꽃술 뒤에 수줍게 도사린 가녀린 잎망울, 긴 겨울 동안 둘렀던 두꺼운 껍질을 벗으려는 느티나무의 어린 가지…, 깊은 잠에서 깨어나는 교정 안의 모든 것에서 풋풋하고 싱그러운 냄새가 풍긴다. 풀과 나무와 꽃들만 그런 게 아니다. 생기로 활짝 핀 신입생들의 얼굴은 그 어떤 것보다 더욱 신선하고 발랄하다. 그래서 서양 사람들은 그들을 프레시맨이라 부르는 모양이다. 그들은 온통 꿈과 희망으로만 채워진 덩어리 같다. 규격화된 교복만 입던 몸에 걸친 가볍고 밝은 톤의 옷은 실바람에도 깃발처럼 휘날리고, 오고가는 발걸음에서는 마치 땅에서 한 치쯤은 떨어진 것처럼 흥이 묻어난다. 흡사 오랜 어둠에서 벗어난 것 같은 해방감의 여유가 그들의 몸을 오로라처럼 감싸고 있는 듯하다.

입학한 지 여러 날이 지났지만 은지는 아직도 꿈에 그리던 대학에 들어온 감격에 젖어 있다. 합격자 발표하던 날, 대학 홈페이지 합격 확인 창에 이름과 주민등록번호를 입력하고 엔터키를 누를 때의 그 초조함과 긴장감은 마치 몸을 폭발시킬 것처럼 팽팽했었다. 직사각형 빈 칸에 나타난 '합격'이라는 두 글자는 비록 한글 두 글자에 지나지 않았지만 거센 해일과 같은 기세로 온 몸을 휘감았다. 잠도 제대로 못 자고, 하고 싶은 일도 미뤄둔 채 오로지 공부에만 매달렸던 긴 세월의 고생이 그 두 글자로 인해 일순간에 다 날아가 버리는 기분이었다. 그때의 그 흥분은 오래도록 가시지 않고 이어졌다. 아무리 좋은 일도 막상 그 순간이 지나고 나면 그 정도가 점점 줄어들게 마련이고, 또 간절히 원했던 일도 실제 성취가 되고 나면 허탈해지는 게 보통이지만, 원했던 대학 합격의 환희는 쉽게 잦아들지 않았다. 그만큼 그 하나에 모든 것을 걸고 오직 거기에만 집중했던 탓인지도 모른다.

초등학교 때부터 한 번도 변하지 않았던 은지의 희망은 역사 선생님이 되는 것이었다. 그 꿈을 엄마가 졸업한 교사 양성 명문 대학을 통해 꼭 이루고 싶었다. 출신 고등학교와는 행정 구역이 다른 멀리 떨어진 곳에 있는 대학이고, 또 재학하는 동안 객지 생활을 해야 하는 불편함은 있겠지만, 그것은 서울에 있는 대학으로 진학했어도 마찬가지였을 터였다. 서울 소재의 이름난 대학에 충분히 합격할 수 있는 성적임에도 지방 소도시에 위치한 대학을 고집하는 은지에게 담임 선생님은 좀 서운해 했지만, 학교의 '실적'을 위해 자신의 오랜 꿈을 접을 수는 없는 일이었다.

은지는 초등학교 2학년 때부터 엄마와 단 둘이서만 살아왔다. 엄마는 당시 아빠가 다른 여자를 만나 딴 살림을 차린 게 드러나자 다투거나 매달리지 않고 선선히 이혼에 동의해 주었다. 그리고 하나뿐인 딸 은지와 함께 지금껏 혼자 살고 있다.

중학교 국어 교사인 엄마에게 은지는 삶의 모든 것이나 다름없었다. 은지 또한 단순한 엄마의 딸로서만이 아니라 경우에 따라 친구이자 자매처럼 생각하며 살아왔다. 그런 그들 둘은 어떤 땐 연인 사이처럼 보이기도 하고, 또 어떤 땐 비어 있는 가족의 자리를 서로 채워주는 것처럼 보이기도 했다. 말하자면 그들 모녀는 같은 길을 걷는 든든한 동반자이자 속마음을 나누는 도반道伴이기도 했던 셈이다.

이제 은지가 엄마 품을 떠나 대학에 들어가게 되면, 여태껏 한 번도 떨어지지 않고 붙어살았던 생활을 잠시 멈출 수밖에 없다. 그건 그들이 지금까지 겪어 보지도, 상상해 보지도 않았던 일이다. 때문에 그 빈 자리, 큰 공백을 잘 견뎌 낼 수 있을지 서로 걱정이 되지 않을 수 없다. 그렇다고 사 표를 내고 딸을 따라 갈 수도 없는 일이다. 참고 버티는 수 밖에 다른 도리가 없다. 그래도 다행인 것은 그 기간이 4년 으로 정해져 있다는 점이다. 그 기간만 잘 넘기면 다시 만 날 수 있다는 희망이 작별의 슬픔을 달래 주었다. 은지는 4 년 후 교사가 되어 엄마와 함께 다시 살아갈 날을 기약하며 집을 떠나왔다.

은지가 도서관에 가기 위해 계단을 올라가는데 휴대폰의 문자 메시지 신호가 울렸다. 신입생 오리엔테이션 때 학과 장 교수님이 지시한 대로 조교 선생님과 학과 사무실의 전 화번호를 입력해 놓았는데 바로 그 번호였다. 화면에 '이 메시지를 보는 즉시 과사로 빨리 오기 바람'이라는 문자가 떠 있었다. 학과 선배들 중에 같은 지역 출신이거나 또는 출석 번호가 같은 선배가 멘토가 되어 대학생활에 빨리 적 응하도록 많이 도와주기는 했지만, 아직 여러 가지가 낯설 기만한 상황인데 학과 사무실의 문자 호출은 잠시 은지를 당황스럽게 했다.

고등학교 때 상위권 성적을 놓치지 않았던 은지는 엄마 와 동창인 교감 선생님을 비롯한 선생님들의 사랑을 듬뿍 받았다. 교무실을 자주 드나들며 학생회 임원으로서 해야 하는 일은 물론 선생님들의 작은 심부름도 꽤 했다. 그래서 교무실에 가는 게 그리 부담스럽지 않았는데, 다른 학생들은 특별한 잘못이 없어도 교무실이라면 괜히 그 분위기에 주눅이 들기 마련이었다. 대학의 학과 사무실은 당연히 고등학교 교무실과는 다르겠지만 그래도 그곳으로부터의 호출은 긴장하지 않을 수 없는 일이었다. 무슨 일이지? 혹 뭔 문제가 생긴 건 아닐까?

은지는 발길을 돌려 학과 사무실로 향했다. 학기 초의 학과 사무실은 매우 복잡했다. 여러 학생들이 복작이는 속에서 복사기로 무슨 문서를 복사하는 사람, 무슨 서류를 들고 대기하고 있는 사람, 단체로 주문한 전공과목 강의 자료를 찾으러 온 사람, 교수님의 연락처를 물으러 온 사람, 컴퓨터 앞에 앉아 뭔가 문서를 작성하는 사람, 전화기를 붙들고 무엇인지 설명하는 사람 등등으로 어수선하기 짝이 없었다. 은지는 일단 기다렸다가 학과 사무실 도우미 학생에게 무언가 지시를 끝내고 돌아서는 조교 선생님에게 다가갔다.

"저…, 호출 문자 메시지 때문에 왔는데요?"

"문자 메시지?"

"네, 과사로 즉시 오라는….."

"아, 네가 은지니? 신입생들은 내가 아직 잘 모르니까, 먼저 몇 학년 누구라고 말을 해야 알지. 이건 기본이야. 다음부터는 꼭 그렇게 하도록. 알았지?"

"네, 잘 알았습니다."

"근데, 너, 혹시 국어과 임영훈 교수님 알아?"

"아니요. 전혀 모르는데요."

"그 교수님이 널 찾으셔. 그래서 부른 거야."

"저를요? 무슨 일로…?"

"그야 나도 모르지. 급한 일은 아니니까 틈날 때 천천히 오라 하셨어. 언제 시간이 나면 한 번 찾아가 봐. 임 교수님 연구실은 요 앞 건물 4층에 있어."

"알았습니다. 감사합니다."

은지는 인사를 하고 학과 사무실을 나왔다. 대체 뭔 일일까? 그 교수님은 어떻게 나를 알았을까? 같은 학과 학생도 아닌 나를 왜 찾았을까? 궁금증이 모닥불처럼 활활 피어올랐다. 그러나 궁금하다고 해서 말을 듣자마자 금세 찾아갈 수는 없었다. 물론 나쁜 일로 찾는 것은 아니겠지만, 그래도 뭔가 조금이라도 그 이유를 알아야 그에 대한 마음의 준비를 할 수 있을 것이고, 왠지 그런 다음에 찾아가야 할 것 같은 생각이 들어서였다.

3월 내내 은지는 학교생활에 필요한 것들을 익히기 위해 정신없이 시간을 보내느라 임 교수님 찾아가는 일을 잠시 뒤로 미루고 지냈다. 게다가 신입생 환영회 등 여러 모임에 불려다니다 보니 한가한 시간도 별로 없었다. 학과의 학년 별 환영회는 물론 모교 고등학교 선배, 많지는 않지만 같은 지역 출신들로 구성된 향우회, 같은 신앙을 가진 사람들, 번호 선배 등 여러 곳에서 불러 축하를 해 주었다. 사실 환영회라는 건 겉으로 내세우는 명분일 뿐이고, 대개는 낯선 사람들이 만나 같이 밥을 먹고, 술을 마시며 편하게 이야기를 나누는 자리였다. 그런 자리를 통해 서먹했던 사이가 가까워지고, 소속감이 높아지는 현실적인 효과가 있기도 했다. 그것은 어느 사회에나 있는 일종의 통과의례일 것이기에, 새로운 사회에 동화되어 가는 과정에서 혼자서만 빠지기도 어려운 일이었다.

은지는 모범생답게 지금까지 술을 마셔 본 적이 한 번도 없어서 그런 자리가 썩 편치 못했다. 또 매번 되풀이 되는 자기 소개, 노래 부르기, 장기자랑 같은 순서 때문에 곤혹스럽기도 했다. 대학 신입생의 과도한 신고식이 불미스러운 일로 이어져 매년 매스컴을 장식해서인지 음주를 강요하는 풍속은 예전에 비해 많이 누그러졌다. 그래도 선배들이 주는 술잔을 뿌리칠 수 없어 마시는 시늉만 하거나 혹은 음료수를 따라 술 대신 마시기도 했다. 어떤 자리에선가 짓궂은 선배 하나가 억지로 술을 마시게 해서, 은지는 한 동안 그 후유증으로 강의도 제대로 못 들을 만큼 시달리기도 했다. 그 덕분에 은지는 아예 술 못 마시는 사람으로 분류되어 그 사실을 기억하는 친구들과 함께 있는 자리에서는 오히려 편해질 수도 있었다.

도서관을 비롯해서 여기저기 흩어져 있는 학교 시설 위치 확인과 사용 요령을 익히는 일도 필요했다. 선배를 따라가 그들이 하는 걸 보며 배우기도 했고, 때에 따라서는 혼자 가서 궁금한 걸 물어보며 익히기도 했다. 그뿐만이 아니었다. 이 대학만의 특색인 담임 교수 제도에 따라 담당 교수를 찾아가 면담도 해야 했고, 몇 년 후의 일이기는 하지만 교사 임용 시험을 대비해서 선배들의 조언에 따라 미리 준비도 해야 했다. 이런 일들에 파묻혀 사느라 은지는 임 교수님을 찾아가는 일을 아직껏 하지 못했다. 그러나 가슴 한 구석에 도사린 궁금증은 묵은 체증滯症처럼 늘 마음에 걸려 있었다.

이 대학의 교화校花로 지정된 하얀 목련꽃이 흐드러지게 만개하고, 진달래꽃망울은 따스한 햇볕을 받아 금세라도 팡 터져버릴 듯 탱탱하게 부풀어 있는 오후였다. 이제는 낯선 학교생활에도 어느 정도 적응이 되었다. 교양 과목 위주로 듣는 강의도 교수님마다 강의 스타일이 다른데다 제시

되는 과제 또한 고등학교 때와는 딴판이어서 만만치는 않았지만, 그런 대로 제법 몸에 익을 만큼 익숙해졌다.

은지는 어제 저녁에 엄마와 긴 통화를 했다. 여기로 온 이후 거의 매일 전화를 해서 학교에서 있었던 일을 이야기하고, 그래도 미진한 부분은 메신저나 이메일을 통해 시시콜콜 주고받았지만, 임 교수 얘기는 일부러 하지 않고 미루어 두었었다. 국어과 홈페이지 자료를 확인해 보니 임 교수는 엄마와 거의 비슷한 시기에 이 대학을 졸업한 것으로 되어 있었다. 그렇다면 둘은 분명 서로 알고 있는 사이일텐데, 대학에 합격했을 때나 여기로 떠나올 때 엄마는 왜 한마디도 하지 않았을까. 객지로 나가는 딸이 걱정되어 누군가 작은 인연이라도 있는 사람이 있으면 부탁을 하는 게 상례일텐데 엄마는 왜 일언반구도 없었을까. 혹 둘 사이에 무슨 말 못할 사정이라도 있는 걸까. 별별 상상을 다 해보았지만 둘 중 누구라도 직접 만나 자세한 이야기를 들어보기 전에는 아무것도 알 수 없는 일이었다. 그러다가 어제 저녁 통화 중에 어렵게 말을 꺼내 보았다.

"엄마, 한 가지 물어보고 싶은 게 있어. 솔직하게 말해 줘야 해."

"우리 공주님이 또 뭐가 궁금하신가. 말해 봐."

"우리 대학 국어과 임영훈 교수님 알지?"

"임 누구라고?"

"임, 영, 훈 교수님."

"글쎄, 나보다 한두 해 선배이긴 한 거 같은데, 하도 오래 연락을 않고 살아서 잘 기억나지는 않는데? 왜, 그 교수와 무슨 일 있었어?"

"그 교수님이 날 찾으셨대. 시간 나면 찾아오라고 했는데 아직 못 갔어. 혹시 엄마가 부탁한 거 아냐?"

"잘 알지도 못하는 사람인데, 부탁은 무슨…. 그리고 설령 아는 사이라 해도 몇 십 년 만에 불쑥 연락해서 무슨 부탁을 한다는 것도 염치없는 일이잖아? 너도 잘 알다시피, 내가 대학 졸업 후 동창회나 동기들 모임 같은 데 전혀 나가지 않아서 그쪽 사람들 거의 몰라. 아마 동창들한테 난 까마득하게 잊힌 사람일 걸?"

"정말이지? 엄마는 아무 연락도 안 했단 말이지?"

"그럼, 내가 너에게 뭘 숨기겠니? 이혼한 여자라고 입방아에 오르는 게 싫어 일부러 고립되다시피 살아온 거, 네가 더 잘 알고 있잖아?"

"그런데, 그 교수님이 어떻게 날 알고 연락을 하라 했을까? 아무리 생각해 봐도 미스터리란 말이야."

"설마 네게 무슨 해로운 일이야 되겠니? 한 번 찾아가 보지 그래?"

"응, 나도 그럴 생각이야. 하지만 뭔가 짐작할 만한 언턱거리라도 있어야 마음의 대비를 하고 갈 거 아냐? 그래서 망설이고 있는 거야."

"잘 됐지, 뭐. 객지에서 힘들고 어려울 때 후원해 줄 사람하나 생겼다고 생각해."

"정말, 그렇게 가볍게 생각해도 될까?"

"학과는 다르지만 교수님들끼리는 서로 통할테니까, 너에게 도움이 되면 됐지 손해는 나지 않을 것 같은데? 사람 일이란 게 언제, 어떤 경우에 부딪칠지 모르는 거잖아?"

"알았어. 내일 오후에는 수업이 없으니까 한 번 찾아가 볼게."

통화를 끝내고도 풀리지 않는 의문 때문에 은지는 늦게까지 잠을 이루지 못했다. 그래선지 매일 일찍 일어나는 습관이 몸에 배어 있음에도 오늘 아침엔 좀 늦잠을 잤다. 눈을 뜨자마자 서둘러 일어나 아침밥도 못 먹고 오전 일과에 임해야 했다. 두 시간 수업을 마치고 나서 아침 겸 이른 점심을 먹었다. 그리고 점심시간을 비키기 위해 휴게실에서 차를 마시며 인터넷 검색으로 시간을 보냈다. 검색을 해 보니 임 교수님도 오후 수업이 없는 날이었다.

은지는 바짝 긴장하여 콩콩 뛰는 가슴으로 임 교수 연구실 문 앞에 서서 잠시 숨을 고른 뒤 신중하게 노크를 했다.

"누구세요? 들어오세요."

안에서 낮고 굵직한 목소리가 흘러나왔다. 은지는 살며시 문을 열고 조심스럽게 연구실 안으로 들어섰다. 눈앞을 가로막은 책장에 천정 높이까지 책이 가득했다. 책장은 벽쪽에 있는 것 말고 방 가운데로 가로 놓여 있었는데 거기에도 책이 빼곡했다. 책장뿐 아니라 바닥에도 여기저기 책이 쌓여 있고, 논문을 복사한 자료를 비롯해서 학생들의 리포트나 시험지 같은 것들도 군데군데 수북했다. 빈 공간이 거의 안 보일 정도로 연구실 안이 온통 책과 연구 관련 자료로 가득 채워져 있었다.

책상 앞에 앉아 컴퓨터로 무슨 문서를 작성하던 임 교수는 은지를 흘깃 돌아보고는 학생임을 확인한 후 눈길을 다시 화면으로 옮기며 무신경하게 말했다.

"신입생인가 본데, 상담할 일이 있으면 미리 약속을 하고 그 시간에 와야지. 아니면 연구실 문에 붙어 있는 내 시간표에 학생 면담으로 표시되어 있는 시간에 오든지."

"저…, 저는 국어과 학생이 아닌데요."

"그래? 다른 과 학생이 무슨 일로 날 찾아왔나?"

임 교수는 그제야 의자를 돌려 은지를 향해 물었다. 은지는 윗사람을 만났을 때는 먼저 자기를 소개해야 한다는 조교 선생님의 충고가 생각나서 또박또박 자신의 소속과 이름을 말했다.

"저는 역사과 1학년 손은지라고 하는데요, 교수님께서 며칠 전에 저를 찾으셨다고 해서 왔습니다. 연락 주신 즉시 찾아뵙지 못해 죄송합니다."

"아아, 네가 은지구나. 조교에게 연락을 해 놓고 깜박했었네. 나이가 들면 자꾸 잊어버리는 게 많아져. 그래, 반갑다. 거기 앉아."

임 교수는 냉장고에서 음료수를 하나 꺼내 마개를 따서 건네주었다. 마치 오랜만에 만난 조카나 제자를 대하듯이 그 음성이나 태도에 친근감이 묻어났다.

"그래, 학교생활은 어때? 엄마와 처음 떨어져서 살려니 힘든 일이 많지?"

"처음엔 힘들었는데, 이젠 많이 좋아졌어요."

"다행이군. 신입생들 중에는 집 떠난 애를 삭지 못해 고생하는 친구들도 꽤 있는데."

"교수님과 선배님들이 모두 친절하게 보살펴주셔서 잘 적응하고 있어요."

"그게 우리 모교의 전통이자 자랑이지. 그런데, 내가 은지를 어떻게 알고 불렀는지 궁금하지 않아?"

"아까부터 여쭙고 싶었지만 어른에게 버릇없다고 하실까봐 참고 있었어요."

"그럴테지. 사람 인연이라는 게 말이야, 그게 참 묘한 거 같아. 생판 모르는 사람도 한두 다리 건너면 다 연결이 되거든?"

"저의 엄마를 잘 아세요?"

"어렴풋이지만 알지. 은지 엄마는 내 2년 후배였지만 학교 다닐 때는 거의 얘기도 나눠보지 못한 사이였어. 졸업한 후에도 만난 적이 없었지. 그러니 얼굴조차 잘 기억되지 않는 게 당연한 일이고. 그런데 말이야, 은지가 졸업한 고등학교의 교감이 내 친구야. 얼마 전에 우연히 오래 못 보았던 그 친구를 만났는데, 그 친구가 은지 얘기를 하더군. 은지 엄마 성미에 누구에게 뭘 부탁할 사람도 아니지만, 곱게 키운 딸을 객지로 내보내며 얼마나 걱정이 되겠느냐면서, 학과는 다르지만 나보고 가끔 불러 밥도 사 주고 위로해 주면서 딸처럼 돌보아 주었으면 좋겠다고 하더군. 그래서 알게 된 거야."

"무시하셔도 될 일인데, 이렇게까지 자상하게 신경 써 주셔서 죄송하고 또 고맙습니다."

"고맙긴, 앞으로 혹시 어려운 일 있으면 찾아와. 내가 무슨 해결사는 아니지만 은지를 도울 일이 있으면 힘이 되어 줄게. 내가 나이를 많이 먹은 사람이라 어렵긴 하겠지만, 은지가 괜찮다면 아빠네 형제처럼 편하게 생각해도 돼."

"감사합니다. 앞으로 종종 찾아뵙겠습니다."

"그래, 그렇게 하자고. 혹시 내게 뭐 물어볼 거 더 없나?"

"언제 시간 나시면, 엄마 대학 생활 때 얘기를 듣고 싶어요. 엄마는 다른 건 다 얘기해도 대학 때 얘기는 전혀 하지 않으시거든요. 그게 늘 궁금했어요."

"그러자고. 근데 미안하지만 나중에 다시 한 번 올 수 없을까? 지금은 내가 급히 써야 할 원고가 있어서 좀 바쁘거든."

"교수님, 고맙습니다. 나중에 또 찾아뵙겠습니다."

은지는 무거운 숙제를 끝낸 기분으로 임 교수의 연구실을 나섰다. 볼을 간질이는 실바람처럼 마음이 가벼워졌다.

바람 없는 밤에 내린 눈처럼 소리 없이 벚꽃이 피었다. 교정에 있는 벚나무는 물론 대학 앞의 강 건너 공원에 있는 벚나무들도 처녀들처럼 눈부시게 옷을 갈아입고 정겨운 손짓을 해댔다. 백제의 옛 수도였던 이 도시에는 곳곳에 관련 유적들이 많이 남아 있는데, 그 위에 화사한 벚꽃까지 더해 많은 관광객들의 발걸음을 붙들고 있었다.

은지는 휴일을 맞아 모처럼 친구와 함께 공원을 찾았다. 그 동안 주로 기숙사와 강의실만 오가며 살았고, 학교 근처의 음식점이나 드나들었을 뿐 국사 책에도 나오는 이 도시의 왕릉 유적조차 한 번 관람하지 못했다. 그만큼 개인 시간을 내기가 어려울 정도로 빠듯한 시간들이었다.

입시 면접을 치를 때, 자신이 뽑은 카드 번호에 따라 교수님이 질문을 했는데, 은지가 뽑은 번호는 대학 입학 후의 수학修學 계획을 묻는 문제였다. 은지는 그때 전공 공부 외에 시간이 나는 대로 봉사 활동이나 학과 특성을 고려하여 답사 동아리 활동 같은 걸 해 보고 싶다고 답변했었다. 그러나 정작 입학을 하고 보니 그런 생각은 그야말로 '사치스러운' 생각이었다. 미팅이나 이성 교제 같은 낭만적인 대학 생활 또한 말 그대로 꿈에 지나지 않았다. 물론 용케 그런 즐거움을 누리는 친구들도 없지는 않았으나, 은지 같은 모범생에게 그런 일은 현실과 동떨어진 드라마 속의 이야기에 불과했다. 고등학교 땐 정해진 것만 따라가면 되었지만 대학에선 강의 듣기, 과제 수행, 자료 준비 등 스스로 해결해야 할 게 많아 은지 같은 학생은 늘 일정이 빼곡해서 자유 시간을 내기가 쉽지 않았다.

공원 입구에 도착하여 이 도시만의 독특한 제도인 사이버 시민증을 제시하자 입장료를 받지 않고 통과시켜 주었다. 입구엔 여기 백제역사유적지구가 유네스코 세계문화유산으로 등록된 곳이라는 커다란 지정 표지석이 위압적으로 서 있었다.

오래된 비석들이 죽 늘어서 있는 길을 걸어 올라가니 마침 문루 주위에서 수문병 교대식이 열리고 있었다. 잠시 서서 구경을 했다. 얼마나 정확하게 고증이 되어 백제 시대를 재현한 것인지는 잘 모르겠으나, 옛 정취보다는 꽤 무거워 보이는 옷을 입고 묵직한 창을 들고 땀을 흘리는 병사 역할 청년들이 안쓰럽게만 보였다.

잘 정비된 산책로를 따라 올라갔다. 가끔 수학여행을 온 초등학교나 중학교 학생들이 인솔 교사를 따라 줄지어 지나가기도 했다. 추정 왕궁지라는 광장에 올라서자 온 정성을 다해 화장을 한 난숙한 여성처럼 하얀 꽃송이를 주저리주저리 매단 벚나무들이 유적지 둘레를 따라 늘어 서 있었다. 하롱하롱 흩날리는 꽃잎 아래에서 가벼운 음식을 먹거나 사진을 찍는 사람들의 얼굴에 웃음이 가득했다.

은지는 친구 손을 잡고 조선시대 어느 임금이 난리를 피해 피난 와서 머물렀다는 정자와 그 유래를 기록한 비석, 그리고 깊은 저수조를 구경하고 함께 사진을 몇 장 찍었다.

거기서 내려와 다시 산책로를 걸어 위로 올라갔다. 무슨 건물이 있던 터, 또 한자로 쓰인 현판을 매단 누각 같은 게 나타났다. 강 쪽으로는 성벽이 죽 둘러 있었는데, 절벽에 쌓은 성은 바깥으로는 낭떠러지였지만 위는 평지에 맞닿아 편히 걸을 수 있는 길을 겸하고 있었다.

그 위로 몇 걸음 옮기자 조망이 툭 트이면서 강물이 내려다 보였다. 건너편엔 그들이 공부하는 대학 캠퍼스와 아파트 단지, 그리고 개발 붐을 타고 건설된 모텔과 상업용 건물들이 여느 도시 풍경 못지않게 손에 닿을 듯 펼쳐져 있었다. 은지는 강에서 가볍게 올려 부는 싱그러운 바람을 맛있는 음식을 포식하듯 깊게 들여 마셨다. 막혔던 수로에 물이 흘러가는 것처럼 온 몸에 새로운 기운이 감도는 것 같았다.

"아, 살 거 같다. 입학하고 나서 내내 숨이 막히는 것 같았는데, 이 시원한 바람과 멋진 풍경이 나를 다시 살려 내는 것 같아."

"그래, 정말이야, 참 좋다, 그지? 선배들이 왜 이 도시에 오면 여기를 꼭 봐야 한다고 했는지 알 거 같아. 진작 오지 못한 게 후회가 된다. 넌 안 그래?"

"동감, 동감, 완전 동감이야."

"근데, 이 아름다운 경관을 망치는 저 공사판은 정말 꼴불견이다. 수 천 년 이어져 온 유서 깊은 유적지 코앞에서 왜 저런 공사판을 벌여야 하지?"

그 이름조차 아름다운 금강. 그 강은 영문도 모른 채 인간들의 헛된 욕망으로 갈가리 찢기고 추하게 더럽혀져 가고 있었다. 온갖 물고기와 조개들이 수수 만 년 평화롭게 살아온 강은 느닷없는 인간들의 침입으로 인해 처참하게 파괴되고, 오랜 세월 조용히 잠자던 강은 만신창이가 되어 신음하고 있었다.

은지는 갈가리 찢긴 강을 내려다보며 문득 엄마를 떠올렸다. 자신의 몸이 찢기고 파괴되는지도 모르고 오직 자식을 위해 걱정만 하는 엄마. 저 강은 어쩌면 망나니 자식의 행패를 바라보면서도, 오히려 그 자식만 염려하는 어머니일지도 모른다. 그런 어머니 강을 유린하는 저 모습은 욕망으로 일그러진 인간의 패륜적 행위가 아닐까. 은지는 망연히 강을 내려다보다가 며칠 전 임 교수를 만나 들었던 엄마의 얘기를 떠올렸다.

은지 엄마가 대학을 다녔던 1970년대는 한 마디로 암흑기였다. 1972년 남과 북의 최고 지도자들은 그들의 지위가 흔들릴 조짐이 보이자 심복을 시켜 소위 7.4 남북공동성명서라는 걸 발표하게 했다. 그리고 그걸 발판삼아 남에서는 유신체제, 북에서는 주체사상 체제에 돌입했다. 그 두 체제는 말만 다를 뿐 실질적으로는 옛 제왕제의 부활이나 다름없었다. 한국적 민주주의라는 괴이한 이름을 단 유신헌법은 겉으로는 평화통일을 내세우고 있었으나 실제로는 그것을 명분으로 대통령 한 사람이 모든 국가 권력을 독점하는 독재 체제였다. 예컨대 사법권은 대법원의 판결로 종결되는 게 아니라 대통령에게 최종 결정권이 있었고, 국회의원 3분의 1을 국민의 선거가 아닌 대통령의 임명으로 채우도록 되어 있었다. 게다가 대통령은 비상 계엄령 아래에서 수시로 긴급조치라는 걸 발동하여 국민의 기본권을 제약할 수 있었다. 이 헌법으로 인해 민주주의는 종이 위에 그 이름만 남았고, 대학 또한 학문 연구나 낭만보다는 군대 조직과 유사한 분위기로 경직되어 있었다.

당시 호남지역에는 아직 국립 사범대학 체제가 정착되지 못해서 공립학교 교사가 되기 위해서는 이 대학으로 진학해야 했다. 또한 사범대 학생들은 수업료를 면제받아 등록금이 저렴했고, 졸업과 동시에 국가에서 2급 정교사로 발령을 내 주었으므로 경제 사정이 어려운 학생들이 많이 지원했다. 그래서 그때 재학생들은 대개 똑똑하고 가난한 사람이 대부분이었다. 특히 여학생들은 남학생과 동등한 조건으로 경쟁하면 들어오기가 어려워서 가산점을 부여하는 특혜를 주기도 했다. 그럼에도 여학생은 소수에 불과해 연애하는 남학생은 친구들의 선망의 대상이 되기도 했다.

임 교수가 기억하는 은지 엄마 얘기는 그가 직접 겪은 것이 아니라 흐릿한 소문을 전하는 것이어서 사실과 거리가 있을지 모른다. 그러나 당시 분위기와 대학의 풍속은 누구보다 생생하게 기억하고 있어서 은지는 마치 그 당시 학생이었던 것처럼 실감나게 임 교수의 이야기를 들을 수 있었다.

은지 엄마는 3학년 때 지독한 연애를 했다고 한다. 상대는 아주 잘 생긴 불어과 학생이었다. 서울 출신의 그 남학생은 재주가 많았다. 노래도 잘 부르고, 술도 잘 마시고, 유머 감각도 풍부했다. 게다가 연극 서클 책임을 맡아 본인이 직접 연기도 하고, 또 연극을 기획하기도 하고, 연출도 했다. 당연히 그는 여학생들에게 인기가 많았다.

그런데 연극 서클 소속 학생들은 대개 사회의식이 강했다. 아니 사회의식이 강한 사람들이기에 학교나 사회에서 불온시하는 연극 활동을 하는 건지도 몰랐다. 그들은 답답하고 경직된 사회와 시대에 대해 매우 비판적이었다. 하지만 그런 생각을 직설적으로 표현할 수 없는 시대였기에 그들은 풍자적인 마당극 같은 걸 통해 은밀하게 관객과 소통할 수밖에 없었다.

그러나 정보기관 사람들은 학생들보다 한 수 위였다. 연극뿐 아니라 탈춤 서클 소속 회원이나 대학 언론사 기자 등 체제 비판적인 학생들은 끊임없이 감시와 미행을 당해야 했다. 그걸 피하기 위해 그들은 마치 숨바꼭질하듯 몰래 장소를 정해 만났고, 은어와 암호 같은 걸로 소통을 해야 했다. 그럼에도 귀신같이 암약하는 몇 개의 정보기관 사람들은 경쟁적으로 그들에 대한 정보를 수집하고, 잠재적 용의자들의 일거수일투족을 살피기에 혈안이 되어 있었다.

청년 대학생들은 그 삼엄하고 두려운 분위기 속에서도 자유와 민주주의를 지키기 위해 비밀리 정보를 공유하면서 마치 일제 강점기 때 독립운동 하듯 지하 조직을 연계하고 확장해 나갔다. 정치하는 분들이나 문화계에 있는 분들 가운데도 목숨을 걸고 유신 헌법 개정을 위한 투쟁에 나섰다가 감옥에 가는 사람들이 늘어났다.

　권력을 쥔 쪽에서는 작은 빌미라도 주지 않기 위해 더더욱 탄압의 분위기를 강화했다. 연이어 긴급조치를 발동하여 헌법 개정을 말하거나 그런 말을 듣고 신고를 하지 않는 경우 영장 없이 체포 구속하는 것은 물론 무자비한 고문을 통해 받은 거짓 자백을 근거로 기소하여 군사 법정에서 중형을 선고했다. 데모를 벌인 대학에 무장 군인들을 진주시켜 공포 분위기를 조성하고, 심지어는 데모하는 대학은 폐교를 시키겠다는 조치를 발포하기도 했다. 수많은 민주 인사들과 청년 학생들이 조작된 반국가단체 구성 혐의로 체포, 투옥되었다. 문화 예술계 인사들도 말 한 마디, 글 한 줄, 그림 한 장 때문에 하루아침에 수인囚人 신세가 되는 게 다반사였다. 길거리에서 영문도 모른 체 검문을 당해 죄인 취급을 받아도, 검열을 통해 언론 출판계를 목 조르듯 통제해도 누구 하나 이의를 제기하거나 반발할 수 없었다. 모든 일상생활이 감시당하는 체제이고, 조금만 낌새가 이상하다 싶으면 쥐도 새도 모르게 잡혀가는 세상이니 그야말로 희망의 빛이라곤 한 줄기도 안 보이는 암흑 세상이었다.

그런 중에 그 남학생이 서울에서 활동하고 있는 민중극 멤버들과 만나 공연을 상의하다가 발각이 되어 불온 단체 활동 관련 혐의로 검거되었다. 지금 같으면 아무 문제도 되지 않을 하찮은 일이, 없는 일도 만들어낸다는 기관원들에 의해 어마어마한 사건으로 둔갑되었다. 학교에서는 진상조차 확실하게 확인해 보지 않고 언론에 보도된 기사의 잉크 냄새도 채 가시기 전에 냉큼 제적을 시켜버렸다. 아마도 대학 자체의 판단이라기보다는 상부의 강압적 지시에 따른 조치였을 가능성이 더 컸다.

은지 엄마는 모든 걸 함께 하며 자신을 행복하게 해 주었던 연인의 전광석화와 같은 제적 처리와 교도소 수감이라는 상상도 못할 사건의 회오리로 엄청난 충격을 받았다. 도저히 믿기지 않는 그 사실을 어렵게 얻은 면회 기회를 통해 확인하곤 학교를 그만둘 생각까지 했다. 세상 모든 게 의미가 없어 보였고, 공부를 하고 싶은 의욕까지 몽땅 사라져 버렸다. 몇 날 며칠을 잠도 못 자고, 먹지도 못하고 고민을 했다. 다 털어 버리고 세상에서 도피하듯 수녀가 되거나 스님이 되어 버릴 생각까지 했다.

그러나 시간이 지나면서 현실적인 여러 제약이나 또 자신의 역할 같은 것을 떠올리게 되었다. 학교를 그만두거나 세상과 인연을 끊고 종교의 담장 안에 스스로 갇혀버렸을 때 자신의 몸이나 마음은 부담감에서 벗어나 좀 편할지 몰라도, 부모님이나 주변 사람들에게 또 다른 짐과 고통을 끼칠 수도 있다는 생각 때문에 결국은 그대로 주저앉고 말았다.

그 후 은지 엄마는 학교를 졸업할 때까지 친구들도 전혀 만나지 않고, 어떤 모임에도 참석하지 않고, 외톨이로 떨어져 거의 혼자서만 살았다. 마치 죽어서 이승에서 사라진 사람처럼 있으면서도 없는, 그런 그림자 같은 삶을 살았다. 대학 졸업 후 고향의 중학교로 발령을 받아 교사 생활을 하면서 한 번도 모교를 찾거나 동창들을 만나지도 않고 살았다.

그러다가 결혼이란 걸 했다. 그때만 해도 나이 들어 결혼 안 한 여자는 뭔가 문제가 있는 사람으로 눈총을 받던 때라 어찌어찌하여 소개로 만난 사람과 결혼을 한 것이다. 말하자면 그건 나이 든 처녀들의 일종의 의무 수행처럼 당시 사회적 문화적 관습을 굳이 어기지 않겠다는 최소한의 의사 표시 행위 같은 것이기도 했다. 물론 예전엔 얼굴도 한 번 안 보고 혼인을 해도 백년해로하며 잘 사는 부부들이 많았지만, 그런 시대는 이미 아득한 옛날이 되어 버렸다. 가슴속에 불만을 품은 채, 그래도 부부니까 참고 견디며 살아야 한다는 것은 감옥 생활을 강요하는 것과 다름없는 일이었다. 애초 애정을 바탕으로 해서 만난 게 아니긴 했으나, 그럼에도 불구하고 은지 엄마는 사람들 안 만나고 사는 것을 빼곤 아내로서의 역할을 잘 하기 위해 나름대로 노력을 많이 했다.

하지만 남편은 그런 폐쇄적인 은지 엄마를 이해하려고도 안 했고, 수용하지도 못했다. 오히려 정신적으로 좀 이상한 사람처럼 생각하는 것 같았다. 그 이유를 시시콜콜 설명하기도 싫었고, 또 막상 이야기를 해 봤자 제대로 이해해 줄 것 같지도 않았다. 그래서 더더욱 그쪽 학교나 사람과 관련된 이야기라면 듣고 싶지도 않고 하고 싶지도 않았다.

그렇게 늘 마음 한쪽에 높다란 벽을 만들어 놓고 사는 은지 엄마가 부담스럽고 불편했던지 남편은 은밀하게 다른 여자를 만나기 시작했다. 살갑게 대해 주는 그 여자에게 빠져 이혼을 요구했을 때, 은지 엄마는 딸을 자신이 키우겠다는 것 외에 아무 조건도 달지 않고 선뜻 서류에 도장을 찍어 주었다.

그 후 은지 엄마는 이혼한 여자의 딸이라는 말을 듣지 않게 하기 위해 은지에게 엄마로서 할 수 있는 모든 것을 남김없이 다 바쳤다. 그런 덕에 은지는 비어 있는 아빠 자리를 제외하곤 그 누구에게도 뒤지지 않을 사랑과 뒷바라지를 듬뿍 받으며 자랐다. 그리고 학교 공부 또한 아무 부족함 없이 해 낼 수 있었다. 은지가 모나거나 남의 눈총 받지 않고 지금처럼 올곧게 자랄 수 있었던 데는 엄마의 그런 헌신적인 희생의 힘이 크게 작용했다는 걸 주변 사람들 가운데 모르는 사람이 없었다.

"뭔 생각을 그렇게 오래 해?"

"응, 미안해. 갑자기 엄마 생각이 났어."

"참, 엄마가 우리 대학을 졸업했다고 했지? 그러면 그때 분명 여기도 와 보셨겠네?"

"그럴지도 모르지. 그런데 엄마는 여기 얘기를 통 하지 않아서 자세한 건 전혀 모르겠어."

"나 같음, 딸이 대를 이어 들어간 대학이 자랑스러워서라도 얘기를 할 거 같은데…."

"뭔 사정이 있겠지 싶어. 실은 오늘 여기 온 것도 행여나 무슨 단서 같은 게 잡힐까 해서 온 건데, 아무 소득이 없네."

그 사이 시간이 많이 흘러 어느새 해가 뉘엿뉘엿 지고 있었다. 강을 서식지로 하던 새들이 삶의 터전을 잃고 허공을 배회하는 가운데, 저 아래 강쪽으로부터 서서히 저녁 안개가 피어오르고 있었다. 안개, 눈앞에 스멀거리는 안개는 선연히 존재하면서도 동시에 실체가 없는 허상이기도 했다. 추하고 아름다운 것을 가리지 않고 덮어 버리는 안개는 세상만사가 허망하다는 사실을 온 몸으로 실증하고 있었다.

주위의 재혼 권유를 뿌리치고 여태껏 홀로 고독하게 살아온 엄마의 가슴 속에는 젊은 시절의 그 남자가 안개처럼 생생하게 살아남아 있는지도 모른다. 엄마의 안개, 그것은 엄마가 돼 봐야만 비로소 짐작할 수 있는, 세상에서 가장 무겁고 은밀한 비밀인지도 모를 일이다.

천천히 몸을 휘감아 오르는 저녁 안개가 포근했다.

안개 향기

부정청탁금지법이란 게 시행되면서 우리 사회의 많은 부분이 바뀌었다. 그런데 그 변화를 바라보는 시각엔 양면성이 있는 것 같다. 투명하고 공정한 사회를 앞당겼다는 긍정적 평가가 있는 반면 매정하고 삭막한 시대를 만들었다는 부정적 의견도 존재한다. 흥미로운 것은 이 긍정과 부정 평가의 기준에 세대 차이가 작용한다는 점이다. 즉 젊은 세대는 대체로 이를 당연하게 받아들이는데, 나이 드신 분들 중에는 좀 불편해 하는 경우가 적잖다는 것이다. 그 최종적인 결과야 시간이 지나봐야 알 수 있겠지만, 어쨌든 이 법이 여러 면에서 우리 사회를 크게 바꾸어 놓았다는 것만은 부인할 수 없는 사실이다.

이 법에 대해 부정적인 생각을 가진 분들은 이 법으로 인해 오랜 동안 이어져 오던 관행들이 갑자기 불법적인 일이 되어 버렸다고 불평한다. 또한 우리 민족적 특성의 하나로

미화되던 따뜻한 '인정'이라는 것이 범죄 행위가 되어 처벌받는 게 말이 되냐며 못마땅해 하기도 한다. 그뿐 아니다. 심지어는 고마운 분에게 감사의 표시로 드리는 작은 선물조차 가격을 살펴 법 위반 여부를 따져야 하는 세상이 되었다는 한탄도 있다. 물론 불공정한 청탁을 막기 위해 공직자의 작은 금품 수수조차 용납해서는 안 된다는 그 법의 취지를 부정할 수는 없다. 하지만 그것이 이 법의 일률적인 적용에 따르는 문제점들을 완전히 해소시키지는 못한다는 것 또한 엄연한 현실이다.

이 법의 영향으로 교육 현장에도 많은 변화가 일어났다. 캔 커피 한 개도 주고받아서는 안 된다는 게 그 법과 규정의 해석인데, 이는 스승과 제자라는 전통적인 사제관계를 계약 내지 거래의 개념으로 바꾸어 버렸다. 특정한 날에 학생들이 용돈을 모아 선생님께 선물을 드리는 것도 안 되고, 반대로 선생님이 학생들에게 금품으로 호의를 베푸는 것도 금지 사항이 되었다. 그러다 보니 스승의 날이나 예비 졸업생들의 사은회 같은 행사도 점차 사라지거나 자연스럽게 그 양태가 바뀌어 버렸다. 이 법 시행을 전후하여 대학원생들의 학위논문 심사 풍경 또한 크게 달라졌음은 말할 것도 없다.

이 법이 생기기 전, 제자의 학위논문 심사 후 회식자리에서 우연히 한 여인을 만난 적이 있다. 전혀 예상치 않았던 뜻밖의 만남이었으나 그게 진정 순전히 우연이라고만 할 수 있는 일일까. 사람과 사람 사이는 '어디서 무엇이 되어 다시 만날지' 알 수 없는 그런 관계라 하지 않았던가. 그러고 보면 이 세상의 모든 우연은 필연의 다른 이름인지도 모른다.

대학원생 학위논문 심사를 마치고 나면 지도교수로서 늘 작은 고민이 뒤따른다. 관례상 심사를 받은 학생이 고마운 인사로 심사위원들에게 저녁 식사를 대접하게 되어 있는데, 음식점을 어디로 할 것인가, 학생의 부담을 어느 정도로 해야 할 것인가, 하는 문제를 결정하는 게 쉽지 않기 때문이다. 아무리 오랜 관행이라 해도 그게 너무 과해서는 안 되고, 그렇다고 지나치게 소박해도 심사위원들에게 결례가 될 수 있다. 예의에도 어긋나지 않고, 학생의 부담에도 적정한 선을 찾는 건 결코 만만한 일이 아니어서 잠시 고민을 하지 않을 수 없는 것이다.

사실 일정한 수입이 있는 학생은 심사위원을 포함한 예 닐곱 명에게 밥 한끼 사는 일이 그리 큰 부담이 아닐 수도 있다. 하지만 아직 부모에게 학비를 받아 공부하는 학생은 그 처지가 다르니 그런 사정을 고려하지 않을 수 없다. 게

다가 심사위원들의 식성이 제각각이니 그것을 맞추는 일도 쉽지는 않다. 그러기에 지도교수 입장에서는 어떻게 보면 별것도 아닌 이런 사소한 문제의 결정을 망설이지 않을 수 없는 것이다. 하기야 직장 동료나 가족들과의 회식 때에도 식당과 메뉴 선택에 적지 않은 고민을 하게 되는데, 여러 사람이 모인 논문 심사 후의 그런 걱정은 어쩌면 당연한 일인지도 모른다.

대학마다 다르고 또 같은 대학이라고 해도 학과에 따라 차이가 있기는 하지만, 학위논문 심사에 따른 절차와 관행은 오랜 시간에 걸쳐 형성되어 온 것이다. 그래서 누군가 갑자기 그것을 바꾸거나 어기는 건 쉬운 일이 아니다. 식사 대접 같은 게 바로 그렇다. 부정적으로 보면 대가성 향응 제공이라고 할 수도 있겠으나, 반대로 생각하면 자신의 논문을 읽고 가르침을 준 학계의 선배나 선생님에 대한 예의로서 아름다운 일일 수도 있지 않은가. 금전적 부담이 걸려 있는 일임에도 이런 관례가 별 거부감 없이 이어지고 있는 까닭이 이런 데에도 있을 것 같다.

물론 학생들은 심사용 논문을 제출할 때 소정의 심사료를 납부한다. 그러나 그 금액은 꽤 오래 전에 책정된 것이고, 실질적으로 심사를 담당한 사람에 대한 금전적 대가로는 턱없이 부족하다. 다른 사람이 쓴 논문을 읽고, 그 주제

선정의 적절성이나 전체 체제의 구성, 논리의 타당성 여부, 논거로 제시한 이론이나 인용의 정당성, 도출된 결론의 학문적 성과와 가치 판단 등을 종합적으로 살펴야 하는 심사 과정은 적지 않은 시간과 노력을 필요로 한다. 따라서 학생들을 교육하고 연구를 병행해야 하는 교수로서 바쁜 시간을 쪼개 논문 심사를 하는 일은 가급적 피하고 싶은 일이기도 하다.

이런 사정 때문에 대학가에는 일종의 묵계적인 관례가 조성되어 있다. 즉 내가 지도하는 학생의 논문을 심사해 주면, 다음에 그 심사위원이 지도하는 학생의 논문 심사를 맡아서 해 주는 일이다. 일종의 품앗이라고나 할까. 정신적 노동에 대한 처우에 상관없이 수많은 석사, 박사 논문들이 나올 수 있는 이유가 이런 데 있다고도 할 수 있다. 다 그런 것은 아니지만, 누구보다도 이런 정황을 잘 알고 있는 학생들이 멀리에서 오는 심사위원을 위해 교통비 정도의 사례를 하는 경우도 있기는 하다. 하지만 그것은 규정에 없는 비공식 예우에 불과하다. 공식적으로 그런 일은 엄연한 불법이다. 실제로 그런 문제가 법정으로 비화한 사례도 있다.

이공계나 의학계는 대체로 대학원생 논문 지도와 심사 과정 자체가 교수와의 공동 작업인 경우가 많지만, 인문 계통의 경우는 거개의 연구가 개별적 형태로 이루어지기 때문에 그 과정과 절차가 다를 수밖에 없다. 논문 작성에 따른 비용도 혼자 부담해야 하고, 동시에 심사위원들에게도 따로 신경을 쓰지 않을 수 없는 것이다. 이런 저런 사정을 생각하면, 학위논문을 지도하는 일은 교수가 담당해야 할 임무이기는 하나 가급적 피하고 싶은 일이기도 하다.

오늘은 내가 지도한 학생의 박사학위 청구 논문 심사가 있는 날이다. 박사 논문은 심사의 공정성을 위해 외부 인사 두 명 이상을 포함한 다섯 명이 심사하게 되어 있다. 대개 논문 주제와 관련된 다른 대학 교수 두 명과 학내 교수 세 명으로 심사위원회를 구성한다. 외부 대학 교수는 대체로 지도교수와 친분이 있는 사람이 오게 마련이다. 따라서 지도교수의 의향에 따라 논문의 통과 여부가 결정되는 게 보통이다. 즉 현저한 학문적 결격 사유가 없는 논문이라면 논문 심사 절차는 일종의 통과의례 성격을 갖기도 하는 것이다.

심사위원들이 개별적으로 논문에 대한 종합적 의견을 말하면서 제출자에게 필요한 내용을 구술로 확인했다. 그런 절차를 마친 후 심사 받는 사람을 내보낸 다음 심사 지속 여부를 상의한 결과 심사를 계속하기로 결정하였다. 흔치는 않지만 이 과정에서 논문 내용 보완을 이유로 심사가 중단되는 경우도 있다. 그러면 그 사람은 다음 학기로 넘어갈 수밖에 없다. 밖으로 나가 있던 학생을 불러 심사위원장이

초심初審의 결과를 요약해서 설명하고, 다음 심사 일정을 잡는 것으로 초심 절차가 끝났다. 위원장은 지도교수인 나에게 한 마디 하라고 발언권을 주었다. 의례적일 수도 있지만 진심을 담아 고마운 인사를 했다.

"부족한 논문을 읽어 주시고, 바쁜 시간임에도 멀리서 참석하여 좋은 지도 말씀을 해 주셔서 감사합니다. 농담 같은 진담이지만 지도교수는 심사장에서 죄인이나 다름없습니다. 더 세심히 지도해서 좋은 논문을 심사에 올렸어야 하는데, 그렇지 못해 좀 부끄럽습니다. 오늘 지적해 주신 내용들을 반영해서 논문을 수정하도록 남은 시간 안에 잘 지도하겠습니다. 다시 한 번 고마운 말씀 드립니다."

"이거 지도교수가 너무 저자세라 할 말이 있어도 못하겠군. 지도교수가 죄인이면 심사위원은 뭔가. 판검사라도 되는 건가, 허허."

"말이 그렇다는 얘기겠지. 논문 쓴 사람이야 얼마나 자부심이 크겠어? 잘 알지도 못하는 사람들이 허튼 소리 한다고 속으로 생각하지 않을까? 주부가 많은 시간을 들여 정성껏 만든 음식을 한 숟갈 떠먹고는 맛이 있네, 없네 하는 것과 똑같지."

"학생이 밥을 산다는데 어디로 가면 좋을까?"

"허, 이거, 심사 끝났다고 금세 말투가 바뀌네?"

"죄인 신세를 벗어났으니 당연하지."

"위원장이 결정해야 하는 거 아닌가?"

"심사가 끝나면 위원장은 끈 떨어진 뒤웅박 신세야."

"한 번 위원장은 영원한 위원장 아니고?"

"해병대도 아닌데 무슨, 심사장을 나서는 순간 지도교수가 도로 왕이지."

"우리야 여기 사정을 모르니 지도교수가 알아서 하시지."

"일식이나 중국 음식은 안 맞는 사람도 있을지 모르니 한정식으로 하면 어떨까?"

"좋지. 그게 무난하지."

"지도교수가 하자는 대로 해야지 뭐. 우린 절에 간 색시 아닌가?"

심사 받은 학생에게 조교와 상의하여 음식점을 예약하라 이르고, 심사위원들과 차를 마시면서 잠시 궁금했던 얘기들을 하며 기다리기로 했다. 미리 대비를 했던 모양인지 얼마 안 되어 바로 출발하자고 연락이 왔다. 심사 받은 학생의 동료 대학원생 서넛이 위로 겸 운전 봉사를 하겠다고 와 있어서 곧 그들의 차에 분승하여 출발했다.

음식점은 교외의 산기슭에 있었는데, 분위기가 꽤 아늑한 한옥이었다. 생긴 지 얼마 안 된 곳이라 나로서도 처음 와 보는 곳이었다. 전통을 살린 조경을 비롯해서 가옥 구조

전체가 차분한 느낌을 주었다. 괜히 비싸기만 한 집이 아닌가 걱정이 돼서 학생에게 슬쩍 물어보니 자기가 가르치는 학생의 부모가 운영하는 집이라 아무 걱정하지 않으셔도 된다고 했다.

방에 들어가 자리에 앉자 바로 음식이 나오기 시작했다. 주인이 어떻게 지시했는지 음식에 정성이 깃든 게 역력해 보였다. 음식 시중을 드는 여자들도 특별히 신경을 쓰는 눈치였다. 우선 술을 잔에 따라 일차 심사를 통과한 학생을 축하하는 건배를 했다. 그리고는 가벼운 농담을 섞은 덕담을 하며 밥을 먹기 시작했다.

나는 원래 체질에 맞지 않아 술을 마시지 않기 때문에 술잔을 주고받는 일을 거의 하지 않는다. 그저 분위기에 맞춰 술 마시는 사람들의 흥을 깨지 않을 정도로 마시는 시늉만 하는 게 보통이다. 그러나 오늘은 지도교수의 입장이 있기 때문에 심사위원들에게 한 잔씩 따라 주고, 빈 잔을 돌려받아 사이다를 채워 마시는 것으로 내 의무를 대신했다.

우리 방에서 시중을 들어주는 여인 둘은 미색 한복을 곱게 차려 입었는데, 얼핏 보니 나이가 많지도 또 적지도 않은 중년쯤으로 보였다. 흘깃 돌아본 그 얼굴은 엷은 화장 탓인지 수수하면서도 온화했다. 꾸밈없는 표정의 그 여인에게서는 문득 '먼 젊은 날의 뒤안길을 돌아 거울 앞에 선'

그런 인상이 은은하게 배어나오는 듯했다. 그 중의 한 여인은 처음 온 음식점이기에 당연히 초면임에도 왠지 낯설지 않다는 이상한 느낌이 들었다. 신경을 쓰지 않는 척하면서도 몇 번이나 다른 사람 눈치 채지 않게 그 여인의 얼굴을 훔쳐보며 기억을 더듬어 보았다. 그러나 실낱 같은 단서조차 전혀 떠오르는 게 없었다.

요즘은 건강을 생각하여 예전처럼 술들을 많이 마시지 않고, 또 웬만하면 차를 운전하는 일로 자제를 많이 해서 음주 풍속이 많이 바뀌었다. 특별한 경우가 아니면 억지로 권하거나 폭음을 하는 일도 많이 줄었다. 내가 20여 년 전 뒤늦게 대학원에 진학하여 논문 심사를 받을 때만 해도 심사 후의 술자리가 2, 3차까지 이어지는 게 상례였고, 술들도 엄청 많이 마셨다. 그러다 보면 종심終審이 이루어지기까지 네다섯 차례 심사를 받는 동안 들어가는 비용도 만만치 않았다. 내 월급만으로는 감당할 수 없어 빚을 지는 수밖에 없었다. 그러나 지금은 대개 1차 회식으로 끝나는 경우가 많고, 2차를 가도 친분에 따라 개별적으로 이루지는 게 상례였다. 시대가 바뀌고 세태가 변하면서 논문 심사 풍토도 많이 달라진 걸 실감하게 된다.

자리가 어느 정도 마무리될 즈음해서 나는 지갑을 꺼내 시중을 들어준 두 여인에게 수고비를 건넸다. 밥값이야 당연히 심사 받은 학생이 내겠지만, 그래도 이 자리의 호스트 역할은 내가 해야 할 것 같아서였다.

"소 교수님, 고맙습니다."

"아니, 나를 아세요? 나는 처음 오는 집인데?"

"교수님은 저를 모르시는 게 당연하지만 저는 교수님을 잘 알아요."

"아니, 어떻게?"

"설명하자면 사연이 길고 복잡해요."

연전에 나는 한동안 지역 방송국의 교양 프로 진행자로 일한 적이 있다. 그 일 이후 사람들이 모인 자리에서 간혹 엉뚱한 해프닝을 겪기도 했다. 별로 시청률이 높지도 않은 프로였고, 방송 시간대도 거의 사각지대에 가까웠지만, 방송의 위력은 대단해서 그것을 본 사람들이 의외로 적지 않았다. 그들 중의 일부는 방송에서 몇 차례 본 내 얼굴을 현실에서 만난 것으로 착각해서 내게 반갑게 인사를 걸어오기도 했다. 그들이 나를 알고 있으니 나도 당연히 그들을 알 것이라는 그런 행동에 나는 당혹할 수밖에 없었다. 그렇다고 전혀 모르는 사람을 반갑게 대할 수도 없고, 또 반갑게 인사를 해 오는 사람을 매몰차게 떨칠 수도 없어서 어정쩡하게 대응을 하는 것으로 어색한 자리를 때운 경우가 몇 차례 있었다. 아마 이 여자도 그런 류의 착각을 하고 있는 게 아닐까.

"두 사람, 이거 과거에 만리장성을 쌓았던 사이 아녀?"

"잊었던 옛 사랑을 다시 만난 건가?"

"두고 보자니 눈꼴사나워 못 봐 주겠네. 연애를 하려면 몰래 할 것이지, 대 놓고 자랑질하는 거야, 뭐야?"

"소 교수처럼 얌전한 양반도 월궁항아를 만나니 정신을 못 차리는 모양이야."

"아, 늦바람에 머리털 세는 줄 모른다는 말도 있잖은가. 그게 더 무섭지."

옆에 앉은 사람들이 이런저런 우스갯소리를 했지만 내 머리 속엔 온통 그 여자가 말한, 사연이 복잡하고 길다는 내용이 과연 무엇일까, 그런 궁금증만이 가득했다.

대학으로 오기 전에 나는 시골의 고등학교 교사로 근무했었다. 당시 4년차 교사였던 나는 대학원 진학을 준비하며 교직 생활에 별 의욕이 없던 상태였다.

고등학교 다닐 때 내 꿈은 소설가가 되는 일이었다. 그러나 집안 형편이 어려워 내 뜻과는 달리 지방의 국립사범대학으로 진학해야 했다. 그 대학 졸업생들은 재학 중 받은 학비 면제의 대가로 4년 간 의무적으로 교직에 복무해야 했던 시절이었다. 대학을 졸업하자 곧 고향의 중학교로 발령이 났다. 거기서 햇병아리 교사 생활을 3년 하고 도교육청의 장학사에게 호소해서 고등학교 교사로 전보가 되었다. 변변한 집 한 칸조차 없던 집안은 내가 받는 보수로 비로소 약간의 경제적 안정을 유지할 수 있었다. 그렇게 근근이 연로한 부모님을 부양해야 하는 처지였음에도, 나는 내 능력과 포부를 썩히고 있다는 불만을 억누를 수 없었다. 젊은 객기에 나는 그 직업을 천직이라고 생각해 본 적이 한 번도 없었다. 그저 잠시 생활의 방편으로 삼고 있다는 생각뿐이었다.

부모님은 내 결혼을 서두르고, 군대 문제도 해결이 안 돼 골치 아프고, 나보다 못했던 고등학교나 대학의 친구들이 많은 보수를 받는 직장에 근무하는 데 대한 자존심 손상도 크고, 원래 튼튼하지 못했던 몸도 가끔씩 고장을 일으키고, 그런 와중에 내가 가르치는 학생들은 공부와는 담을 쌓다시피 한 아이들이 많았으니 이래저래 불만이 클 수밖에 없었다. 탈출구를 찾기 위해 매일 이런저런 모색을 했다. 영어 신문을 구독하며 영어 공부를 하고, 새벽 시간에 방송되는 라디오를 통해 불어 공부를 했다. 전공 서적을 구해 밤늦게까지 읽으며 전공 공부도 열심히 했다. 서울에 있는 대학의 교수님에게 서신을 보내 대학원 공부를 하고 싶다고 조언을 구하기도 했다. 시골 교사로 썩지 않기 위해 하루 내게 오는 외부 우편물이 최소 3통 이상은 되게 해야 한다는 이상한 결심을 불교신문이나 미국에서 나오는 주간 잡지의 구독 등으로 실천하기도 했다.

당시 그 고등학교는 신설 종합고등학교에서 인문계로 전환하는 과정이라 교육과정 운영이 매우 복잡했다. 학년별로 상과, 보통과, 인문계, 남녀 공학에 문과, 이과 구분이 되다 보니 학년 당 세 학급의 학교는 학급별로 같은 교재를 가지고 공부하는 학생들이 얼마 되지 않을 정도였다. 나는 서로 다른 과목을 5개나 담당해야 했고, 야간에도 수업을 해야 했다. 한 번 교재 연구를 하면 한 학급 수업으로 끝났고, 수업 시간도 주당 서른 시간이 훨씬 넘었다.

반면 학생들은 비교적 순박했다. 개중에는 신임 교사보다 나이가 많은 늦깎이 학생도 있었고, 이웃 고등학교에서 문제를 일으켜 권고 전학을 온 학생도 많았다. 또 인근 고등학교에 전학 자리가 생기면 수시로 학생들이 빠져 나가기도 했다. 내가 담임했던 1학년 남학생 반은 3월 초에 60명이 넘었었는데, 2학기가 되니 20여 명이 빠져 나간 상태가 되었다. 그러나 학교 소재지 인근의 토박이 학생들은 집에서 기른 옥수수나 감자 등을 스스럼없이 교사에게 가져올 정도로 수수하고 푸근한 인정을 보여 주었다. 그러나 그런 학생들 틈에 끼어 내 젊음을 소진하고 있다는 생각은 늘 나를 불편하게 만들었다.

지금은 승진 점수 등으로 상황이 달라졌지만, 당시 그 학교는 도내의 가장 오지에 위치하고 있는 고등학교로 젊은 교사들은 농담처럼 여기서 나가기만 하면 어느 학교로 가든 곧 영전이라는 말을 입에 달고 살았다. 따라서 그 학교 교사들은 대체로 새로운 일을 찾아 열심히 하기보다는 그저 있는 동안 큰 사고 없이 지내다가 때가 되어 나가면 그만이라는 생각들을 하는 경우가 많았다.

외부와의 소통이 원활하지 못했던 그 시기에 텔레비전은 특별세를 내야 하는 사치품에 속했다. 개인 가정에 텔레비전 수상기가 있는 집은 매우 드물던 때라 높이 세운 안테나는 부잣집의 상징이기도 했다. 그래서 차 한 잔에 마음껏 텔레비전을 시청할 수 있는 다방은 꽤 호황을 누리기도 했다. 인기 드라마가 방영되는 시간이나 프로 권투, 레슬링 경기가 있는 날이면 단골손님에게 좋은 자리를 미리 확보하여 제공하는 게 큰 특혜였다. 구하기 어려운 고급 담배를 구비해 놓고 단골에게만 제공하는 것도 최고 서비스의 하나였다.

신록이 아우성을 치며 아름다운 자태를 뽐내고, 논밭의 곡식들이 어여쁜 꽃을 피우던 어느 초여름 밤이었다. 저녁을 먹고 나서 모처럼 머리도 식힐 겸 길에 나섰다가 창호지에 비치는 등불처럼 아련한 네온사인으로 자신의 이름을 밝히며 얌전하게 앉아 있는 다방으로 들어갔다. 어쩌면 이모 다방이라는 그 정겨운 이름에 더 발길이 끌렸는지도 모른다. 손님은 아무도 없고 텔레비전 수상기에서는 군인 복장을 한 배우들이 나오는 무슨 프로그램이 방영되고 있었다.

일부러 구석자리로 가 앉자 젊은 아가씨가 다가왔다. 첫 인상에 이런 데 오래 있지 않은 듯 순진하고 맑은 티가 묻어났다.

"뭘로 드시겠어요?"

"인삼차 주세요."

그때 나는 위와 십이지장에 궤양 증세가 있어서 의사가 커피나 홍차, 청량음료 같은 것을 절대 먹지 말라고 하던 때였다. 그 아가씨가 주저주저하며 망설이다가 조심스럽게 청했다.

"저, 커피 한 잔 마시면 안 돼요?"

"그러세요."

다방을 운영하는 입장에서는 레지라고 불리는 종업원이 혼자 온 손님과 차를 같이 마셔야 매상이 오르고, 그런 것을 잘 해야 유능한 종업원이 될 것이기에 그런 일은 하나도 이상할 것이 없었다. 그 대신이랄까, 아가씨는 손님 옆자리에 앉아 차를 마시며 말 상대가 되어 주는 것으로 보상을 하는 게 상례였다.

인삼차와 커피를 가지고 온 아가씨가 내 옆자리에 앉았다. 젊은 총각 교사와 앳돼 보이는 다방 아가씨가 나란히 앉았으나 처음 만난 사이라 별로 할 얘기가 없었다. 그래도 어색한 침묵을 깨는 것은 남자의 책임이라고 느껴져 이런 경우 으레 하는 질문으로 말문을 열었다.

"성이 뭐예요?"

"김 양이예요."

"어디 있다 왔어요?"

"전라도 쪽에 있었어요."

"이런 데 오래 있었나요?"

"아뇨. 얼마 안 돼요."

흔히 다방에서 일하는 여자는 다 헤프고 난잡한 생활을 하는 것으로 생각하기 쉽다. 그게 그 세계의 일반적인 풍토이기도 했다. 하지만 그런 곳에서도 예외는 있게 마련이다. 개중에는 뭇 남성들의 거친 언사와 막가는 행동을 눈물로 참아 넘기며, 힘겹게 번 돈으로 부모님을 건사하거나 동생들의 학비를 대는 여자들도 있었다. 이 여자는 어느 쪽에 속할까. 이상하게도 첫눈에 되바라지거나 헤픈 생활을 할 사람으로 보이지는 않았다. 오해일지는 모르나 뭔가 피치 못할 사정으로 이런 일에 종사하는 것처럼 보였다.

그러나 처음 만난 남자에게 자신의 부끄럽고 아픈 얘기를 쉽게 털어놓을 여자는 없을 것이다. 또 손님들의 동정심을 사기 위해, 혹은 창피하고 고통스러운 과거를 숨기기 위해 거짓으로 꾸며 말하는 경우도 적지 않을 것이다. 하지만 그 아가씨가 설사 꾸며서 얘기를 한다 해도 그걸 탓하거나 비난할 일도 아니고, 또 그럴 필요도 없었다. 오다가다 만난 사람 사이에 신뢰가 무슨 필요가 있고, 진실이 왜 문제가 되어야 하는가. 그저 잠시 같이 있는 동안 서로 기분 상하지 않고, 서운하고 미안한 일 없으면 충분한 것 아닌가.

"무슨 일 하세요?"

"무엇하는 사람으로 보여요?"

나는 대답 대신 되레 반문을 했다. 아가씨는 다시 한 번 내 얼굴을 슬쩍 돌아보았다. 하루에도 많은 사람을 대하다 보니 이런 일을 하는 사람들은 손님의 행색이나 말투만 보아도 한눈에 상대방의 직업이나 정체를 쉽게 알 수 있을 터였다.

"글쎄요, 혹시 공무원 아니세요?"

그 아가씨의 눈은 정확했다. 아니면 내 차림새나 어투에 이미 나도 잘 모르는 그런 냄새가 배어 있었거나.

"틀렸어요. 장사해요, 장사꾼예요."

"에이, 아닌 것 같은데…"

"정말이라니까."

"무슨 장사 하시는데요?"

"말 장사."

그것은 거짓이면서 동시에 사실이기도 했다. 당시 교사들은 흔히 자신의 직업을 말할 때, 말로 벌어먹고 산다고 해서 '말 장사'라는 말을 자주 사용했다. 상대편이 그 말의 이중성을 잘 파악하지 못하면 자신의 직업이 감추어지는 효과가 있었다. 그때만 해도 교직은 별로 매력적이지 못했다. 경제 개발과 산업화가 급속히 진행되면서 웬만한 인재들은 대우가 좋은 기업체로 몰려갔고, 남아 있는 교사들은 괜한 자괴심에 젖기도 하던 시절이었기 때문이다.

그 뒤로 가끔 시간이 나면 그 다방에 가서 차를 마셨다. 그 아가씨는 내가 가면 스스럼없이 내 옆에 앉아 다정하게 대해 주었다. 어떤 때는 내가 입고 간 옷매무새를 바로잡아 주기도 했고, 다른 손님이 없을 때면 내 어깨에 살며시 머리를 기대고 일이 힘들어 피곤하다고 말하기도 했다. 텔레비전 프로그램에 집중하다 보면 나도 모르는 사이에 내 손이 그 아가씨의 손 안에 들어가 있기도 했다. 자기 손은 크고 미운데 내 손은 작고 손가락이 가늘어 부럽다고도 했다.

하지만 그 아가씨에게 특별한 감정이 있는 것은 아니었다. 그 여자는 나에 대해 어떻게 생각했는지 모르겠으나,

내 입장에서야 시골구석에 처박혀 푹푹 썩어가는 무료함에 작은 변화를 던져준 그야말로 파한破閑 정도에 지나지 않았다. 더구나 몇 번 만나는 사이에 그 아가씨는 내가 고등학교 선생이라는 것을 알아버려서 더욱 행동을 조심해야 했다. 좁은 동네에 학생과 학부모의 시선이 가득하기 때문에 조금이라도 불미스러운 소문이 나면 금세 몇 배로 과장되어 퍼질 게 뻔했다.

여름방학을 앞둔 후텁지근한 어느 날 저녁, 딴에는 조심한다고 20여 일 동안 안 갔던 다방에 갔더니 그 아가씨가 원망과 애틋함이 담긴 눈길로 나를 반겼다. 나와 엇비슷하게 들어온 다른 손님에게 대충 주문을 받아 서둘러 찻잔을 날라다주고는 바로 내 자리로 왔다.

"그 동안 왜 안 왔어요?"

"바쁜 일이 좀 있어서…"

나는 우물쭈물 대답을 흐렸다. 바빴다는 것은 빤한 거짓말이었지만 그렇다고 아가씨와 불미스러운 소문이 날까 무서워 못 왔다고 곧이곧대로 말할 수는 없는 일이었다.

"나 보고 싶지 않았어요? 나는 많이 보고 싶었는데…"

"나도 보고 싶었지."

거짓으로라도 그렇게 말해 주어야 했다. 여자들은 거짓말인 줄 알면서도 남자들의 사랑한다는 말을 듣기 좋아한다지 않은가. 또한 나도 젊은 나이였기에 여자에 대해 전혀 무관심할 수만은 없었다. 나에 대해 관심을 보이는 여자, 그것도 나의 내성적인 성격과는 달리 약간 적극적으로 나오는 여자에 대해 어찌 도인道人처럼 무심할 수만 있겠는가.

그 날 저녁 그 아가씨와 나는 다른 날에 비해 많은 이야기를 나누었다. 한여름 저녁에 칙칙한 다방에 들어와 노닥거릴 사람이 없어서인가 꽤 오래 새로 들어오는 손님이 없었다. 주방장을 겸하는 마담도 손님 없는 계산대를 지킬 필요가 없다고 생각했는지 자리를 비웠다. 아마 주방과 붙어 있는 방으로 쉬러 들어간 모양이다. 다방 안에는 우리 둘밖에 없었다. 우리는 자질구레하고 시시콜콜한 이야기를 재미있게 하고 또 들었다. 역시 이야기 내용이 중요한 게 아니라 이야기 나누는 사람이 훨씬 더 비중이 큰 것 같았다. 두어 시간이 금세 지나간 것처럼 짧게 느껴졌다.

그날 저녁의 가장 인상적인 기억은 그 아가씨가 자신의 진짜 성과 이름을 내게 말해준 것이었다. 이런 직업을 가지면서 김 양이라는 호칭을 줄곧 사용해 왔으나 자신의 진짜 성은 고가라고 했다. 그 말을 듣자니 황석영의 「삼포 가는 길」이라는 단편에서 술집 작부 백화가 영달과 헤어지며 자신의 진짜 이름은 점례라고 말해 주는 장면이 떠오르기도 했다. 그 아가씨는 무슨 생각으로 내게 자신의 진짜 성과 이름을 말해 주었을까.

내가 하숙집으로 돌아오려고 일어서자 그 아가씨는 아쉬움이 담긴 눈길로 나를 따라 나섰다. 다방 바로 앞에는 손님을 기다리며 서 있는 작은 택시 주차장이 있고, 그 마당을 지나면 촐촐 소리를 내며 흐르는 개울이 있었다. 개울가에 잠시 서 있는데 아가씨가 착 잠긴 목소리로 말했다.

"나, 며칠 있으면, 여기 떠나요."

"그래? 어디로 가는데?"

"아직 정확한 거는 몰라요. 우리 신세에 별 수 있나요? 가라는 곳으로 가야죠."

그 시절에는 손님 유치를 위해 다방 종업원을 두세 달 단위로 바꾸는 게 보통이었다. 선금을 받아썼거나 빚이 있으면 자신의 뜻과 상관없이 일하는 곳이 달라질 수도 있었다.

"떠나기 전에, 나랑, 어디 하루쯤, 놀러 갔다 오면, 안 될까…?"

그 아가씨가 참고 참았던 숨을 내뱉듯이 반딧불이가 흐릿하게 비대칭 원을 그리는 개울 위쪽을 바라보며 나지막한 토막말을 바람처럼 흘렸다. 분명 즉흥적으로 생각해서 하는 말은 아닌 것 같았다. 오래 생각하고 고민한 끝에 하는 말임이 그 어투에 묻어 있었다. 그런데 그 말을 듣는 순간 나는 엄청난 충격을 받았다. 태어나서 여자에게 그런 말을 들은 게 처음일 뿐 아니라 남자와 여자가 단 둘이 놀러

간다는 사실 자체가 무엇을 의미하는지 충분히 알고 있었기 때문이었다. 물론 그 아가씨는 그런 생각 없이 순수한 마음으로 말한 것일 수도 있었다. 그러나 당시 나는 결혼 전이었고, 또 여자와 잠자리를 한 번도 가져본 적 없었기에 그게 두렵기도 하고, 무섭기도 하고, 불안하기도 했다. 그래서 그 물음에 어떤 대답도 해 주지 못했다. 혹시 나를 올가미에 묶으려는 수작은 아닐까. 혹은 그 달콤한 유혹이 나를 파멸로 이끌지는 않을까. 그런 생각이 순간적으로 얽혀들면서 어떤 결정도 내리기 어려워서였다.

아가씨는 당혹해 하는 나를 눈치 챘는지, 내 손을 잡았던 손에 힘을 주어 꼬옥 쥐었다가 놓고는 애잔한 발걸음으로 몇 걸음 옮겨 바로 다방 안으로 들어갔다. 내게 즉답을 듣지 못한 민망함이 그 뒤꿈치에 끈적끈적 묻어나는 것 같았다. 아마도 다방에 드나드는 대부분의 남자들이 어떻게 해서든 자신과 하룻밤을 보내기 위해 감언이설과 강제성까지 동원하는 게 보통일 것인데, 거꾸로 자신이 제의한 그런 기회를 선뜻 받아들이지 못하는 내가 이해하기 어려웠을지도 모른다.

그 다음 날 이후 나는 그 다방 근처에도 가지 않았다. 며칠 후 교무실로 나를 찾는 그 아가씨의 전화가 왔지만 나는 핑계를 대고 받지 않았다. 그 아가씨는 그렇게 떠나갔고 잊혀졌다. 그리고 지금까지 한 번도 만난 적 없을뿐더러 기억 속에서도 가물가물한 여자가 되었다. 특별한 경우가 아니라면 지금쯤 어디에서 손자를 돌보며 사는 초로의 할머니가 되어 있을 것이다. 그리고 나 같은 못난 남자는 일찍이 그 기억 속에서 말끔하게 지워져 버렸을 것이다.

지금 돌이켜 생각해 보면 그 아가씨의 진심을 받아 주지 못한 게 미안하기만 하다. 그 아가씨는 전혀 의도하지 않고 말했는데, 생뚱맞게 잠자리를 상상하며 지레 겁을 먹은 사실이나, 진실한 마음을 무슨 추잡한 음모나 저의쯤으로 오해했다면 그 얼마나 가소롭고 미안한 일인가. 그 애절한 소원을 받아들여 어디 조용한 데 가서 객지에서 고생하는 얘기도 들어 주고, 힘들고 지친 마음을 위로해 줄 수도 있는 일 아닌가. 지금쯤이라면 딴 의심 없이 능히 그러고도 남을 것이다. 다만 그런 여자가 있을 리 없는 게 노경에 접어든 지금의 내 현실이다.

며칠 후 나는 혼자 조용히 그 음식집을 찾아갔다. 그 동안 여러 상상과 추측을 하며 아무리 머리를 짜 내어 보아도 그 여자와 관련된 아무 꼬투리조차 잡히지 않아 번민하다가 일단 한번 부딪쳐 보자는 심산으로 찾아간 것이다. 도대체 나와 무슨 관련이 있는 여자일까. 어쩌면 그것은 일과성

해프닝에 불과한 가벼운 일일 수도 있었다. 그렇지만 왠지 낯설지 않다는 그 느낌은 나를 붙들고 놓아 주지 않았다. 내가 살아온 기억을 아무리 되짚고 또 되짚어 샅샅이 뒤적거려 보아도 어떤 실마리조차 잡히지 않았지만, 그 여자의 말투나 느낌으로는 분명 무엇인가 있을 것만 같았다.

내가 며칠간 반추하며 고심한 끝에 일말의 가능성으로 떠올린 것은 예전 이모다방의 고 양뿐이었다. 그게 내 인생의 여자와 관련된 유일한 추억의 하나이자 동시에 전부였다. 믿기지 않을 이야기지만 내 생애에서 아내를 빼고 나면 그 여자 말고 어떤 여자와도 애틋한 관계를 가져 본 적이 없다. 그러나 그 사실을 도저히 인정할 수 없는 것은 여자의 나이였다. 분명 당시 고 양은 나와 엇비슷한 나이였는데, 그렇다면 지금의 이 여자와는 결코 동일인일 수가 없는 것이다. 그런 일은 불가능에 가까운 일이었다. 그렇다면 이 여자는 무엇인가. 도대체 어떤 인연을 가진 누구란 말인가.

주인에게 특별히 부탁하여 잠시 말미를 얻게 한 후, 2인분의 음식을 주문하여 그 여자와 마주 앉았다.

"제가 누구인가 무척이나 궁금하셨나 봐요?"

"전혀 모르는 초면의 사람이 나를 잘 안다고 하니 궁금하지 않은 게 오히려 이상하지요. 더구나 사연이 길고 복잡하다니 내가 기억 못하는 무슨 죄를 지은 게 있나 싶기도 하고요."

"죄라니요? 무슨 그런 말씀을요. 그리고 말씀 편하게 하셔도 돼요. 나이로 보나 제 언니로 보나 전 한참 아래이니까요."

"언니라고요?"

"예, 제게 엄마 같은 언니가 하나 있어요."

"그럼, 그 언니가 혹시…?"

"예, 그 언니와 저는 너무 많이 닮아서 우리 둘을 잘 아는 사람들도 간혹 착각할 때가 많아요."

"그럼 내가 댁과 언니를 착각하고 있다는 얘긴가?"

"제가 낯설지 않았다면 아마 그래서일 거예요."

"그런데 댁은 나를 잘 안다고 했잖소?"

"교수님께서는 저를 모르시는 게 당연하겠지만 저는 교수님을 잘 알아요. 물론 자주 만나서 아는 것과는 다르지만요."

"어떻게 그런 일이…?"

"그래서 사연이 복잡하고 길다고 했잖아요? 말씀드릴까요?"

"그 얘길 듣고 싶어 온 거니까…"

"아무리 궁금하셔도 좀 드세요. 음식 다 식겠네요."

"그럽시다. 같이 드세요. 주인에게는 내가 잘 말해 놓았으니 딴 걱정은 마시고."

여자가 내게 해 준 이야기는 작은 충격이었다. 이미 짐작한 대로 여자의 언니는 예전 젊은 시절 다방에서 만났던 그고 양이 맞았다. 고 양은 4남매의 맏이였다고 한다. 일찍 남편을 여읜 홀어머니를 대신해서 고등학교 중퇴 이후 실질적인 가장 역할을 해야 했다. 공장 직공, 버스 차장, 다방 종업원 등을 전전하며 어렵게 돈을 벌어 동생들의 뒷바라지를 했다. 그 덕분에 여동생은 고등학교까지 공부를 했고, 남동생 둘은 대학까지 마칠 수 있었다. 지금은 모두 결혼을 하여 나름대로 잘 살고 있는데, 정작 본인은 동생들 때문에 혼기를 놓쳐 결혼도 하지 못한 채 스님이 되어 혼자 살고 있다고 했다.

"언니가 스님이 되었다고?"

"예, 언니를 생각하면 늘 마음이 짠해요."

"어쩌다가?"

"깊은 내막이야 알 수 없지요. 저한테도 그런 얘기는 잘 안 하니까요."

"연락은 자주 하나요?"

"제가 복이 없어서 몇 해 전에 남편이 사고로 먼저 세상을 떠났어요. 애들 하고 먹고 살 길이 없어 이런 일을 하면서는 연락을 잘 못해요. 언니는 아직 제가 이런 데서 일하는 것을 몰라요."

"저런, 어쩌다 그리 됐는지는 모르겠지만, 참 안 됐군요."

"괜찮아요. 이미 지난 일이고, 또 제가 감당해야 할 일이니까요."

잠시 대화가 끊기고 어색한 침묵이 흘렀다. 음식을 먹는 일도 중단되었다. 내가 보내는 처연한 눈길이 좀 부담스러웠던지 여자가 화제를 돌렸다.

"괜히 저 때문에 분위기가 이상해졌네요. 제가 교수님을 어떻게 알게 됐는지 궁금하다고 하셨죠? 그 얘기를 해 드릴게요."

"좀 미안하긴 하지만, 들어봅시다."

"오빠 둘이 공부를 하는 동안 언니는 참 억척스럽게 일을 했어요. 오빠들도 언니의 그런 희생적인 뒷바라지를 잘 알기에 휴학과 복학을 반복하며 막일과 아르바이트로 고학하다시피 공부를 했지요. 버티기가 어려워서 중간에 군대를 다녀오기도 했고요. 그 와중에 몸이 아픈데도 제대로 된 치료 한 번 받지 못한 엄마가 세상을 떠났어요. 전 어린 나이에도 오빠들이 너무 염치없는 것 아닌가 하는 생각을 했어요. 어른이 되어서도 언니의 도움을 받는 오빠들이 원망스럽기도 했지요. 하지만 언니는 조금도 내색하거나 누구를 원망하지 않았어요. 엄마처럼 우리 동생 셋에게 더 잘해 주지 못하는 걸 늘 미안해하기만 했어요. 오빠들의 등록금을 줄 때도 혹시 부담스러워할까봐 몰래 통장에 넣어주곤 했고요. 오빠들은 근근이 대학을 졸업하고, 변변치는 않지만 직장을 얻어 좀 안정이 되었어요. 그렇게 되면 언니의 고생이 끝날 줄 알았는데 그게 아니더라고요. 결혼을 하고 가정이 생기게 되자 달라지는 거예요. 마음은 있지만 실천이 안 되는 일이 많잖아요? 오빠들이 저를 챙길 수가 없으니 자연히 제 공부 뒤치다꺼리도 언니 몫이 되었지요. 제가 고등학교를 졸업할 무렵 언니는 대학에 가라고 강권하다시피 했지만 저는 진학을 포기했어요. 더 이상 언니에게 짐을 지우는 게 너무 미안하고 염치없는 일 같았어요. 제가 작은 회사의 경리 보는 일로 취업이 되어서야 언니의 가장 역할이 비로소 끝난 거죠."

"거 참, 남이 듣기에는 인생극장 같은 얘기지만 당사자들이야 얼마나 마음고생이 심했겠소? 뭐라 할 말이 없군요."

"부끄럽고 죄송해요. 다른 사람에게 제 집안 얘기를 처음해 보는 것 같아요. 남편에게도 자세하게는 얘기하지 않았었거든요."

"솔직하게 말해줘서 고맙소. 그래 그 뒤로 어떻게 됐소?"

"호호호, 교수님은 제 얘긴 관심 없으시죠? 너무 언니만 생각하시는 거 아닌가요?"

"그렇게 보였다면 미안하오. 사람이 나이를 먹으면 주책이 없어지는 모양이야."

"별 말씀을요, 저 때문에 여기 오신 게 아니고 언니 때문에 오신 거잖아요?"

"그렇기는 하지만…"

"신경 쓰실 거 없어요. 나머지 얘기를 해 드릴게요."

"괜히 미안해지는군."

"제 결혼식이 있기 전 날 밤이었어요. 그 날 언니와 저는 같은 이불을 덮고 참 많은 얘기를 나눴어요. 그 동안 미안하고 고마웠던 일, 또 하기 어려웠던 모든 얘기를 다 털어놓고, 울기도 하고 웃기도 했지요. 무엇보다 견디기 힘들었던 건 우리 동생 셋이 모두 짝을 찾아 가정을 이루었는데, 언니는 아직 혼자라는 것이었어요. 서로 의지하고 살던 저까지 시집을 가고 나면 언니는 어떻게 될까, 그게 가슴을 짓누르는 거예요. 언니를 생각하면 제 결혼이 마치 무슨 죄를 짓는 일 같기도 했어요. 그래서 조심스럽게, 늦기는 했지만 이제라도 좋은 사람을 만나 가정을 이루는 걸 보고 싶다고 진심으로 권했죠. 그랬더니 너희들이 행복하게 사는 걸 보는 것만으로도 충분하다며 쓸쓸하게 웃는 거예요. 그런데 여자들의 직감 같은 거 있잖아요? 그 쓸쓸한 웃음 뒤에 뭔가 숨겨져 있는 것만 같았어요. 정색을 하고 일어나 캐물었지요. 혹시 마음에 두고 있는 누군가 있는 거 아니냐고요. 당연히 극구 부인을 하는데, 너무 강하게 부인하는 게 오히려 이상했어요. 전 언니가 마음에 둔 남자가 있다는 걸 기정사실화하고, 언니가 직접 하기 곤란하면 제가 무슨 역할이든지 하겠다고 적극적으로 나섰지요. 제 태도에 당황했던지, 아니면 그 날 분위기에 취했던지 언니는 그제야 마음에 숨겨 두었던 얘기를 꺼내더라고요. 오늘 이후 다시는 꺼내지도 말고 덮어 두어야 한다는 다짐과 함께였지요. 젊은 시절 시골 다방에서 일할 때 잠깐 스치듯 만났던 남자가 있다고, 지금은 찾을 수도 없고, 찾아서도 안 되는 사람이라고, 자기와는 인연이 거기까지였고, 죽을 때까지 가슴에만 담아 두어야 할 사람이라고 했어요. 전 그런 바보 같은 생각이 어디 있냐고, 그 사람 이름을 당장 말하라고 다그쳤죠. 언니는 긴 한숨과 함께 다 지나간 일이니 더 이상 얘기 말라고 매정하게 자르고는 입을 다물었어요."

"허, 어찌 그런 기막힌 일이…"

나는 머리를 세게 얻어맞은 것처럼 아무 생각이 나지 않았다. 살아오면서 다른 사람에게 했던 가벼운 말 한 마디나 행동 하나가 상대에게 큰 상처가 될 수도 있고, 또 오래 기억에 남을 수도 있다는 사실에 새삼 가슴이 먹먹해졌다.

"놀라셨죠? 죄송하지만 저도 나이를 먹다 보니, 세상에는 다른 사람이 이해 못할 일도 많다는 걸 가끔씩 느끼곤 해요."

"그렇지요, 세상을 산다는 게 단순한 일이 아니니까."

"그 뒷얘기가 궁금하시죠? 교수님은 온통 그 생각만 하시고 계신 것 같아요, 호호호."

"늙은이 마음을 읽어 줘서 고맙소. 역시 여자는 무서운 동물이야."

"동물이라니요? 그러시면 얘기 안 할 거예요."

"아, 미안, 미안하오, 내가 실수를 했소. 사과하리다."

"호호, 아녜요. 그냥 해 본 농담이고요. 그 날 언니를 조르고 졸라 교수님 성함 석 자를 간신히 알아냈어요. 언니에겐 말 안 했지만 도대체 어떻게 생긴 사람이기에 언니를 평생 묶어두었는가, 꼭 찾아내서 확인하고 싶었어요. 언니는 교수님을 안개 같은 남자라고 했어요. 눈앞에 분명히 존재하지만 손으로 잡을 수 없는 사람, 아무리 움켜 붙잡아도 아무것도 잡히는 것이 없는, 그런 안개 같은 사람이 바로 교수님이라고 했어요. 그러면서 그 이후 음식점이나 주점의 마담으로 일하며 무수한 남자들을 만났지만 교수님 같은 남자는 한 번도 본 적이 없다고 했어요."

"안개 같은 사람이라…, 난 도저히 그 이유를 모르겠는데?"

"그건 저도 마찬가지예요. 언니가 왜 그렇게 생각했는지 저도 궁금해요."

"그래 그 뒤로 어떻게 되었소?"

"제가 결혼하고 나면 언니는 어떻게 할 거냐고 물었죠.

언니는 오래 전부터 생각한 거라면서 돈을 좀 더 모으게 되면 조용한 곳에 암자를 하나 짓고 출가하여 스님이 되겠다고 했어요. 언니의 인생이 가엾기도 하고 불쌍하기도 해서 절대 그리 해서는 안 된다고 했더니, 이제 너희들이 다 자리를 잡았으니 내 역할은 끝났고 지금부터는 내 인생을 살겠다고, 누가 말린다고 해서 생각을 바꾸지도 않을 테니 더 이상 말하지 말라고 했어요. 그러더니 정말 몇 년 후 머리를 깎고 비구니 스님이 되었어요. 오빠와 저는 참담한 심정이었지만 언니는 더할 수 없이 행복한 얼굴이었어요."

"그래 지금은 어디에서 어떻게 살고 있소?"

"왜요? 찾아가시게요?"

"아니, 내게도 일말의 책임은 있는 거 같고, 또 알아 두기는 해야 할 거 같아서…"

"속세를 떠난 분이라 저희들이 찾아가도 반기지 않아요. 아마 교수님도 그럴 걸요."

"그럴까…, 하긴 승과 속의 인연이 다르니 그럴지도 모르겠군."

"전 언니에게 들은 교수님 성함을 잊을 수가 없었어요. 그래서 이리저리 알아보았지요. 같은 이름을 가진 분도 여럿이더라고요. 그러다가 그 중의 한 분인 대학에 계신 교수님을 알게 되었고, 앞뒤로 맞춰보니 거의 틀림이 없더라고요.

방송에 나온 교수님을 보고 얼굴도 알게 되었고요. 언니에게 알릴까 말까 망설이기만 하다가 결국은 못했어요. 괜히 쓸데없는 일 했다고 핀잔이나 듣게 될 게 뻔했으니까요."

"길을 가다가 옷깃만 스쳐도 전생에 깊은 인연이 있어서라는데, 댁과 언니는 정말 전생에 나와 큰 인연이 있었던 사이인가 봅니다."

"정말 그런가 봐요. 전 교수님이 절 찾아오실 줄은 꿈에도 생각 못했어요. 음식점에서 만난 하찮은 여자 말을 잊지 않고 찾아 주셔서 고마워요. 덕분에 저도 가슴에 담아 두었던 오래 묵은 숙제를 해낸 거 같아서 기분이 후련하네요."

"본의와는 상관이 없는 일이지만 결과적으로 내가 두 분 자매 인생에 죄를 지은 거 같아 마음이 무겁군. 말로 갚아지는 건 아니겠지만 진심으로 미안한 마음이오."

"천만에요. 그런 생각 절대 하지 마세요. 저 아니었으면 아무 일도 없이 그냥 잊히고 흘러갔을 일이지요. 괜히 제가 나서서 교수님 마음을 어지럽게 한 꼴이 되어 죄송해요."

"아니오. 오히려 고맙소. 본인도 기억 못하는 예전 일을 일깨워 그걸 다시 되돌아보게 해 줬으니 감사한 일이지."

"언니가 계신 암자 이름을 알고 싶지 않으세요?"

"글쎄, 아까까지는 알고 싶고, 찾아가 만나보고도 싶었는데, 지금 다시 생각해 보니 굳이 그럴 필요가 있을까 싶네.

그게 우리의 인연이라면 그냥 그렇게 묻어두는 게 옳겠지."

"꼭 찾고 안 찾고 미리 정할 일은 아니잖아요? 갈 수도 있고, 안 갈 수도 있고…. 주제넘은 말 같지만 그렇게 생각하는 게 더 마음 편하실 거 같아요."

"댁의 말이 맞는 것 같소. 그렇게 계산적으로만 살아서는 안 되지."

"언니가 있는 암자 밑에는 작은 저수지가 있어요. 그래서 그런지 제가 갔을 때마다 잔잔한 안개가 암자를 푹 감싸고 있었어요. 암자 이름은 무향사예요. 흔한 이름은 아니죠. 왜 그런 이름을 붙였는지는 저도 몰라요."

"무향사라, 없을 무자, 향기 향자를 쓰겠군?"

"아녜요. 없을 무자가 아니라 안개 무자라고 했어요."

"안개 무자를 쓰는 무향사라, 거, 절 이름치곤 묘하네."

"깊은 뜻이 있겠죠. 자식 이름 짓는 부모 마음처럼 절 이름을 지을 때도 많이 생각해서 지었을 테니까요. 전 절 이름을 생각할 때마다 안개 같은 남자라고 했던 언니 말이 떠오르곤 해요. 제 짐작일 뿐이니 마음에는 두지 마세요."

우리는 한 동안 아무 말도 없이 각자 깊은 생각에 잠겼다. 내 마음의 호수에 던져진 돌멩이처럼 여자와 주고받은 말들이 작은 파문을 일으키며 널리 퍼져 나갔다. 그 물결은 오래도록 가라앉지 않고 계속 찰랑거렸다. 한참만에야 겨우 진정을 하고 일어섰다.

"오늘 여러 가지로 고맙소. 내, 시간이 나면 종종 들르리다."

나는 여자와 인사를 나누고 밖으로 나왔다. 여자가 밖에까지 따라 나와 허리를 굽혀 공손히 인사를 했다. 나는 예전 다방 앞의 개울가에서 고양에게 했던 것처럼, 따뜻한 마음을 담아 가볍게 여자의 손을 잡아 다른 손으로 덮어 쥐는 식으로 답례를 하고 차에 올랐다.

저녁 무렵 강에서 스멀스멀 피어올랐던 안개가 밤이 되자 서서히 가라앉으며 지상의 사물에 안착하고 있었다. 차 앞 유리에 다닥다닥 내려앉은 자디잔 안개 알갱이들이 시야를 뿌옇게 가렸다. 운전을 하려면 와이퍼를 작동시켜 안개를 씻어내야 함에도 나는 그냥 도로 위로 차를 진입시켰다. 이 안개야 쉽게 씻어낼 수 있다 해도 그보다 짙은 우리 삶의 유리에 낀 안개는 어쩔 것인가. 안개 향기의 실체가 어떤 것인지는 알 수 없다. 지금은 그냥 아무 생각 없이 그 향기에 한 번 흠뻑 취해보고만 싶은 밤이다.

무딘 헤드라이트 불빛이 힘겹게 안개를 가른다.

새벽의 코스모스

지금은 그 이름이 사라진 모 기관의 고참 수사 요원 김선단의 이야기다.

　당시 그는 몇 달 동안 밤낮없이 매달렸던 일을 매듭짓고 나서 모처럼 휴가를 얻었다. 그 휴가를 어떻게 사용할까 고민하다가 혼자만의 여행을 가기로 했다. 평소 수행하는 업무가 고도의 보안을 필요로 하는 일이고, 또 절대로 신분이 공개되어서는 안 되기 때문에 그는 사생활에서도 이런저런 제약을 많이 받아 왔다. 따라서 남의 시선을 의식하지 않고 자기만의 자유로운 시간을 갖는다는 것은 매우 부러워했던 그의 꿈이기도 했다.

　이번 휴가는 미리 계획되었던 것이 아니었기에 다른 가족들과는 일정이 맞지 않았다. 본의는 아니었으나 결과적으로는 며칠 동안 그야말로 완전한 자유를 얻은 셈이었다. 그런데 그 자유가 발목을 잡았다. 늘 위에서 시키는 대로, 주어진 임무만 수행해 오던 타성에 젖어서일까. 어디로, 어떤 목적의 여행을 가야 할지 쉽게 결정이 안 되었다. 사전 계획 없이 무작정 떠나 발길 닿는 대로 돌아다니며 아무것도 하지 않고 쉬다가 돌아올까, 아니면 특정 지역의 역사나 문화를 집중적으로 공부해 볼까, 그도 아니면 아름다운 명승지의 풍광 속에서 지친 몸과 마음을 달래면서 새로운 에너지를 충전해 볼까. 그는 마치 어린이들이 장난감 집을 지었다 부쉈다 하는 것처럼 여러 생각 속을 헤매며 고심을 거듭했다. 그러다가 최종적으로 최근에 새로 관심을 갖기 시작한 고사목 공예 원목을 구할 겸해서 사람들이 별로 가지 않는 산을 골라 등산을 가자는 쪽으로 귀결되었다. 통상 이런 목적의 산행은 동호인들과 함께 하는 게 일반적인데, 평일 근무 시간에 그와 동행할 사람을 구하기는 어려웠다.

결국 그는 원목 채취에 필요한 도구들과 사나흘 등산에 필요한 장비를 챙겨 혼자 새벽 첫 버스에 올랐다. 어쩌면 원목 채취는 부차적인 목적이고 가장 중요한 것은 혼자만의 자유로운 시간을 마음껏 즐기는 데 있었다. 그래서 차를 운전하고 가려던 처음 생각을 바꾸어 좀 불편하긴 하겠지만 버스를 이용하기로 했다. 가을의 풍취와 더불어 느긋한 여행을 제대로 즐기자면 낯선 사람들과 어울릴 수 있는 버스가 더 낫겠다는 판단 때문이기도 했다.

도심을 벗어나 두어 시간쯤 달리자 버스 창 밖으로 펼쳐지는 풍경이 그의 눈길을 사로잡았다. 추수가 끝나가는 들판의 황량함, 울긋불긋 변해가는 먼 산의 나뭇잎들, 김장밭 근처에서 피어오르는 아련한 안개, 길 가에 늘어서 있는 마른 풀과 한창 피어나는 가을꽃들, 그런 것들을 바라보며 오래 잊고 있던 비슷한 정경의 고향도 떠올려보고, 어린 시절의 아름답고 즐거웠던 추억을 되새겨 보기도 했다.

학교 다닐 때나 어렸을 때 탔던 버스는 늘 만원이었다. 발디딜 틈도 없이 사람들이 빼곡하여 몸이 허공에 떠 있을 때도 있었다. 차장은 버스가 설 때마다 그런 곳에 자꾸 사람들을 구겨 넣듯 밀어붙여 숨을 쉬기도 어려울 지경이었다.

그러나 요즘 대부분의 노선버스는 텅텅 빈 채 운행하는 게 보통이었다. 그가 지금 타고 있는 버스도 승객이 얼마 되지 않았다. 그들 대부분은 띄엄띄엄 2인용 좌석에 혼자 앉아 있고, 그마저 주위 사람들 신경 쓰지 않고 스마트폰을 들여다보거나 눈을 감고 있었다. 낯선 사람들과 옆자리에 앉아 세상 살아가는 이야기를 나누어 보겠다는 생각은 애초부터 잘못된 상상인지도 몰랐다. 그렇다고 생면부지의 사람들에게 억지로 말을 붙일 수도 없는 일이었다. 그러나 달리 보면 오히려 그런 무관심이 이번 혼자만의 등산 여행에 더 잘 어울리는 일이라는 생각도 들었다. 그래서 그 역시 버스의 적당한 흔들림을 자장가 삼아 엷은 잠에 빠져 들었다.

그가 눈을 떴을 때 버스는 목적지인 소도시 터미널에 도착해 있었다. 그가 한 번도 와 보지 않았던 서름서름한 도시였다. 그는 버스에서 내려 바로 옆에 있는 시내버스 정류장으로 갔다. 인터넷 검색은 물론 이 지방 근처 도시에서 근무하고 있는 고등학교 동창인 이 검사에게 전화로 물어 확인까지 했지만 초행의 산을 찾아가는 일은 만만치 않았다. 더구나 그 산이 등산객들이 자주 찾는 유명한 곳이 아니어서 버스표를 파는 직원도 잘 알지 못했다. 이 사람 저 사람에게 물어 겨우 타고 갈 버스를 찾을 수 있었다. 그러나 하루 두 번밖에 운행하지 않는 그 버스 출발 시각은 한참 뒤였다. 어쩔 수 없이 근처를 배회하며 이것저것 구경을 하다가 식당에 들어가 점심을 먹고 다시 정류장으로 와서 버스를 탔다.

군청의 보조를 받아 적자노선을 운행하는 미니버스에는 농산물을 판매하거나 생필품 구입, 또는 병원이나 약국에 다녀오는 것 같은 노인 몇 명이 타고 있었다. 그들은 모두 같은 마을에 살거나 인근 동네 사람들이라 가족처럼 얘기들을 나누고 있었다. 장소만 다를 뿐 마을 정자나무 아래 모여 한담을 하는 것과 다름없어 보였다.

그들 사이에 낀 그는 그야말로 개밥의 도토리 신세였다. 아무도 그에게 눈길조차 주지 않을 뿐 아니라 아예 길가에

뒹굴고 있는 돌덩이처럼 취급했다. 그는 빈자리에 앉아 노인들의 자질구레한 이야기를 귓전으로 흘리며 어색한 분위기를 달래기 위해 누구에게 말을 걸어볼까 앞뒤를 둘러보았다. 우선 궁금한 것은 이 버스가 과연 자신이 가고자 하는 산 쪽으로 가는 게 맞는가 하는 것이었다. 그러나 모두자신들 얘기에 열중하여 말을 건넬 틈을 잡기가 어려웠다. 눈치만 살피다가 질문도 못했는데 버스는 출입문을 닫음과동시에 출발하여 도로로 나섰다.

그때 아주머니 하나가 짐을 머리에 인 채 빠른 걸음으로 다가와 닫힌 버스 문을 탕탕 쳤다. 운전기사는 흔히 있는 일이라는 듯 길 복판에 급히 차를 멈추고 문을 열어 주었다. 버스에 오른 아주머니는 누구에게랄 것 없이 고맙다고 인사를 했다. 기사나 승객 모두 아는 얼굴인 듯 이런저런 인사말을 한참이나 주고받았다. 그렇게 급한 숨을 어느정도 고른 아주머니는 그의 앞자리에 앉았다. 앉기 전에 낯선 이방인인 생경한 얼굴의 그를 흘깃흘깃 바라보았다. 그는 그게 고마워 얼른 하고 싶던 질문을 던졌다. 아주머니는산 이름을 묻는 그를 의아한 눈초리로 바라보다가 맞기는한데 거기는 왜 가느냐고 되물었다. 그는 그제야 안심이 되어 요즘 건강 때문에 등산들 많이 다니지 않느냐고 웃음 반으로 친근감을 표현했다.

종점에서 차를 내린 그는 시내 나가는 막차 시각을 다시 확인하고, 같이 차를 타고 온 사람들과 눈인사를 나눈 후 산을 오르기 시작했다. 이곳 토박이인 이 검사의 말처럼 산의 중간 위쪽은 바위가 많았지만, 아래쪽은 칡덩굴과 잡목, 사람 키 높이로 자란 풀이 뒤엉켜 길을 찾기가 어려웠다. 요새는 시골 사람들도 산소 벌초 때나 산을 찾지 평상시에는 발걸음을 하지 않아 예전 산길은 거의 사라져 버렸다. 그는 배낭에서 긴 칼을 꺼내 눈앞을 가리는 풀과 나뭇가지를 쳐 내며 어렵게 전진했다. 마치 정글 같은 원시의 땅에 길을 새로 만들며 탐험하는 것 같은 기분이 들기도 했다.

조심은 했으나 억센 가시덤불에 얼굴과 손등을 몇 번 긁히기도 했고, 미처 피하지 못한 물 먹은 거미줄과 끈적끈적한 땀까지 겹쳐 얼굴은 온통 엉망이 되었다. 그렇게 힘든 과정을 거쳐 풀숲을 지나 산의 중턱쯤에 이르자 그 동안의 고생을 상쇄하고도 남을 멋진 풍경이 눈앞에 펼쳐졌다. 거기는 눈앞을 가리는 장애물도 없었고, 탁 트인 시야 안에 야트막한 산과 넓은 벌판이 가득 펼쳐 있었다. 한참이나 그 시원한 풍광을 즐기며 숨을 고르고 난 그는 바위 사이를 뒤지며 죽은 지 오래된 나무 등걸을 찾기 시작했다. 그러나 마음에 드는 나무는 쉽게 발견되지 않았다. 막차 시각을 가늠하면서 바위를 오르락내리락했지만 고작 두어 개를 채취했을 뿐이었다. 그것마저 썩 마음에 내키는 것은 아니었다. 고생한 소득치고는 너무 초라했다. 그러나 첫술에 배부를 수는 없는 일이고, 이제 어느 정도 익숙해진 곳이니 내일 다시 올라와 보기로 하고 차 시각에 맞춰 산을 내려왔다.

읍내에 나와 여관을 잡고 땀에 젖은 몸을 씻어낸 뒤 잠깐 침대에 누워 쉰다는 게 그만 깜빡 잠이 들고 말았다. 얼마나 잤을까. 누군가 거칠게 문을 두드리는 소리에 잠에서 깨어났다. 창 밖은 어느새 어둠이 내려 컴컴했다.

"누구요?"

"경찰입니다. 문 좀 여세요."

간첩이 난무하던 시대에나 있던 임검 같은 게 요새도 남아 있나. 귀찮았으나 그 자신이 공직에 있는 몸이니 특별한 사유 없이 거부할 수도 없는 일이었다. 그는 내키지 않는 표정으로 문을 열어 주었다. 두 사내가 방으로 쳐들어오듯 재빠른 몸짓으로 들어서면서 그를 제압하려는 자세로 둘러막았다. 그들은 그 말고 다른 사람이 없는지, 무기를 들고 반항을 할 태도는 아닌지, 방안을 휙 돌아보며 순간적으로 상황을 파악한 다음 속옷 차림의 그 혼자 있는 걸 확인하고는 그제야 약간 긴장을 늦추었다. 그들은 형식적으로 어느 경찰서 아무개 형사라고 신분을 우물우물 밝힌 후 침대 옆에 놓인 그의 배낭을 끌어다 열어 젖혔다. 작은 톱, 등산용

도끼, 망치 겸 곡괭이, 다용도 칼 같은 게 그들의 손에 끌려 나왔다. 신문지에 꼭꼭 싼 바위 사이에서 어렵게 캐낸 키 작은 구부러진 나무 등걸 두 개도 그들이 한 끝을 잡고 홀홀 터는 바람에 방바닥에 나뒹굴었다.

"당신, 뭐하는 사람이야?"

그는 직감적으로 이들이 누군가의 신고를 받고 용의자 수색 차원에서 나온 것임을 알 수 있었다. 정확하게 신분을 밝히지 않으면 이들의 의심을 풀기 힘들고, 그렇게 되면 수모와 함께 큰 봉변을 당할 수도 있다는 걸 그 자신이 잘 알았다. 그러나 아무리 같은 국가 기관에서 일하는 사람들이라 해도 이들에게 함부로 자신의 신분을 밝힐 수는 없었다. 그가 일하는 기관의 특성상 어디에서든 자신의 신분을 드러내는 게 금기로 되어 있었다. 그걸 어겼을 경우 일정 수준의 문책이 뒤따랐다. 더구나 이번 일은 공무가 아니라 순전히 사적인 용무로 온 것이기에 신분을 밝히기가 더 어려웠다. 한두 마디 해명과 신분증 제시로 이 곤경을 금세 벗어날 수도 있었지만, 그런 개인적 편의를 위해 직업적 관행과 규율을 어길 수는 없었다. 그는 신분증이 없다고 버텼고, 그 실랑이는 그를 더욱 의심하게 만드는 빌미로 작용했다.

그들은 경찰서까지의 임의 동행을 요구했다. 그는 어쩔 수 없이 그들이 꺼내 놓았던 물건들을 주섬주섬 챙겨 배낭을 정리해 어깨에 메고 따라나섰다. 신분증 제시 불응에, 보기에 따라 흉기(?)까지 소지한 데다 관청의 허가 없이 나무 등걸을 채취한 것만도 충분히 죄가 될 수 있는 물증이었기에 그들의 요구는 거부할 수가 없는 일이었다. 몇 번이나 이 검사를 팔아볼까 하는 생각이 입술을 맴돌았으나 이런 사적인 일에 그를 개입시키고 싶지도 않았고, 또 나름대로 열심히 일하는 사람들에게 권위주의적인 특혜를 휘두르고 싶지도 않았기 때문이었다.

경찰서에 와서 취조를 받으면서 그는 자신이 단순하게 수상한 사람 차원에서 조사를 받는 게 아니라 어떤 강력 사건의 용의자로 지목되고 있음을 알게 되었다. 그렇다면 이건 보통 문제가 아니었다. 나중에 알게 된 일이지만, 얼마 전에 그가 오늘 갔던 산 근처에서 엽기적인 강간치사 사건이 일어났는데, 수사관들 일부는 범행 장소 근처에 잠복하며 정보를 탐지하고 있었던 모양이다. 범인은 반드시 범행 장소에 나타난다는 법언法諺에 따라 그들은 정보망을 펼쳐놓고 대기 중이었는데, 마침 그가 유력한 용의자로 제보되었던 것 같았다. 그러고 보니 아까 시내버스에서 그에게 보내진 시선들이 단지 낯선 사람을 바라보는 그런 것이 아니었던 것 같기도 했고, 산 이름을 확인하고자 질문했을 때 아주머니가 유심히 그를 살펴보았던 것도 다 이유가 있었던 것 같기도 했다.

그는 갈수록 더욱 난감해졌다. 그 자신의 수사 경험이나 객관적인 잣대로 보았을 때 그를 유력한 용의자로 취급하는 형사들의 태도는 충분이 납득이 가는 일이었다. 신분이 불확실하고, 범행 도구로 의심되는 흉기를 소지하고 있고, 범행 장소를 배회했다는 사실만으로도 혐의는 충분했다. 그들은 범행 장소에서 채취해온 신발 자국이나 다른 물증들을 그가 소지하고 있는 것들과 대조하기도 하고, 그의 거주지와 신분을 추궁하기도 하고, 범행이 일어났던 즈음의 알리바이를 대라고 윽박지르기도 했다. 하지만 이 모든 일은 신분을 밝히기 전에 어느 하나도 해명될 수 없는 일이었다.

답답했다. 신분을 밝히지 못하고 이들에게 견디기 힘든 수모를 당하고 있는 것이 마치 운동을 오래 한 격투기 선수가 한참 아래 동네 조무래기들에게 사정없이 두들겨 맞고 있는 것 같기도 했다. 그는 견디다 못해 취조하는 형사에게 한 가지 제의를 했다. 당신에게는 밝히기 어려운 사정이 있으니 서장을 만나게 해 주면 모든 게 금방 해결될 수 있을 것이라고 했다. 그런데 그 말은 금세 역효과로 돌아왔다. 비교적 고분고분하게 수사를 하던 그는 그 말에 당장이라도 주먹과 발길질이 날아올 태도로 돌변했다. 그것은 그가 담당했던 수사 때도 마찬가지였다. 취조 받는 사람이 견디기 어려울 때 종종 높은 사람의 이름을 대며 위기를 모면하려고 하는 경우가 있었다. 그럴 때 대개 수사관들은 주눅이 들기는커녕 더 심한 취조를 하는 게 상례였다. 서장을 만나 은밀히 신분을 밝혀 사태를 해결하려는 그의 진심까지도 무산되면서 그는 밤늦게까지 그들에게 시달려야 했다.

쉬이 해결되기 어려운 실랑이가 이어졌다. 마침내 지치고 짜증난 그들이 그를 유치장으로 밀어 넣었다가 날이 밝은 후 다시 수사하려 할 즈음, 그는 항복하는 심정으로 이 검사의 이름을 꺼냈다. 믿지 않는 그들에게 거듭 사정하여 압수당했던 전화기를 돌려받아 전화를 걸었다. 잠자리에 들었다가 황급히 달려 나온 이 검사의 얼굴을 보고, 또 무어라고 몇 마디 설명하는 그에 관한 이야기를 듣고 나서야 그들은 황공한 얼굴로 그를 풀어 주었다.

경찰서 앞마당에 부옇게 밝아오는 여명을 받으며 서 있는 철 지난 코스모스 몇 그루가 그를 전송했다. 그 중에 한 포기는 목이 부러져 고개를 푹 숙인 채 찬 이슬을 맞고 추연히 서 있었다. 흔히 날아가는 새도 떨어뜨린다는 무섭고 두려운 권력기관의 베테랑 수사 요원, 그 막강한 권력과 직책도 한낱 시골 경찰서 형사들에게 여지없이 무너질 수 있으니, 새벽의 그 코스모스 같지 않은 권력과 부귀영화가 이 세상에 어디 있으랴.

짧은 소설

되돌아온 편지
무서운 대화
대동강서림 할아버지

되돌아온 편지

"여보, 이것 좀 봐요, 글쎄, 큰일 났어요."

"아니, 뭘 가지고 그리 호들갑이야? 점잖지 못하게."

"다은이에게 이런 편지가 왔다니까요."

"무슨 편진데?"

"연애편지 같아요. 한참 공부해야 할 아이가 이게 무슨 일이래요?"

"고2쯤 되면 그런 편지 받을 만도 하지 뭘 그래? 옛날 같으면 그 나이에 시집도 갔겠다."

"어이구, 지금이 옛날이에요? 지금 그런 데 정신 팔려 있다간 대학 가긴 다 틀려먹는다고요."

"그런데, 아이에게 온 편지는 왜 뜯어보고 그래? 교양 없게시리."

"당신은 학교 선생이 돼 가지고 아이들에게 왜 그리 관심이 없어요? 남의 애들만 잘 가르치고 제 아이들은 아무렇게 돼도 괜찮다는 건가요?"

"그 아이도 하나의 인격체야. 당신의 소유물이나 애완동물이 아니라니까."

"어이구, 저 공자님, 저러니까 애가 그 모양이지."

"그나저나 편지를 보낸 녀석이 누구야? 당신 알만한 애야?"

"궁금하시면 읽어보시구려. 혹시 알우? 옛날 당신 첫사랑이었던 금숙인가 하는 여자에게 보낸 편지처럼 구구절절이 가슴 저리는 내용인지."

"에이, 그 얘긴 왜 또 꺼내고 그래? 다 젊은 시절에 한 번씩 지나가는 홍역을 가지고."

"그래서, 그 편지 초안을 몇 십 년 동안이나 그리 고이 보관했던 말예요?"

"어험, 젊은 시절 연애편지를 쓰는 건 여러 모로 좋아요. 문장력 늘어나지, 독서량 많아지지, 나쁜 데 신경 쓸 시간 유용하게 쓰게 되지, 결과적으로 인격 수양에까지 도움이 된다니까."

"아주 연애편지 예찬론자가 되셨군요."

"요즘 애들은 글을 안 쓸려고 해서 큰일이야. 다들 휴대폰 하나씩은 가지고 있으니까 전부 그걸로 해결해 버려. 그러니까 연애를 해도 가슴 졸이며 그리워하고, 인내하며 기다리는 아픔을 참지 못하지. 그저 만나자마자 손잡을 정도로 가까워지고, 조금만 맘에 안 들면 바로 헤어져 버리는 게 다반사야. 만나는 것도 노예팅이니, 신데렐라팅이니, 피보기팅이니 해서 야만적으로 만나고, 기분 내키면 그 자리에서 갈 데까지 가고, 싫다 싶으면 금방 돌아서고, 그렇게 인스턴트식 사랑이 판을 치고 있는 세상이야."

"세상이야 어떻든 이건 바로 우리 애 문제라니까요."

"그래도 요즘 세상에 이렇게 긴 편지를 쓸 수 있는 녀석이라면 일단은 괜찮은 놈이라고 봐야겠지."

"갈수록 태산이네. 그럼 우리 애하고 이 녀석이 연애하게 도와라도 줄 작정예요?"

"어디 한번 읽어나 보자고."

편지를 읽다가 그는 가슴이 뜨끔 하는 전율을 느꼈다. 어디선가 많이 본 듯한 익숙한 표현이 줄줄이 이어지고 있었기 때문이었다. 아내가 눈치 채지 못하도록 표정을 감추어 가며 끝까지 읽고 난 그는 맨 끝에 쓰여 있는 이름을 유심히 보았다. 왠지 낯설지 않은 이름이었다.

편지 내용으로 미루어 볼 때, 학원에서 처음 본 뒤로 딸아이와는 아직까지 말도 한번 붙여 보지 못한 사이지만, 그 표현으로만 봐서는 대단한 사랑에 빠져 있었다. 열 장이 넘는 손 글씨 편지는 정성스런 필체로 여성에 대한 신비감과, 사랑에 대한 나름대로의 철학, 상대방을 향한 끝없는 흠모와 열정으로 마지막 생명까지 다 바칠 수 있다는 비장한 각오에 이르기까지 온통 뜨거움으로 가득 차 흘러넘치고 있었다.

다음날 학교에 출근할 때까지 그는 편지 내용과 그 이름에 대해 골똘히 생각해 봤지만 뚜렷한 단서는 잡히지 않았다. 출근해서도 종일 그 생각이 오락가락하여 근무도 제대로 되지 않았다. 그러다가 7교시 수업에 들어가 출석을 부르는데 느닷없이 한 아이의 이름이 딱 이마를 때렸다. 바로 그 이름이었다. 아, 그래서 낯설지가 않았었구나.

수업이 끝난 후 그 아이를 상담실로 불렀다. 이런 저런 얘기 끝에 슬그머니 좋아하는 여자 아이 없느냐고 물어 보았다. 고개를 숙인 그 아이는 얼굴만 붉히고 아무 말도 못했다. 너희들 나이에 여자에게 관심이 있는 건 너무도 당연한 일이라며 안심을 시키자 그제야 고개를 끄덕이며 머리를 들었다. 요즘 고등학생들의 이성 교제에 관한 현실을 한참 얘기하고 나서 여자에게 편지를 쓴 일이 있느냐고 물었다. 조그만 소리로 그렇다고 대답을 했다. 차마 네가 편지를 쓴 상대 여자아이가 내 딸이라는 말은 못하고, 편지를 얼마나 어떻게 썼느냐고 다시 물었다. 한참을 망설이던 아이는, 엄마가 가족들 몰래 보관하고 있던 수십 통의 편지를 몰래 꺼내 베꼈노라고 부끄러운 표정으로 털어놓았다.

"그래? 혹시 네 엄마 이름이 허금숙 아니니?"

"아니, 선생님이 어떻게 제 엄마를 아세요?"

얼굴을 못 들고, 붙잡혀 온 죄인처럼 풀이 죽어 있던 아이는 화들짝 놀라 눈을 동그랗게 뜨고 그를 바라보았다. 그 아이의 엄마는 바로 그의 첫사랑이었던 것이다.

무서운 대화

"안녕. 넌 어디서 왔니?"

"반가워, 난 저 먼 별에서 왔어."

"무슨 별?"

"이름을 말해도 넌 모를 거야."

"그런 별이 있어? 얼마나 떨어져 있는데?"

"지구로부터 약 천오백 광년쯤 떨어진 곳이야."

"광년이란 게 뭔데?"

"사람들이 아주 빠른 걸 나타낼 때 사용하는 빛의 속도라는 게 있는데, 1초에 약 30만 킬로미터를 이동하는 속도를 말하지. 그 속도로 1년을 이동하면 그 거리가 약 9조 4천 6백만 킬로미터가 되는데, 그걸 1광년이라고 해."

"전혀 실감이 안 나네."

"아마 그럴 거야, 알기 쉽게 예를 들어보면, 태양에서 이

지구까지 빛의 속도로 온다면 대략 8분 20초 정도 걸리지."

"와, 그 속도로 천 오백년을 왔다는 거야? 상상이 안 되네."

"고작 백년 정도 사는 인간의 머리로 우주의 시간을 따지는 건 난해할 수밖에 없지."

"천오백 광년이라, 그럼 넌 그 별에서 천오백 년 전에 출발했겠네?"

"그렇지. 그때 출발해서 한 번도 멈추지 않고 지금까지 온 거야."

"근데, 그렇게 먼 여기까지 무엇 때문에 온 거야?"

"아무 이유 없어. 심심하고 또 궁금해서 그냥 떠나 본 거야."

"단지 호기심 때문에 그 먼 거리를 고생하며 왔다는 얘기야?"

"그렇고말고. 꼭 무슨 이유가 있어야 오고가는 건 아니니까."

"난 도무지 이해가 안 가는 얘기네."

"그럼 내가 하나 물어 볼게, 넌 왜 이 세상에 태어났는데? 꼭 그럴만한 이유가 있었나?"

"사람이 무슨 이유가 있어서 자기 의지로 태어나는 건 아니지. 어쩌다 보니까, 내가 있고, 세상이 있다는 걸 알게 되는 거 아닐까?"

"그래 바로 그거야, 나도 어쩌다 보니까 이곳으로 오게 되었고, 어쩌다 보니 그걸 알게 되었지."

"뭔 소린지 조금 알 것 같기도 하고, 전혀 알 수 없는 얘기 같기도 하네."

"그거 모른다고 무슨 문제가 되는 거 아니니까 고민할 거 없어."

"그런데 네가 거기를 떠날 때 이 지구에서 무슨 일이 있었는지 알아?"

"서양에서는 동로마제국과 페르시아의 전쟁이 일어나고, 중국에서는 남북조 시대의 혼란이 계속되고, 한반도에서는 삼국이 세력을 다투던 때였지."

"지금 우리가 앉아 얘기하는 여기 공주에서는 무슨 일이 있었어?"

"고구려에 패해 한성에서 이곳으로 천도한 후 왕 두 분이 연이어 일찍 돌아가시고, 나라를 다시 일으켜 세운 왕이 또 부하에게 살해되고, 그 뒤를 마흔 살 된 사마라는 분이 이어받는 그런 일이 있었지."

"맞아, 그 분에게 나중에 무령이라는 시호를 올렸지."

"그게 천오백 년 전 얘기야. 당시 사마왕은 중국에 신하를 보내 고구려를 여러 차례 격파하고 나라를 다시 강하게 만들었다고 선언했지."

"그러고 보니 천오백이라는 숫자가 좀 묘하네, 같은 숫자인데도 네가 달려온 천오백 년은 거리이고, 내가 얘기하는 천오백 년은 시간이란 게 너무 신기하잖아?"

"우주에는 그런 신기한 일이 엄청 많아."

"그런데, 참, 넌 이제 어떻게 되는 거야?"

"다시 되돌아가야 되는데, 그 별이 천 년 전에 폭발해서 없어져 버렸어."

"그래? 그럼, 난 지금 없어진 별을 보고 있는 거야?"

"그렇지, 없는 걸 보고 있는 셈이지."

"없는 게 있는 것처럼 보이는 거네?"

"맞아. 시간 차이일 뿐이지. 시간을 빼고 보면 있는 것과 없는 것은 아무 차이도 없고 다를 것도 없어."

"갈수록 알쏭달쏭하네."

"그게 바로 유한한 자들의 한계야. 알고 있다고 착각하지만 그들은 절대로 영원이나 무한의 실체를 알 수 없어."

"그럼, 네 말은 결국 있는 것과 없는 것이 같다는 거야?"

"당연하지. 살아 있는 것이나 죽는 것도 마찬가지고."

"무섭다, 무서워. 너무 무서운 얘기야."

대동강서림 할아버지

한 교수의 유일한 취미는 고서점을 순례하며 책을 구경하는 일이다. 강의가 없는 날, 그는 단골 서점을 훑고 다니곤한다. 먼지를 뒤집어쓰고 처박혀 있는 책을 뒤적여 희귀한 전공 관련 책이나 그가 평생 사 모으고 있는 초판본 시집을 찾아낼 때면 그는 아직도 가슴이 콩닥콩닥 뛸 때가 많다.

한 교수가 가끔 들르는 서점 중에 대동강서림이란 데가 있다. 귀가 좀 어두운 할아버지가 그 서점 주인인데, 처음 이 책방에 왔을 때의 강렬한 인상이 그 후 가끔 그의 발길을 이쪽으로 이끌곤 했다. 대개의 고서점이 그렇듯 이 책방도 철 지난 잡지, 출판된 지 오래된 사전, 읽지도 않고 고물로 판 전집류, 그리고 중고생 자습서나 참고서 등이 서가를 가득 메우고 있었다. 고물상에서 폐지로 수집한 뭉치에서 추려낸 케케묵은 책들은 아예 정리도 되지 않은 채 끈에 묶여 쌓여 있기도 했다. 한 교수는 그 사이에서 의외로 쓸 만한 몇 권의 책을 골라냈다.

"이거 모두 얼마 드리면 되죠?"

"뭐라고? 내 귀가 잘 안 들려."

"이거, 얼마, 드리냐, 고요!"

그는 말을 끊어 크게 소리를 질렀다. 귀가 약간 어둡다 해도 의사소통에 문제될 것은 없는지 할아버지는 곧 그 말을 알아들었다. 그런데 돌아온 대답이 좀 뜻밖이었다.

"내고 싶은 만큼 내고 가져 가."

좀 난감했다. 구입할 사람보고 값을 정해 내라니? 이런 경우는 처음이었다. 가뭄에 콩 나듯 하는 손님들이래야 대부분 중고교 학생일 것이고, 나 같은 손님은 주인에게 매우 드문 고객일 터였다. 값을 좀 많이 불러 돈을 받아야 가게 운영이 될 거 아닌가. 그는 다른 가게의 예를 참조하여 후하게 값을 매겨 할아버지 손에 쥐어주고 나왔다. 아마도 소일 삼아 하는 일이고, 또 값을 따질 만큼 책 내용에 대해 잘 알지 못한 까닭이 아닐까 싶었다.

그 뒤 몇 번 더 그 서점에 갔다. 그때마다 용케도 그가 원하는 책이 몇 권씩 우연처럼 손에 쥐어졌다. 특히 구하기 쉽지 않은 초판본 시집도 몇 권이나 살 수 있었다. 여전히 책값은 한 교수가 매겨 지불했다.

어느 날인가 그 서점에 들렀다가 빈손으로 나오려 할 때 할아버지가 쭈뼛거리며 책을 한 권 내밀었다. "대동강"이 란 표제의 시집이었다. 시인의 이름은 낯설었다. 1970년대 발행된 초판본이었다. 할아버지는 그 동안 내가 주로 사 갔던 책의 내용을 기억하고 있는 것 같았다. 귀가하여 그 시 집은 펼쳐보지도 않고 그냥 헌 책 더미 위에 던져두었다.

몇 달 뒤 광복절 휴일 날, 남들은 피서다, 휴가다 도시를 떠나기 바쁜데, 한 교수는 불현듯 생각이 나서 대동강서림 을 찾았다. 그런데 서점 문이 닫혀 있었다. 약속한 일이 아 니니 누구를 탓할 수도 없었다. 혹시나 해서 옆집 가게로 들어가 물어 보았다.

"혹시 옆집 책방 할아버지 연락처 아세요?"

"그 할아버지, 돌아가셨어요."

"아니, 언제요?"

"한 달쯤 됐나?"

"그 할아버지에 대해 좀 아세요?"

"이웃과 왕래가 없어서 잘은 몰라요. 이건 주워들은 얘긴 데요. 이북에서 월남하신 분으로 북에 두고 온 가족을 생각 하며 평생 혼자 사셨대요. 1970년대 무슨 시집을 한 권 냈 다가 보안법 위반으로 징역살이도 했대요. 그래서 더욱 숨 어살다시피 했나 봐요."

한 교수는 주먹으로 이마를 한 대 맞은 것처럼 머리가 띵했다. 시집 "대동강". 그리고 대동강서림이라는 책방 이름. 할아버지는 분단의 희생자이자 시인이었던 것이다.

그 날 한 교수는 집에 돌아와 내던져 두었던 시집을 꺼내 눈시울을 적시며 단숨에 다 읽었다. 잊혔던 한 시인이 다시 태어나는 순간이었다.

작품 해설

평등을 위한 기억의 현상학

박수연(문학평론가)

　조동길의 소설집 『안개 향기』의 단편들 대부분에서 독자들이 공통적으로 읽게 되는 것은 불가피한 사건들과 시간들 속에서 맺힌 마음의 실타래가 밝고 아득하게 풀려가는 결말부의 문장들이다. 다음은 위안부로 끌려갔던 언니를 평생 마음의 돌덩이로 얹고 살았던 할머니 이야기의 결말부분이다.

　　활짝 핀 봄꽃들이 가득하다. 만발한 꽃들은 잘 말린 빨래처럼 세상을 반짝이고 상큼하게 한다. 그 환한 꽃 속으로 끝이 안 보이는 길이 나 있다. 코끝을 시원하게 하는 은은한 향기도 흘러넘친다. 그 길로 두 노인이 걸어간다. 한 사람이 앞장을 서고, 또 한 사람은 몇 걸음 뒤처져 따라간다. 뒤따라가는 사람은 뒷모습으로 보아 분명 할머니다. 앞서 가선 사람이 멈춰 서서 뒤를 돌아본다. 할머니 얼굴과 똑같다. 그 얼굴이 갑자기 앳된 소녀로 바뀐다. 그 소녀는 뒤를 돌아보며 오지 말라고 손사래를 친다. 할머니가 멈칫거리자 그 소녀는 학처럼 경중경중 뛰어간다. 그리고 날개를 활짝 편 것처럼 꽃잎들 사이로 훌쩍 날아올라 사라진다. 할머니는 그 모습을 지켜보다가 돌아선다. 그 얼굴에 안타까움과 서운함, 그리고 후련함과 개운함이 엇갈린다.

바람에 흩날리는 꽃잎들이 안개처럼 할머니를 뒤덮는다. 돌아
오는 할머니의 발걸음이 가볍다. 할머니 가슴을 짓누르던 그 돌
멩이도 좀 가벼워졌을까. 환한 봄꽃들은 여전히 요요하다.

– 「할머니의 돌멩이」

이 결말은 무엇인가에 의해 억압된 존재가 자신의 삶의
영역을 짓눌러왔던 무게를 털고 해방으로 나아가는 시간과
공간의 비유로 읽힐 만하다. 동시에 이 비유는 위안부 피해
할머니들을 기억하고 돌보는 우리 사회의 양상을 환기하는
것이기도 한데, 말로는 안타깝지만 몸은 따르지 못하는 사
람들의 실상이 그렇다. 「할머니의 돌멩이」는 몸이 불편한
할머니를 돌보는 손녀의 경험을 기록한 작품이다. 가족들
은 제각각의 사정 때문에 할머니 옆에 머물지 못한다. 그들
대신에 직장을 정리하면서까지 할머니 돌보미를 자처하는
사람은 손녀 지은이다. 지은은 노인의 생애를 채록하여 책
으로 출판하는 일을 계기로 할머니에게 과거의 기억을 풀
어내도록 한다. 할머니가 머뭇거리며 끄집어낸 것은 할머
니의 언니에 대한 기억이다. 그 언니는 부모와 가족을 구해
야 한다는 의무감에 지쳐 정신대에 강제 동원된 후 생사 여
부를 알 수조차 없이 소식이 단절되어 있다. 그 언니가 과
거에 가족들에게 보낸 편지 한 장이 있고, 할머니는 평생

동안 언니의 편지 한 장을 소중히 간직하고 있다. 그것은 누구에게도 보여주지 못한 채 이제 할머니만의 기억이 되어 있는데, 할머니의 죄책감은 언니에 대한 기억을 억압하고, 억압된 기억은 견딜 수없는 돌멩이처럼 할머니의 가슴을 짓누른다. 그 할머니가 손녀의 '노인 생애 채록 작업'을 거들며 풀어놓은 이야기가 바로 할머니의 언니 이야기이다. 할머니는 "아무리 용을 써도 가심이 칵 맥히는" 돌덩이 같은 기억을 풀어놓을 수 없었지만 손녀의 요청을 따라 드디어 입을 떼게 된 것이다. 지은에게 언니의 비극을 고백한 후 할머니는 평생 간직해 온 편지를 불에 태워 하늘로 날려 보낸다. 상징적 해원으로서의 그 소지燒紙와 함께 위와 같은 꿈속 사건이 전개된다. 봄꽃이 만발한 길 위에 두 노인이 있다. 할머니와 할머니의 언니다. 할머니의 언니는 불현듯 앳된 소녀로 변신하여 저 세상으로 사라지고, 할머니는 그 모습을 가만히 바라보다가 가벼운 걸음으로 돌아선다. 봄꽃이 세상에 요요하다.

이를테면, 기억은 스스로 풀려남으로써 세상을 해방시키는 중요한 자원이다. 어떤 힘에 의해 억압되어 있는 기억이 의도치 않은 계기를 맞아 세상 속으로 풀려 나오고, 그 풀림을 통해 다른 곳에 존재해왔던 세계가 지금 이곳의 세계로 탈바꿈하는 것이다.

모든 기억이 그렇게 억압된 것들의 해방의 기제로 작용하는 것은 아닐 것이다. 기억은 문화적이고 정치적인 것이다. 가령, 할머니의 기억이 오래 억압되는 것은 위안부 할머니들을 평생 숨어 살도록 만들었던 한 명의 여성에 대한 문화적 억압이기도 하고 해결되지 않은 채 지속되는 식민주의의 착취를 은폐함으로써만 승리자의 자세로 성공할 수 있는 정치적 억압이기도 하다. 민족단결을 위해 친일파를 용서하자고 주장하면서 반민특위를 해체하고 오히려 친일파를 정치적으로 중용하기 시작했던 이승만 정부나 김일성 체제를 위한 충성의 준비가 되어 있는 친일파들에게는 아무런 제재를 가하지 않았던 북한의 선택은 모두 기억을 억압하거나 왜곡해서 현실을 조절하는 경우에 해당한다. 이들은 모두 역사적 승리자의 자세로 정치적 기억을 만들어 냈다. 이렇게 만들어진 기억은 현실적 필요성 속에서 조작되기 때문에 광범위한 집단적 지배력을 갖게 되고, 경우에 따라서는 원기억의 본래 의미나 내용을 왜곡하는 일도 서슴지 않는다. 취사선택된 기억들이 승리자의 지배력에 의해 기능적으로 사용되기 때문이다.

그러나 동시에 그것은 왜곡되기 이전의 원기억에 의해 항상적으로 무너질 위험성을 포함하는 것이기도 하다. 여러 국민주의의 구성적 기억이 때로 국가적 구성원들에 의해 속절없이 파괴되는 것도 그 때문이다. 지금은 국민국가의 기원적 기념제가 거의 모두 지배 권력에 필요한 내용들을 취사선택함으로써 구성된 것이라는 사실이 공공연해졌지만, 바로 그 기억의 취사선택이라는 권력의 작용 때문에 국민국가의 원기억적 토대가 침식되는 일이 발생하고 있는 것이다.

이렇게 억압되거나 망각된 시간들에 의해 왜곡된 기억을 제자리로 돌려놓는 계기는 원기억의 등장이다. 원기억의 역할은 왜곡된 것으로부터 해방을 이끌어내는 일, 혹은 파편적인 삶을 전체적인 삶으로 바꿔놓는 일이다. 조동길의 이번 소설집은 거의 온전히 그 기억들의 기능에 맞춰 초점화되어 있다. 이렇다는 점에서 이 소설집은 기억을 통해 세계의 본질을 구성하는 기억의 현상학이라고 할 만하다. 대부분의 소설들이 유사한 구조를 가지고 있다는 점에서 '기억의 현상학'은 작품의 창작 과정에서 범박하게 형성되는 상상 과정이 아니라 작품 구조의 구상 과정에서부터 의식적으로 선택된 소설문법이라고 여겨진다. 따라서 작품들이 만들어진 얼개가 반복된다.

수록된 작품들의 공통 형식은 다음과 같다.

1) 주인공은, 그가 행위자이든 관찰자이든, 현재의 삶을 충실히 살아가는 인물이다.

2) 주인공은 의도치 않은 사건이나 인물과 만나면서 의식의 바닥 깊은 곳에 묻혀있던 기억을 떠올린다.

3) 불현듯 되살아난 기억과 함께 주인공의 과거의 사건이 재현된다.

4) 재현된 기억이 억압에서 해방으로 나아가는 삶으로 의미화된다.

요컨대 조동길이 구성한 서사적 얼개는 주인공이 현재의 특별한 계기에 의해 과거의 한 시절에 만들어진 기억들과 재회하고 그 기억들의 아픔이나 번민을 해원解冤하면서 소설을 마무리하는 형식을 전형적으로 보여준다. 그런 의미에서 이 소설집은 해원을 주제로 한 이야기들의 모음이다. 「할머니의 돌멩이」는 그 해원이 개인의 그것이 아니라 역사적이고 사회적인 차원의 것이라는 사실을 알려준다. 이 소설뿐만이 아니다. 「광장의 풀꽃」은 대학시절의 후배 여학생과의 풋사랑을 참여문학론과 문학 활동에 연결된 기억으로 갈무리하고 있으며, 「마지막 제사」는 현대 사회의 가족 분열 현상을 풍성했던 대가족 제도의 기억과 연결하고, 「엄마의 안개」는 1970년대 긴급조치 시절에 대학을 다니면서 문화운동 탄압을 목격한 엄마의 삶을 반추하는 소설이다. 「안개 향기」는 화자가 시골의 고등학교 교사로 근무하던 옛 시절에 만났던, 사회적 위계체계에 억압된 여성의 삶을 추억하는 이야기이다. 이렇게 보면, 소설의 서사 전개를 위한 중요한 동력은 모두 지난 시절의 정치적이거나 사회적인 억압과 좌절, 그리고 시간 경과를 동반하는 망각, 연만한 나이가 된 현재의 기억의 재생이라고 할 수 있다. 그 기억이 되살아나면서 주인공들은 모두 삶의 온전하거나 행복하거나 평화로운 재구성에 이른다. 삶의 긍정적 재구성이라고도 할 수 있다.

인물들의 배치도 유사한 구조로 반복된다. 소극적 인물이 있고, 매개적 인물이 있으며, 매개적 인물에 의해 되살아나는 대상적 인물이 있다. 이들의 기능은 각각 다음과 같다.

소극적 인물 : 무엇인가를 망각하거나 억압받고 있는 인물. 뒤늦은 자각을 통해 삶의 온전한 재구성에 도달한다.

매개적 인물 : 소극적 인물의 기억을 현재의 의식 표면으로 올려놓는 인물. 억압으로부터의 해방의 매개자이다.

대상적 인물 : 화자의 옛 시간을 채워주는 인물. 매개자에 의해 소극적 인물의 현재적 의식 속으로 복원된다.

이 인물들은 동일한 유형으로 반복된다. 조동길의 소설을 하나의 잘 짜여진 무대로 인식시키는 것은 이 인물들의 반복적 배치 때문이다. 이 인물 배치의 효과는 사건들의 의미를 신화적인 차원으로 상승시킨다는 점이다. 반복은 끝내 도달해야 할 지평들을 끈덕지게 출몰시키는 사건이며 따라서 되풀이되는 의미를 보편적인 차원으로 재구성하기 때문이다.

그런데 그 기억을 통해 삶이 긍정적으로 재구성되기 위해서는 그 기억이 복원되기 이전의 인물의 삶이 부정적 상태에 놓여 있거나 파편화된 상태여야 할 것이다. 조동길 소설의 인물이나 사건은 그러나 그런 류가 아니다. 그의 소설은 일상 속에서 평온하게 잘 살고 있는 인물들을 등장시킨 후 그들의 삶을 재구성하거나 복원하는 서사를 보여준다. 이렇다는 점에서 조동길의 소설은 일상의 재발견을 전달하는 서사라는 의미로도 해석 가능한데, 이것이야말로 단편소설의 의외성이라는 요건을 위한 장치이다. 의외성은 일반성의 평면에서 솟아나는 것이지 올록볼록하게 기이한 요철의 세계에서 예감된 채로 오는 것이 아니다. 그의 소설이 삶의 부정적 차원보다 긍정적 차원에서 더 많은 사건적 계기들을 찾아내는 것도 그 때문이라고 해야 할 것이다.

삶의 긍정적 재구성이라는 점에서는 「모래 한 줌」도 같은 계열에 놓인다. 기억의 사회적이거나 역사적인 의미 연루가 조동길의 이번 소설집의 중요 내용이라면 「모래 한 줌」은 그로부터 벗어난 소설인데, 그럼에도 불구하고 삶의 온

전성이라는 면에서 다른 소설들과 서로 이어지는 것이다. 이 작품의 기억의 주인은 딸과 아내를 잃고 모래 속에 사라지기 위해 불교도들과 함께 중국 성지순례에 참여한 인물이다. 그가 지광 스님 앞에서 털어놓은 삶의 기억은 개인적인 것이지 사회적이거나 역사적인 것이 아니다. 딸이 교통사고로 죽고, 아내가 이어서 죽는 개인사가 모래 성지를 찾아와 죽기를 바라는 사내의 이력인데, 사내가 아내와 딸의 분골을 모래 바람 속에 날려 보내고, 사내의 비극 또한 함께 날려감으로써 이루어지는 해원의 의식은 사내의 개인적인 삶의 비극과 구원의 보편적 의미망을 서로 연결시켜 놓는다. 그래서 독자들은 「할머니의 돌멩이」와 「모래 한 줌」을 함께 읽어 보고 비극으로부터의 구원에 사회적인 것과 개인적인 것의 차별은 있을 수 없다는 사실을 문득 깨닫게 된다. 다음은 딸과 아내의 분골을 허공에 날려 보낸 후의 진술이다.

　　두 사람은 두 여자를 떠나보낸 그 자리에 앉아 모래밭의 바위 덩어리가 된 듯 오래 일어설 줄을 몰랐다. 그때였다. 무슨 조홧속인지, 거친 바람결이 잦아들고 잔뜩 찌푸렸던 하늘이 살짝 열리면서 일 년에 한 번 내릴까 말까하다는 비가 내리기 시작했다. 솔솔 내리는 가랑비는 서나서나 스며들어 두 남자의 몸과 마음을 포근히 적시고 있었다.

　　　　　　　　　　　　　　　　　　　　　　　　—「모래 한 줌」

「모래 한 줌」의 결말의 분위기와 「할머니의 돌멩이」의 결말의 분위기는 매우 유사하다. 비극을 경험한 인물들은 개인적이건 사회적이건 작중의 조력자를 만나 해결되지 않았던 사건의 매듭을 풀어낸다. 그 결과, 위 인용에 나타나듯이, 세상은 환해지고, 인물들은 따뜻해진다. 이 소설에서만 그런 것이 아니다. 소설들의 마지막 문장을 몇 개 뽑아보는 것으로도 충분히 그 결말의 유사한 분위기를 확인할수 있다.

　　발아래 풀에서 피어난 조그마한 꽃이 살랑살랑 가녀린 몸짓을 하며 손을 흔들고 있었다.(「광장의 풀꽃」)

　　풍물패의 흥겨운 가락이 높아만 가는 하늘로 힘차게 뻗쳐올랐다.(「안개마을」)

　　가장 먼저 도착한 손자가 방으로 들어가 바라본 할아버지의 얼굴은 평소처럼 온화하고 평안한 모습이었다.(「마지막 제사」)

　　천천히 몸을 휘감아 오르는 저녁 안개가 포근했다.(「엄마의 안개」)

　　짧은 소설 이외의 단편들 중 「안개 향기」와 「새벽의 코스모스」를 제외한 작품들이 맺고 있는 결말의 문장이다. 이 화해의 결말이 삶의 온전한 재구성을 의미화하는 표현들이고, 이 결말 이후의 인물들의 삶의 전개가 이전보다 더 충만한 그것이리라는 사실을 독자들은 충분히 상상할 수 있다. 이런 결말 때문에 독자들은 개인적인 것과 사회적인 것의 구분을 없애면서 오히려 삶의 온전한 재구성이라는 사회학적이고 철학적인 과제와 관련된 어떤 화두를 전달받는다. 그것이란 망각되고 억압된 것들의 해방이라는 과정적 기제이다. 소설의 마지막 문장들은 그렇게 오래 억압되었거나 망각되었던 것들이 인물들의 의식 속으로 돌아오고 또 그들의 외부로 발설됨으로써 얻게 되는 문장들이다. 이 보편적 구원의 통로에 개인적인 것과 사회적인 것의 구분은 존재하지 않을 것이다. 오히려 이 두 영역이 기억의 복원이라는 과제를 통해 서로 연결됨으로써 이 세계가 존재하는 방식은 근본적인 차원에서 한층 선명하게 의미화된다. 이런 구원의 기제들을 설명하기 위해 조동길이 기억의 현상학을 구현하고 있다면, 독자들은 여기에서 한 걸음 더 나아가야 한다. 기억은 사회적일 뿐만 아니라 시간적이기도 한데, 조동길이 주목하는 것은 그 기억을 되찾는 인간의 주체성이다. 이것은 하나의 기억과 그에 따른 사회적 삶이 주체의 상태에 따라 극적으로 전환될 수 있다는 사실을 암시한다. 결말의 화해를 이끄는 계기는 인물들이 기억의 복원을 거부하지 않고 자신의 삶의 한 구성 부분으로 순순히 수용하거나 발설하는 기제를 통해서이다. 수용과 발설이라는 이 기제는 그렇게 행위하는 인물들을 주체로 만든다. 이때 인물들은 의식의 주체이기도 하고, 억압되었던 기억들을 재현한다는 의미에서 무의식의 주체이기도 하다. 억압된 것을 벗겨내는 힘이 인물들에게 있기 때문이다. 이런 면에서 볼 때 조동길의 이번 소설집의 주제는 기억과 삶의 주체화이다.

기억이 망각되는 것은 어떤 방식으로든 그 기억을 만든 삶의 시공간이 억압되고 있다는 것을 뜻한다. 그러므로 기억 되살리기는 화자에게는 체험된 기억의 의미를 확인하는 주체화의 과정이지만 매개자에게는 신화적 의미가 만들어지는 기억이 될 수 있다. 신화는 삶의 보편적 의미가 나타나는 장소이다. 매개자에게 신화적 기능이 부여되는 셈인데, 조력자들의 대부분의 역할이 그렇다. 기억의 복원과 함께 일상의 구각이 깨지고, 함께 어느 곳엔가 있었음에도 불구하고 의식되지 못했던 다른 세계가 불현듯 인물 앞에 나타나게 된다. 이 세계가 다름 아닌 삶의 확장이라는 의미로 규정될 수 있다는 점에서 기억의 주체적 실현은 삶의 뜻하지 않은 확산을 가능하게 하는 동력이기도 하다.

이 확장은 그러나 과거의 축적물들로부터 비롯되는 것이다. 기억이 그것이다. 확장은 기억을 통해 새로운 세계에 생명을 부여하는 과정이다. 주체의 행위가 이미 있는 것들의 단절되지 않는 생명성을 확인해주는 계기인 것이다. 억압되고 망각된 기억들은 왜소하고 힘없는 것이지만, 「새벽의 코스모스」의 결말은 왜소하고 망각되었던 존재들의 힘이 이 세계 속에서 어떤 일을 감당할 수 있는지를 잘 보여준다. 매우 중요한 나랏일을 하던 인물이 우연히 경찰에 잡혀 심문을 당하게 된다. 그는 자신의 신분을 밝힐 수 없는 상황에 놓여 있다. 이 우스꽝스러운 사태가 끝나고 난 후 소설의 결말이 이렇게 진술된다.

경찰서 앞마당에 부옇게 밝아오는 여명을 받으며 서 있는 철지난 코스모스 몇 그루가 그를 전송했다. 그 중에 한 포기는 목이 부러져 고개를 푹 숙인 채 찬 이슬을 맞고 추연히 서 있다. 흔히 날아가는 새도 떨어뜨린다는 무섭고 두려운 권력기관의 베테랑 수사요원, 그 막강한 권력과 직책도 한낱 시골 경찰서 형사들에게 여지없이 무너질 수 있으니, 새벽의 그 코스모스 같지 않은 권력과 부귀영화가 이 세상에 어디 있으랴.

조동길이 힘주어 전하고 싶은 주제 중의 하나가 바로 이 결말에도 있을 것이다. 이런 결말은 작가의 대사회적인 의식 자체를 잘 보여주는데, 이런 바람이 나약한 인물에 의해 이루어진다는 것이 소설의 핵심적 전언이라면, 바로 기억이라는 우리 삶의 나약한 구성요인이 그 역할을 수행할 수 있는 것이기도 하다는 사실을 작가는 이번 소설집을 통해 형상화하는 셈이다. 조동길의 기억의 현상학이 의미심장한 것은 그 때문이다. 기억은 작고 나약하고 망각되어 있으며 결국 억압된 존재이지만, 그들이 온전히 회복될 때 이 세계의 온전한 전체성이 회복될 수 있다고 작가는 말하는 중이다. 그 기억이 매개적 인물에 의해 복원되고 있다는 점도 유의할 만하다. 조력자라고도 말할 수 있는 매개적 인물은 작품의 주인공 격인 소극적 인물과, 액자 속의 또 다른 주인공인 대상적 인물과는 달리 주동적 행위를 하는 존재가 아니지만, 인물의 기억을 복원하는데 있어서는 매우 결정적인 존재이다. 소설은 이렇게 세계의 모든 인물들을 평등한 위상으로 형상화한다. 잊힌 기억을 복원하는 것만큼이나 외면될 수도 있는 존재를 외면하지 않는 조동길 소설 담론의 특별한 의미가 여기에 있을 것이다. 그의 소설은 긍정의 세계 속에 존재하는 인물들의 무궁한 화엄세상이다.

후기

지난 2009년 세 번째 소설집을 낸 이후 10년도 더 지났다. 부지런한 작가들 같으면 두서너 권의 소설집을 내고도 남을 시간을 공백으로 보냈다. 굳이 변명하자면 두 가지 까닭이 있다. 하나는 게으름 때문이다. 창피하지만 솔직히 그 동안 작품을 많이 쓰지 못했다. 물론 책 한 권 못 낼 만큼은 아니지만, 강제적인 청탁으로서가 아니라 마음에 드는 작품을 그만큼 쓰지 못했다는 뜻이다. 또 다른 하나는 문단의 작품집 홍수 때문이다. 예전과 달리 요즘은 책 내는 게 그리 어렵지 않은 시대가 되었다. 특히 여러 지자체에 생긴 문화재단의 지원으로 자비 출판이 아니어도 책을 낼 수 있는 기회가 많아졌다. 그러다보니 나 같은 시골 작가도 일 년에 수십 권의 책을 기증 받는다. 그런데 죄송하지만 그 책을 다 정독하지도 못한다. 내가 책을 내도 그런 꼴이 될 가능성이 크다. 그런 책을 내야 할까. 그런 생각 때문에 책 낸다는 생각을 아예 접고 살았다.

공주에 문화재단이 생겼다. 문화 예술인을 지원해서 공주의 문화 예술을 진흥시키는 게 그 설립 이유다. 이 재단의 문학 분야 지원 프로그램 중에 '이 시대의 작가'란 게 있는데, 원로 문인들 가운데 세 사람을 선정하여 작품집을 출간해 주는 사업이다. 그 사업에 내가 선정되었다고 연락이 왔다. 처음에 완강하게 사양하였다. 나는 책을 내고 싶은 마음이 별로 없고, 또 내고 싶으면 재단의 지원을 안 받고도 가능하니 다른 분에게 기회를 드리는 게 좋겠다고 했다. 그랬더니 재단과 나 사이에 연락을 하던 분이 나의 그런 태도 때문에 다른 공주 문인들이 피해를 입을 수도 있다면서, 제발 걸림돌은 되지 말라고 했다. 만약 그렇다면 이건 정말 나이 들어 후배들의 길을 가로막는 늙은이가 되는 것 아닌가. 선뜩 무서운 생각이 들어 조용히 승복하기로 했다.

　작품을 모아 정리하다 보니 부끄러움이 다시 떠오른다. 한 권의 책을 염두에 두고 체계적으로 쓴 게 아니다 보니 결과적으로 하나로 묶이기 어려운 것들을 억지로 모아 놓은 것 같은 상태가 되고 말았다. 그나마 조금 다행스럽게 생각하는 것은 나이 들면서 예전 작품의 만용이나 서툰 감정 등은 다소 완화 내지 순화된 것 같다는 점이다. 그에 더

해 세상의 이치나 삶의 근본 등에 대한 내 나름의 철학 혹은 깨달음 같은 것을 담고 있으면 가장 이상적이겠으나 아직 그 경지에까지는 이르지 못했다. 다만 그에 관한 탐구의 노력만큼은 작품 곳곳에 숨겨 있다고 자부한다.

　이런 기회를 통해 게으른 사람을 깨워 주신 문화재단에 감사드린다. 또한 바쁜 가운데도 어지러운 작품을 읽고 좋은 해설을 써 주신 박수연 교수님께 고마운 인사를 드린다. 별로 상품성도 없는 책을 예쁘게 만들어 주신 등 출판사 유정숙 대표님과 직원 분들께도 감사 말씀을 드리지 않을 수 없다. 이 책이 보관하거나 내다버리는 수고의 대상이 되어도 할 수 없는 일이지만, 소수의 독자들에게라도 이 팍팍한 현실을 건너는 작은 힘과 위안이 될 수 있으면 더 없이 고맙겠다.

2021. 10.

조 동 길

연보

조동길 연보

◈ 1949년 6월 17일(음력) 충남 논산시 노성면 구암리에서 아버지 조완하 공과 어머니 이금례 여사 사이의 5남3녀 중 3남으로 출생.(풍양조씨 회양공파 24세)

◈ 1955년 자녀가 없으신 셋째아버지에게 양자로 들어감. 백부님은 양자 오셨던 조부님의 생가로 다시 입양되시고 중부님은 자녀를 두지 못해서 셋째아버님께서 4대 봉사 종손이셨음.

◈ 1956년 호암국민학교에 입학하였으나 몸이 약해 다니지 못하고 집에서 천자문 등을 공부함.

◈ 1957년 다시 초등학교에 입학함. 4학년 때 리승만 대통령 당선을 주제로 한 글을 써서 담임 선생님께 칭찬을 받은 부끄러운 기억이 있음.

◈ 1963년 공주중학교에 입학시험을 치러 합격한 것을 계기로 고향을 떠나 공주로 이사함. 중학교 재학 중 도서위원을 자청하여 점심시간을 아까워하며 책을 탐독함. 학생 잡지 〈학원〉에서 문예 작품을 공모하는 광고를 보고 소설을 써서 응모했으나 뽑히지는 못함.

◈ 1966년 중학교를 졸업하고 공주사대부고에 입학함. 토요문학 동인회의 회원이 되어 수필과 소설을 습작하고, 이희열, 장혜

숙 등 동기들과 매주 작품 합평회를 하며 문학 활동을 열심히 함. 고등학교 재학 중에 토요문학회의 동인지 〈로드〉 4집에 소설 '어느 시점에서의', 5집에 '설야', 6집에 '어떤 신화'를 발표하고, 교지 〈울림〉 8집에 '꿈, 어떤 경우', 학교 신문인 〈울림 26, 27, 28, 29 호에 '자유 사멸기'를 연재 발표함.

◇ 1969년 공주사범대학 국어교육과에 입학함. 수요문학동인회의 회원이 되어 박장수, 최병두, 구중회 선배 등 기존 회원에 동기생인 강석주, 노동섭, 심규식, 송명희, 송혜숙 등이 가입하고, 이어서 유병환, 엄기창 등 후배들이 들어와 공주 바닥을 떠들썩하게 하며 맹렬하게 활동을 함. 문학회 선배인 유금호, 윤강원, 유준호, 유근조, 이명수, 이시연, 오기환 선배가 자주 들러 어울리기도 함. 영어과의 조운제, 유종호 교수, 국어과의 림헌도, 조재훈 교수, 인근 공주교대의 박철희, 최상규 교수 등이 우리 활동을 적극적으로 후원함.

◇ 1970년 수요문학회의 동인지 〈말하는 사람들〉을 〈수요문학〉으로 제호를 바꾸어 제5집을 간행함. 여기에 '양지의 여인'을 발표하고, 같은 해 6집에 '와디'를 발표함. 대학 학보사에 기자로 들어가 4학년 때까지 일하며 편집장을 맡아 일함.

◇ 1971년 수요문학회 회장 일을 맡음. 동인지 〈수요문학〉 7집에 '쌀값이 얼마죠?', 〈수요문학〉 8집에 '요람에서 무덤까지' 발표. 국어과 학회지 〈금강문학〉 6집에 '이지러진 트리메론'을 발표. 최병두, 강석주, 노동섭, 심규식, 조동길 5인이 〈허당〉을

창립하고 그 창간호에 '변신 전야'와 '두 세계를 산 사나이'를
발표.

◆ 1972년 〈수요문학〉 9집에 '跛行', 〈로드〉 10집 특집에 '假花',
공주사대 교지 〈공주사대학보〉를 복간하여 그 6집에 '흑색의
하루', 국어교육과 학회지 〈금강문학〉 7집에 '石像' 발표.

◆ 1973년 공주사대를 졸업하고 노성중학교 교사로 발령받음. 수
요문학 10집에 선배 자격으로 '와디2'를 발표. 수요문학회 출신
선배를 규합하여 이은수요문학회를 결성하는 실무 역할을 하
고 그 동인지 창간호 '말하는 사람들'에 '어명'을 발표. 〈월간충
청〉 4월호에 '명함' 발표. 다음 해 〈말하는 사람들〉 2집에 '칼'
발표.

◆ 1975년 정산고등학교 교사로 전보됨. 〈말하는 사람들〉 3집에
'화산설' 발표.

◆ 1976년 모교인 공주사대부고 교사로 발탁되어 자리를 옮김.
토요문학회 지도교사 일을 맡아 매주 합평회 참석과 아울러
중단 상태였던 동인지 〈로드〉 발간 등의 일을 주선함. 학교신
문 〈속울림〉 1호, 2호에 '성숙'을 발표함.

◆ 1977년 초등학교 교사 이성인과 혼인함. 다음 해 장남 정훈
태어남. 어머니 돌아가심.

◆ 1979년 토요문학회 동인지 〈토요문학〉 20집에 장막 희곡 '달
하 노피곰 도다샤' 발표. 장녀 수현 태어남. 신인문학회 결성
에 창립회원으로 참여.

◈ 1980년 고려대학교 대학원 국문학과 석사과정에 입학함. 송민호 선생님을 지도교수로 모시고, 정한숙, 송하춘, 김인환, 서연호 선생님 등의 지도를 받으며 공부함. 양부님 돌아가심. 다음 해 차녀 정현 태어남.

◈ 1982년 대학원 졸업. 석사 학위 논문 '계용묵 연구'. 다음 해 박사과정 입학시험에 합격함.

◈ 1985년 논산여자고등학교로 발령받아 6개월간 근무하다가 9월에 공주사범대학 공채 1기로 채용되어 국어교육과 전임강사로 임용됨.

◈ 1986년 신인문학회 동인지 창간호에 〈문과 율의 이중주〉에 '화산설' 재발표. 다음 해 동인지 2집 〈왼손을 위하여〉에 '물러가라, 안개야' 발표.

◈ 1988년 조교수로 승진. 〈신인문학〉 3집에 '쥐뿔' 발표. 구중회, 나태주, 유병학, 이극래 등과 함께 공주문인협회 창립에 주도적으로 참여하고 그 창간호 〈공주문학〉에 중편소설 '구석기시대' 발표.

◈ 1989년 〈공주문학〉 2집에 '아버지의 실종' 발표. 〈신인문학〉 4집에 '개구리 수염' 발표. 충남문협 회원으로 가입하고 〈충남문학〉 20집에 '개새끼와 개님' 발표.

◈ 1990년 고려대학교 대학원 국문학과에서 문학박사 학위 받음. 학위 논문 '1930년대 후반기 한국장편소설 연구'. 공주사대출신 문인 모임인 곰나루문학회 결성에 참여하여 창간호 〈곰나

루문학〉에 '이십 년의 안개' 발표. 〈신인문학〉 5집에 '귀의무' 발표. 중도일보 10월 29일자에 '새벽의 코스모스' 발표.

◈ 1991년 신인문학회 동인 강태근, 김기홍, 심규식, 조동길 4인 공저 소설집 〈네 말더듬이 말 더듬기〉를 녹원출판사에서 간행. 이 소설집에 신작 '안개앓이' 발표. 〈천안문학〉 14집에 '운수 좋은 날' 발표. 〈공주문학〉 4집에 '굴러온 돌멩이' 발표.

◈ 1992년 공주사대 국어교육과 학과장 일을 맡음. 부교수로 승진. 아버지 돌아가심. 충남예총 기관지 〈충남예술〉 11, 12월호에 '사라의 몰카' 발표. 충남소설가협회 창립에 참여하여 그 창간호 〈거둘 수 없는 잔〉에 '겨울 귀향' 발표. 국학자료원에서 전공 저서 〈한국현대장편소설연구〉 간행.

◈ 1993년 소설충청 2집 〈홍수 속의 고인 물〉에 '낙막' 발표. 〈신인문학〉 8집에 '수직 외출' 발표.

◈ 1994년 공주대학교 출판부장 일을 맡음. 〈충남예술〉 5,6월 호에 '고향 밤길' 발표. 〈신인문학〉 9집에 '곰나루 별사' 발표. 〈소설충청〉 3호에 '검정 고무신의 아가미' 발표.

◈ 1995년 충남문인협회 조재훈 회장님을 모시고 사무국장 일을 맡아 다음 해 '문학의 해' 충남지역 행사를 주도적으로 치러내는 등 내실을 다지는 활동을 함. 제1회 공주시 웅진문화상 문화 창달 부문 본상 수상. 첫 소설집 〈쥐뿔〉을 새미출판사에 간행함. 〈신인문학〉 10집에 '서산 너머 해님이' 발표. 〈소설충청〉 4집에 '극락사에는 부처님이 없다' 발표.

◈ 1997년 정교수로 승진. 교양서 〈우리 소설 속의 여성들〉을 새미출판사에서 간행. 대학 교재 〈현대문학의 이해〉를 공주대출판부에서 간행. 〈소설충청〉 5집에 '늙은 병아리의 눈물' 발표.

◈ 1998년 민족문학작가회의 회원으로 가입함. 〈신인문학〉 11집에 '금이화냥' 발표.

◈ 1999년 공주대학교 백제문화연구소 소장 일을 맡음. 신인문학회 회지를 개제한 〈문학마당〉 12집에 '달걀로 바위 깨기' 발표. 〈소설충청〉 7집에 '무너지는 시간의 물결' 발표.

◈ 2000년 한국문인협회 공주지부(공주문인협회) 지부장 일을 맡음. 충남교육연구소 창립 이사로 참여함. 전공 서적 〈가휴 조익 선생의 공산일기 연구〉를 국학자료원에서 간행함. 두 번째 소설집 〈달걀로 바위 깨기〉를 새미출판사에서 간행함. 중도일보에 '목요세평' 칼럼을 1년 동안 연재함. 상록문화제 제4회 심훈문학상 중편소설 공모 심사위원장. 충남도정신문 5월 25일자에 '5월의 선물' 발표. 〈문학마당〉 13 집에 '한 여름 밤의 나비 꿈' 발표.

◈ 2001년 상록문화제 제5회 심훈문학상 중편소설 공모 심사위원장. 〈조선문학〉 9월호에 '담배 끊고 술 끊고' 발표. 〈공주문학〉 13집에 '어엿븐 그림자' 발표. 제8회 황금마패문화상 소설 부분 본상 수상

◈ 2002년 장남 정훈 고려대 대학원 졸업하고 카이스트 박사과정 입학. 신인문학회 동인지를 계간으로 전환하여 그 창간호

〈문학마당〉에 '행복한 여관' 발표. 〈소설충청〉 10집에 '무심사 잣나무 기침 소리' 발표. 한국작가교수회의 기관지 〈소설시대〉 5집에 '눈물은 얼지 않는다' 발표.

◈ 2003년 장녀 수현 한국교원대 졸업하고 임용고시 합격하여 중학교 교사 임용. 카이스트 박사과정에 재학 중이던 아들이 실험실 폭발 사고로 세상을 떠남. 사고 이후 아무 글도 쓰지 못하고 여러 해 동안 근근이 생존을 이어감. 오랜 협의 끝에 학교 측과 추모 기념사업(박사학위 추서, 추모 동산 조성, 추모비 건립 및 학술상과 장학금 지급)에 합의함.

◈ 2005년 유족 보상금과 사재를 합해 카이스트에 기부한 기금 으로 아들 이름의 학술상과 장학금이 제정되어 첫 수여식 거행. 이후 해마다 젊은 과학자 1명에게 학술상, 고인의 모교 후배(공주사대부고, 고려대, 카이스트) 3명에게 장학금 지급

◈ 2006년 차녀 정현 충남대 의대 졸업하고 의사 국가고시에 합격. 사단법인 우금티동학농민전쟁기념사업회 이사장 일을 맡음. 공주대학교 연구년 교수로 선발되어 9월에 호주 브리즈번 소재 퀸즐랜드대학교 파견 근무 발령 받아 1년 동안 해외 생활. 계간 〈불교문예〉 겨울호(통권 35호)에 '한적골 노인들' 발표. 〈소설충청〉 14 집에 '굿바이 써니 맘' 발표.

◈ 2008년 제1회 충남문학발전대상 수상. 〈충남문학〉 여름호에 '어둠을 깨다' 발표. 〈소설충청〉 15집에 '박모의 동행' 발표. 한국소설가협회 회원으로 가입하여 기관지 〈한국소설〉 3월호에

〈한 교수의 돌부리〉발표. 〈소설시대〉14집에 '닭이 용 되는 세상' 발표.

◈ 2009년 한국언어문학교육학회 대표이사 일을 맡음. 공주녹색연합 공동대표 일을 맡음. 기행산문집 〈낯선 길에 부는 바람〉을 푸른사상사에서 간행. 제3소설집 〈어둠을 깨다〉를 한국소설가협회에서 간행.

◈ 2010년 2007개정 교육과정에 따라 국정교과서에서 검정으로 바뀐 중학교 1학년 국어 교과서를 대표저자로 집필하여 검정심사를 통과함. 이후 연차적으로 2학년, 3학년 교과서도 심사를 통과함. 대전일보 한밭춘추 칼럼 2개월 집필

◈ 2011년 〈소설시대〉에 '무향사 가는 길' 발표, 공주대신문에 '엄마의 안개' 6회 연재 발표.

◈ 2012년 장녀 수현 고등학교 교사 서명원과 혼인함. 충남역사문화연구원에서 대행한 충청남도지 25권 "현대문화"의 '충남의 소설문학' 원고 집필. 월간 독서신문 〈책 & 삶〉 8월호(143호)에 '대동강서림 할아버지' 발표. 중단되었던 웅진문학상 부활하여 운영위원회 위원장을 맡음.

◈ 2013년 외손자 민호 태어남. 공주대학교 부설 국어문화연구소 소장. 맵시터에서 〈소설교수의 소설 읽기〉간행. 한국작가교수회 〈가로사람 세로인간〉(소설시대)에 '안개마을 정착기' 발표.

◈ 2014년 공주문화원 나태주 원장의 요청으로 이사 선임. 몽골

여행 후 기행문 '바람과 별과 초원의 나라' 발표. 푸른사상사에서 〈한국 근대문학의 지실〉 간행.

◈ 2015년 43년 6개월의 교직 생활을 마치고 정년퇴임함. 터키 여행기 '제국의 몰락과 그 잔광' 발표. 스페인 여행기 '오래된 시간, 무거운 힘' 발표. 한국문화사에서 〈공주의 숨과 향〉 간행, 제54회 충청남도 문화상(문학 부문) 수상. 〈한국소설〉 10월호에 '죄제' 발표

◈ 2016년 회원들의 요청으로 다시 공주문인협회 회장 맡음. 충남문화재단의 〈충남근현대예술사〉 편찬위원. "충남근현대예술사"의 문학사2 '소설문학사' 원고 집필.

◈ 2017년 공주시립도서관 운영위원. 나태주 시인 등 공주의 문인들과 러시아 문학 기행 후 기행문 '러시아 문학 그 무게와 깊이' 발표. 네팔 여행 후 기행문 '사랑과 평화엔 끝이 없으리' 발표.

◈ 2018년 〈작가마루〉에 '광장의 풀꽃' 발표

◈ 2019년 김상렬, 김현주, 김홍정, 강병철, 손영미, 임경숙, 강태근, 이길환, 최광, 심규식, 양지은, 이보영 작가 등과 뜻을 모아 '금강의소설가들' 창립, 다음 해 "금강의 소설가들" 창간호 발행. 〈소설시대〉에 '모래 한 줌' 발표. 실크로드 여행 후 기행문 '서역 칠 천 리' 발표. 풀꽃문학상 운영위원.

◈ 2020년 공주와 공주대를 연고로 하는 문인들의 모임 '고마문학회' 창립하여 그 회장을 맡아 "고마" 창간호 발행. 공주시에

서 시행하는 〈공주시지〉 편찬위원. 사단법인 풀꽃문학관 운영
위원.

◈ 2021년 공주시문화재단 〈공주근현대문학사〉 편찬위원. 〈한국
소설〉 6월호에 '할머니의 돌멩이' 발표

◈ 현재 한국소설가협회, 한국작가회의, 한국작가교수회, 충남문
인협회, 충남작가회의, 공주문인협회, 고마문학회, 금강의소
설가들, 공주민예총 회원으로 활동. 아울러 충남교육연구소
(이사), 공주문화원(이사), 공주향토문화연구회(부회장), 우금
티동학농민전쟁기념사업회(이사), 풍육장학회(이사), 공주시
립도서관(운영위원), 풀꽃문학관(이사) 등에서 봉사하고 있음.